MARLON GARCÍA ALZATE

REINO ALQUEMY DE SANSINOF

Título Original:

Antxon Puffet y El Equilibrio de Poderes

Autopublicación

Amazon

© Marlon García Alzate, 2020

© Independently published

marlon.garcia49@hotmail.com

Puerto Triunfo – Antioquia

Colombia

Diseño ilustración de portada: © Ana González García, 2020

España.

Primera Edición: junio de 2020

ISBN 13: 9798656132596

BooksInPrint.com®

Publicado en Amazon INC.

Para todos los caídos en la pandemia del 2020, de la que nos acuarteló, la misma que derrumbó los brazos de los más fuertes y apagó los ojos de los más amados.

Para mi papá que la muerte se lo llevó sin leer estas líneas.

Para mi mamá que siempre está, y fue la primera en saber todo.

Reino Alquemy de Sansinof

Antxon Puffet

Vol. 1

ÍNDICE

El usurpador de tronos

El rey ha muerto, las trompetas del castillo están sonando, se oye con tristeza el sumergido sonido de dolor de cada nota entonada; cada uno de los presentes llora, el malestar se siente, el castillo pasa a color gris oscuro; en la recámara del rey, el cuerpo de Chandler Tercero de Alquemy de Sansinof, yace sin herederos.

—Alteza real señor Fire, nuestro rey ha muerto, ¿qué debemos hacer?—. Preguntó afligido el asistente del rey Flavio Stone.

—Tranquilo Flavio, siempre tenemos un as bajo la manga, ya esperaremos a que todos hayan pasado el luto para hacernos cargo de este reino, que por derecho de antigüedad nos pertenece—. Apretó su camisa y ajustó su corbata mientras continuaba caminando por los pasillos de castillo.

A las afueras del reino se aproxima un carruaje, tres elefantes y una familia; son los Puffet que vienen a presentar a su hijo Sam, en una ceremonia milenaria que consiste en mostrar ante la sociedad los príncipes de cada casa y quienes tomaran la vocería en un futuro.

—Bienvenidos familia Puffet—dijo el mayordomo del castillo—. Es un honor tenerlos aquí presentes —inclinó su cabeza haciendo una reverencia—. Veo que viene con ustedes el joven Sam, —miró al pequeño sonriendo—. Imagino que ya está preparado para la presentación ante el consejo.

—Gracias por la bienvenida Filippo ¿cómo sigue el rey?—. Preguntó el señor Puffet.

—No lo sé señor, desde esta mañana escuché que estaba muy enfermo.

La familia continúa bajándose de los elefantes y son recibidos calurosamente por todos los miembros de la casa Equo que ya lo estaban esperando en una especie de calle de honor. Al ingresar al gran salón los guardias del palacio, unos hombres de traje rojo, con sombrero alto y sin posibilidad de ver sus rostros pues los cubrían con una máscara de color gris. Los hacía ver extraños, pensó Sam, mientras caminaba hacia su interior. Pinturas de hombres y mujeres antiquísimas, algunas parecían haberse hecho sobre aerolito, en los letreros dorados que estaban en los pies de aquellas obras de arte decía el año en número romano, la más antigua era una pierda en forma de triángulo, con cinco hombres mal dibujados y uno de ellos sostenía como especie de un libro. La escarapela decía IV. AC. ¿Qué podrá significar? Se preguntaba Sam en su mente.

En el momento llega un joven asistente de la realeza, asustado, palideciendo con un mensaje para los invitados, no era nada bueno.

—Disculpen la intromisión en los asuntos pendientes, pero tenemos una mala noticia, es un poco difícil, pero el rey ha muerto, y necesitamos a todos los miembros líderes de cada dinastía justo ahora—. Pudo descansar sobre sus rodillas, y recostarse sobre la pared para dar un respiro.

La señora Puffet se asombra parece que la noticia no le fue nada agradable.

—No puede ser, Giovanni ahora tú serás rey, Chandler no tenía hijos herederos y nuestra familia es la siguiente según el orden de herederos.

—No armes conjeturas aún—. Giovanni intentó calmar

los ánimos de su esposa, tocándole las manos —, vamos a revisar que está sucediendo y luego tomaremos cartas en el asunto.

—Sam, hijo —guiñó con su ojo—. Ven aquí, te quedarás en este salón, luego te explicaremos que sucede. —Dio una palmada en el hombro del chico.

Lo señores Puffet subieron hasta la recámara del rey, efectivamente, allí estaba muerto, sin aliento alguno, y además sin hijos para tomar su lugar, ninguno vio el cambio que el castillo estaba presentando, pues de su color amarillo resplandeciente que tenía pasó a opacarse en un gris oscuro, la fuente de agua se disipa y las velas en los candelabros humean apagándose lentamente parece que la tristeza sucumbe aquel lugar.

Vladímir un señor adulto con vestido de aristócrata color verde limón, con barba hasta el cuello, joven aún, pero ocultado tras ese vestuario antiguo, llegó despavorido y toma su lugar al lado de Giovanni en la recamara del rey. Mientras los demás líderes de las casas observan detenidamente el lecho de su majestad.

—Es importante que ahora el honorable miembro de la casa Equo se haga cargo del castillo y sea nombrado como rey. Apuntó Vladímir con severidad.

Fire Bering cómo líder de la casa Fire, que por cierto todos los líderes de su casa llevan el nombre de Fire, para así identificarlos como supremos, se opone en el momento y levantando su voz —yo propongo que primero enterremos a nuestro rey, fue amado y querido por todos, luego definiremos quien tomará su lugar, démosle un buen funeral a nuestro amigo, y soberano.

Fire veía la oportunidad de hacerse rey, tan solo que, para llegar serlo, debe eliminar todos los miembros de la línea de sucesión y los Puffet eran los siguientes, el orden establecido desde la fundación del reino era que la casa reinante debería tener heredero de su líder, en caso contrario la siguiente casa asumiría el reinado, después de los Caeli, seguían los Equo y por último los Fire. Por eso Giovanny y su familia serían un estorbo para los planes de Fire Bering quien había sido nombrado por el difunto rey como gran duque, con el fin de que le ayudara a las tareas del reino.

—Creo que lo mejor será que enviemos a España en este momento a Sam, no querrá ver esto, además no me gusta la idea de que Fire se haga rey, está loco. —Dijo Giovanny a su esposa en el oído de ella mientras todos desfilaban al vestíbulo para hacer la velación del rey—.

—Pero si él no se corona rey, entonces tú debes asumir la corona. —Miró la señora Puffet a Giovanny con miedo, el futuro por venir no es claro para ella—.

—No te preocupes por ello, —la tomó de sus hombros y le dio un abrazo—. Dile a uno de los asistentes que saque el niño de aquí lo más pronto posible.

Sin más Sam sale del reino rumbo a España. Ya la ceremonia fúnebre está por comenzar.

El heraldo lee unas palabras a todo el pueblo que estaba a las afueras del castillo esperando una noticia.

El rey murió esta mañana en su lecho, sin dejar testamento; pronto tendremos un rey de alguna de las casas alquimistas, de acuerdo con el orden establecido por los fundadores de nuestra nación, es importante que ustedes estén tranquilos, podrán ver al rey en cámara ardiente los próximos tres días, en el gran salón, por ahora se ordena a todo ciudadano que vista de color negro para ofrecer luto a nuestro gran y difunto rey Chandler Tercero de Alquemy de Sansinof.

Los que deambulaban cerca se entristecieron por la noticia, y la gran preocupación se extendió por todo el reino y hasta los confines de la tierra, un nuevo rey y una nueva casa ocuparían el lugar, desde hace ya más de catorce siglos que esto no ocurría, la zozobra y el miedo se apoderaban de sus residentes y de todo aquel que fuera ciudadano.

Al interior del castillo la guerra por el poder comenzaba, las luchas por la sucesión estaban por verse, dos casas tomarían asentamiento por ocupar el trono, todos veían como gran ganador al señor Fire, elocuente con sus múltiples palabras, malvado y con un oscuro deseo por gobernar el mundo.

En los pasillos, entre columna y columna se esconden varias puertas, que no se quedan al descubierto para la vista de los demás, el castillo es una fortaleza que ayuda a sus aliados, y desde una de esas puertas, en la oscuridad se oye un susurro.

—Ven aquí.

—¿Quién eres?

—Soy yo, Vladímir.

—Ah, querido amigo.

—Dime ¿qué necesitas?

—Vamos a un lugar más seguro, ahora mismo.

Los dos salieron rápidamente estrujados por el afán de que nadie fuera a escuchar su conversación, la paranoia dominaba a Vladímir pues miraba para todas partes, casi no podía caminar del estrés que le proponía su cabeza. Entraron en la tercera torre del castillo, es privada, muy lujosa, era la sala de menester del rey. Con una biblioteca hasta el techo, un escritorio antiguo forjado con madera de ceiba, grande, una silla de escritorio reclinable, con una capa fina de cuero de animal, un tapete como alfombra de lino fino, y se observa un gran candelabro amarillo que enciende sus velas por sí solas cuando siente la presencia de un miembro de la familia real.

—Aquí nadie nos oirá Giovanni—. Vladímir sacudió sus manos contra su ropa, parece que esta era un tic nervioso que tenía, pues sudaba mucho.

—Eso espero—. Giovanni cruzaba sus manos mientras leía los títulos de los libros en la biblioteca. —Ahora dime ¿qué tanto es tu secreto?

—Debes asumir el reino hoy mismo —declaró con severidad—. No pierdas tu tiempo con conjeturas, sabes perfectamente que te corresponde, eres el máximo líder de los Equo, así debe ser.

—No quiero—. Respondió con una mirada sincera, buscando recibir aprobación.

—¿Cómo que no quieres? Estás loco.

—¿Qué hay de malo con Fire? Estaría bien si él asume el reino, yo no veo el problema, además es una persona que reconozco, está loco, pero puede ser un buen rey.

—No lo será, recuerda que ha intentado tomarse el castillo varias veces, y como no pudo, se hizo amigo del rey, ahora, estoy seguro de que él lo mató.

—No digas tonterías Vladímir.

—Es simple, o tomas el reino, o él te matará a ti, y a tu familia.

—No creo que eso pase —parecía estar despistado, no prestaba atención a los razonamientos de Vladímir—. Ahora vallamos a la ceremonia mi buen amigo, y deja de tener tantos cuentos, que no son buenos, sobre todo de un escritor como tú.

Giovanny abandonó el menester, dejando atrás el buen

consejo de Vladímir, quien lo vio partir, asegurando que algo malo puede sucederle, debía acreditarse como rey inmediatamente para que el castillo pudiera defenderlo, y así asegurar su bienestar y el de su familia, pero no lo hizo, ahora es un reino que está a la deriva.

Todos en el gran salón del vestíbulo principal, admiraban y reconocían al rey, como una persona noble, vieja, quizás anticuada, pero siempre con una felicidad inminente, tal vez le hubiera ido mejor si no se fijara en los consejos de Fire ya que tiene en mente varias ideas de conquistar el mundo entero y someter al resto de la humanidad a sus antojos, pues su campaña consistía en que los *sapiens* deberían ser gobernados con severidad para evitar que continuaran destruyendo el mundo, pero todos sabían que detrás se escondía su deseo por esclavizarlos.

En la mente de Fire, se encontraba un problema actual, y es que tenía a los Puffet como herederos y necesitaba la fuerza del castillo para poder gobernar absolutamente, sin este sus esfuerzos serían vanos, ya que el poder de la alquimia radicaba en las piedras angulares de la construcción.

—Mi querido Giovanni, Lía ¿cómo están? —saluda con fuerza, y una sonrisa hipócrita mostrando su dentadura totalmente brillante, además de su perfecto corte de cabello.

—Bien Fire, gracias —responde Lía de Puffet.

—Les desagradaría si les pidiera que, por favor vayan a la bodega del castillo y trajesen el vino que su majestad el rey escogió para dar en su funeral, yo estaré organizando algunos detalles aquí.

—No para nada —contesta Giovanni con una sonrisa, mientras toca el hombro de Fire en señal de amistad.

—Vamos cariño—. Convida a su esposa y la toma del brazo.

—No te parece extraño dar vino en un funeral—.

Comentaba Lía Puffet mientras voltea a buscar el rostro de Fire que se hallaba dando órdenes secretas a sus soldados.

—Son las exigencias del rey, así lo haremos, aunque no concuerde nada de lo que está sucediendo.

En la bodega que se encuentra en el sótano del castillo, se observa toda la clase de vino, las repisas estaban hechas de madera, y el piso de heno, buscaban las etiquetas que dijese «Botella de vino real». Al ingresar se cierra la puerta bruscamente, ambos miraban las etiquetas de los vinos.

—¡Oh! Mira esto mi amor —Giovanny sujetaba una botella de vino del año de 1513—. ¿Recuerdas lo que pasaba cuando empezábamos a tomar uno de estos?

—Sí, lo sé, las tonterías nos dominaban, éramos jóvenes.

—Aún lo somos, Lía.

—No sientes que el suelo está un poco caliente, debería ser frío, además la humedad comienza a sentirse.

—No lo sé quizás algún truco para conservar el vino.

—¿Eres tonto Giovanny? El vino no se mantiene con este calor.

—Y es que… —brincó de dolor Lía, los pies estaban muy calientes.

—Necesitamos salir de aquí ahora —aseguró el señor Puffet mientras trataba de abrir la puerta.

Pronto la madera empezó a arder, salía humo de todas partes, tosían.

—Giovanni ¿qué ocurre aquí?

—Tranquila Lía, saldremos de esto.

El lugar se empieza a quemar, arde en llamas toda la bodega, a pesar de los gritos desesperados y el notable humo que salía por una pequeña ventanilla, nadie que pudiera ayudarlos los oía; Fire había decidido que los guardias que custodiaban el lugar quedaran afuera e incendiaran el lugar para quemarlos y deshacerse de la familia Puffet.

En el aquel momento murieron los padres de Sam Puffet, incinerados por la avaricia de Fire y el fuerte deseo de controlar el poder, pero aún el castillo no le respondía, necesitaba de una coronación y legitimar su poder.

Capítulo 1

Del amor y otras cosas que había en el cajón

Sí, ahí estaba él, encantador con su traje de gala y de gancho con su esposa, brillaban en la noche pues hacían reír con sus chistes a los compañeros de trabajo, en la gran gala ofrecida por la universidad al recibir los premios, los mejores ingenieros por sus destacados logros de investigación. Todo un gran baile; esos eran los Puffet ¡despampanantes!; misma noche en la que al norte de la ciudad se encontraba Antxon, un adolescente de doce años, delgado no muy alto, cabellera amarilla como el sol un poco largo que a veces cubría sus ojos, estaba al cuidado de la señorita Crisse alguien arrugada y gorda, tiene gafas rosadas más grandes que su cara, viste de ropa ajustada, parece de esos embutidos que venden en los supermercados, algo chistoso para muchos, desagradable para otros, y aprovechando que dormía en aquel sofá gris, tan gris como su vida, era cuestión de oírla roncar mientras a escondidas Antxon aprovechaba para escapar.

Caminando por la acera como a dos calles, mientras pateaba algunas piedras observa detalladamente una familia a través de la ventana que da a la sala, es notable ver que están juntos riéndose, zapeando la televisión, ese cambio de canales parecía que lo disfrutaban todos —¿cómo antes no había visto esas personas? Son gordas—. Cuestionaba Antxon en su mente, luego se sonrió, para continuar después de un suspiro, como si deseara tener una familia así, unida, para al menos para pasar una noche juntos a la luz de la pantalla.

Por andar distraído chocó con el buzón y caen los dos al suelo, rápidamente intentó repararlo antes de que aquella familia se diera cuenta, pero demasiado tarde, en el palco de la casa se asoma Amelie una chica delgada casi igual a la estatura de Antxon, cabellera oscura como la medianoche y largo, daba a la altura de sus costillas, ojos verdes y de unos doce años también.

Desde arriba gritó:

—¡Eh, tú! ¿Qué haces con nuestro buzón? ¿Traes una carta?

Entretanto Antxon lee el letrero del buzón que decía «Los Amorím», entonces rápidamente contesta en forma de grito para que le oyera:

—¡No señorita, perdóneme, me tropecé con el buzón y estoy tratando de arreglarlo!

Amelie baja de la ventana con toda prisa, ni se da cuenta de que ya está empezando el partido de béisbol, esa noche jugaba «Los Cangrejos Azules», su equipo favorito. Cuando llegó al buzón se presenta, con un tono cortés.

—Mucho gusto mi nombre es Amelie Amorím soy nueva por aquí —estira su mano—. Pero me puedes llamar Amy —sonríe—. Es más fácil de pronunciar y ¿tú? ¿Cómo es tu nombre? —sudaba sus manos nerviosas, la impresión que le deba Antxon era buena, y le agradaba.

—El gusto es mío Amy, mi nombre es Antxon Puffet—. Trató de no tambalearse pocas veces se acerba a una niña.

—Y andaba por aquí ya que estoy solo en casa, o bueno tengo una niñera, pero está dormida, vieras como ronca, parece cualquier animal menos una persona —cubrió con su mano la boca ligeramente, parecía querer estallar de risa.

Mientras ambos se demostraron simpatía, el padre de Amy observa desde su sala y llama a la puerta esperando a que Amy entre a casa. Un poco decaída Amy se despide.

—¡Adiós! Creo que mañana nos veremos en la escuela, espero que sí, sabes, no tengo muchos amigos aquí y pues no quisiera estar sola.

Contesta Antxon entre una risa tímida con un tartamudeo que hasta él mismo estaba sorprendido de lo que le ocurría a su cuerpo.

—Bien, vale, ¡eh! Gracias, mañana paso por ti… o bueno en el bus paso por ti porque no tengo… nos vemos aquí o… algo así.

Una sensación extraña sintió Antxon en el aquel momento, desgastarse mentalmente para pronunciar unas palabras no era algo común, pues al parecer apreciaba que había encontrado una amiga, sería esperar a que llegara el día siguiente para saber que más podrán seguir hablando; nunca alguien le había sonreído y quedado de hablar al día siguiente. Antxon Miró el reloj que le regalaron en Navidad del año pasado, una baratija de plaza de mercado, no confiaban en él para darle algo mejor, así que decidió correr rápido a casa, pues sus padres estaban a punto de llegar.

Y no fue más, pues al llegar se estrella con problemas, su niñera ya estaba despierta y desesperada porque no lo encontraba por ninguna parte en la casa, lo llamaba y hasta se podía escuchar desde tres casas antes, así que con cautela Antxon entra por la puerta de atrás que da a la cocina, y logra escabullirse, y simula estar buscando algo en las alacenas, en el momento la señorita Crisse hace ingreso enojada y con un susto entre sus manos, al ver su rostro se apreciaban unas cejas unidas que bien pudieran ser una sola y fruncida su frente, era inevitable, además sus famosas gafas ya no las traía puestas, y sus ojos pequeños, pero tan pequeños que al arrugar su frente se perdían, como si su lugar de procedencia fuera la China.

—¿Dónde estabas? ¡Te he estado buscando por todas partes, jovencito! —. Puso su mano sobre su cintura, exigía una respuesta, mientras lo miraba con frialdad.

Antxon con la mirada aterrorizada y frotándose las manos contesta —estaba aquí en la cocina todo el tiempo, jugando con... —de forma muy audaz recordó que tenía un muñeco en su bolsillo—. *Spot* mi soldado favorito y nos entramos en la alacena señorita Crisse lamento haberle hecho buscarme durante todo este tiempo.

Una disculpa muy hipócrita, mostraba sus dientes en un tono de burla.

La señorita Crisse se conforma con la respuesta sonríe, y pone sus gafas rosadas nuevamente en su rostro.

—¡Eres un buen chico! ¡Mira! Llegaron tus padres, anda ve a recibirlos—. El tono de voz de la señorita Crisse es alto, produce impaciencia, tiene un timbre elevado casi como si llevara una corneta incorporada.

No muy motivado más bien resignado Antxon sale de la cocina, con cabeza cabizbaja da un saludo con su mano.

—¡Hola, aquí están de nuevo! —subió rápidamente por las escaleras y cierra la puerta de su cuarto de manera abrupta.

El padre de Antxon, el señor Sam Puffet, un joven adulto, corpulento, color blanco, siempre gustoso de llevar corbata, bien afeitado, ojos grises, alto y con nariz respingada; y su madre la señora Nainay de Puffet una mujer alta, con adornos en su cabello; esa noche traía una tiara de diamantes puesta con un ostentoso peinado, parecía toda una reina, además de su vestido rojo elegante y tacones altos también rojos.

Sam decía a Nainay de una manera arrogante que su hijo se comportaba de una manera muy extraña, que es grosero y tosco, arrojándole toda la culpa de la mala educación que ella le ha dado, pues consideraba que se le malcriaba al darle todo lo que él deseaba. Nainay intentaba quitarse la tiara que traía en la cabeza, se había logrado enredar entre tanto cabello, lanzó una mirada amenazante.

—La educación no es exclusivamente mía, también te recuerdo que es tu hijo, ¿recuerdas que me ayudaste a tenerlo? Además, otro punto importante es esa escuela a la que va, pues es pública ¡qué más se puede esperar! —jadeó por su intenso dolor en el cuello—. Es bueno buscar una nueva escuela que sea privada para que Antxon reciba una buena enseñanza y se sepa comportar como tú sugieres, mientras tanto te agradezco la ayuda.

Entre tanto la señorita Crisse que se encontraba cerca de la puerta para salir, toma su bolso y como es de costumbre, recibe el dinero a cambio de cuidar del niño, los señores Puffet no dieron las gracias por sus servicios, ella se retira, un poco preocupada por el pequeño, pero algo en su corazón le decía que todo iba a estar bien.

Sam entre tanto que colgaba su chaqueta y quitaba la apretada corbata de su cuello, en un tono regaña dientes dice:

—Vamos a dormir ya, los monigotes que tengo como compañeros son un descaro al tomar tanto alcohol esta noche, afortunadamente salimos rápido, de lo contrario, no amaneceríamos dispuestos a madrugar mañana para el trabajo.

Suben las escaleras, la señora Nainay se queja de sus pies, dice que le duelen, así que decide buscar una crema para frotársela, pero al ingresar a la habitación los señores

Puffet detallan un sobre su cama, con un sello particular, de color rojo y un símbolo como escudo de armas, dos tigres a cada lado y unas letras que no se pueden leer bien; Nainay abre la carta y decía:

Sur de Transnistria.

Señores:

Puffet.

*Esperando que tengan un buen día señor y señora Puffet, por medio de la presente nos permite informarle que el tiempo para presentar a su hijo ante el concejo del **Reino Alquemy de Sansinof** está a punto de iniciar, recuerde que es importante reconocer a su hijo como prócer de nuestra identidad y de transmitirle las buenas enseñanzas con respecto sus capacidades y habilidades sobre la alquimia.*

Esperamos que nuestra invitación sea bien tenida en cuenta, así como su padre señor Puffet lo hicieron con usted cuando tenía la misma edad.

Es una pena que tiempo después haya tomado otra decisión con respecto a sus habilidades.

Que tenga una excelente noche.

Cordialmente.

Registro de Alta Alquimia.

Biblioteca Turam.

26

Nainay muy asombrada de lo que leía, logra sentarse en la cama y con un tono de voz despectiva pregunta:

—¿Qué pasa aquí? ¿Qué cuento es este? ¿Me estás jugando una broma?

Como si tratara de algún juego de esos que proponen en internet como un reto para asustar a sus parejas. Nainay también pensaba que tal vez podía ser un boleto de escapatoria de su hijo para escabullirse con alguien el fin de semana.

Simple y con preocupación Sam responde:

—No, para nada, ese no fui yo. El señor Puffet se queda pensando por un momento y se detiene en su cama con los hombros encorvados.

—Tal vez tenga un recuerdo muy vago, sobre esa carta o su mensaje.

Nainay hace un gesto con su cara para llamar la atención, mueve sus cejas y abre los ojos de asombro esperando una respuesta.

—¿Qué es? Dime, esto parece un juego, ¿dónde es el tal reino y cómo que debes presentar a tu hijo? ¿Te escaparas a alguna parte? —. Volteó su mirada al armario cruzando sus brazos en espera de oír una respuesta.

Sam se levanta de su cama y en un tono fuerte, moviendo sus manos como si hablara con ellas dice:

—¡Tienes que calmarte mujer! Te voy a contar lo que conozco, pero sé que vas a decir que es un cuento de hadas, pero es, tal cual como lo digo… Mis padres no son de aquí, son de una lejana tierra que por cierto casi no la hemos oído mencionar en los libros de historia, pero si, allí está, ubicada a las orillas del río Dniéster, después te contaré como llegar ahí… por ahora solo recuerdo cuando tenía la misma edad de Antxon, cuando mis padres decidieron llevarme allá, era un lugar muy extraño pues los animales no son como los conocemos, ¡por lo contrario son algo raros!

Bueno realmente la entrada a ese lugar parece un cuento peculiar, la puerta la recuerdo con un aspecto antiquísimo, es un marco lleno de enredaderas con unas insignias en la parte de arriba, es un lenguaje que no conozco, como te dije, es como lengua latina, esa puerta se abre sola y hace un ruido muy fuerte, según recuerdo que dijo mi padre, que ningún ser humano normal lo puede soportar, al menos que contara con algo diferente y especial se podía atravesar esas zonas desconocidas por la humanidad, una vez que se abrió la puerta vi un edificio a lo lejos que tenía forma de castillo con cinco torres.

Una vez entrado allí nos montamos en un elefante, era algo extraño, no es tierra de elefantes, estos tenían dos trompas y un sombrero y, ¡a qué no adivinaras! ¡Eran rosados! —sonrió para sí, aquel recuerdo le trajo un buen momento—. Luego de una hora de estar montados y de observar un paisaje muy gris y nublado, la verdad me dio mucho miedo y quería irme rápidamente de aquel lugar, recuerdo que mi madre dijo que una vez dentro ya no podemos salir hasta no terminar a lo que habíamos venido.

Una fortaleza grande se veía al final del camino unos muros muy altos con soldados vestidos de color rojo con azul como los de los del palacio de Buckingham, salvo que estos no tenían rostro sino una mascareta gris, y sus armas para los guardias que estaban dentro de las torres eran arcos y los de la muralla eran lanzas, un poco anticuados, pensé yo, esas armas son del siglo pasado; nuevamente había una puerta de madera gigante para ingresar al castillo, se abrió a nuestra llegada, allí se quedaron nuestros elefantes, el lugar por dentro se veía un poco oscuro y frío, sin color, unas tiendas caídas, como si antes hubiera una plaza de mercado; al fondo se observaba un salón grande y dentro cuatro mesas cada una con veinte sillas y en ellas nombres escritos por detrás, un poco deterioradas por el polvo y la humedad, todas alrededor de la sala separadas por colores y símbolos.

En las paredes había retratos de personas que parecían reyes, por su estilo de túnicas. Mientras observaba todo esto, salió un señor que parecía un rabino, mis padres se inclinaron como saludo, y pues me tocó hacer lo mismo, no me gusto para nada, —hizo un gesto de desagrado con su cara, meneando la cabeza hacia ambos lados—. Tener yo que hacerle tributo a alguien que no conocía y que no me cayó en gracia por su manera de reír con un diente de oro y su forma de sobarme los cachetes, Vladímir no estoy muy seguro cuando dijo su nombre, o mi madre lo saludó, ya no recuerdo, cómo fue.

Les dijo a mis padres que necesitaba hablar un momento con ellos y me dejaron a solas en el medio del salón vacío, en mi observación, llegué a una placa que tenía mi nombre «Sam Puffet» me quedé muy sorprendido; pronto llegó mi madre y le quise preguntar porque mi nombre estaba allí y qué era ese lugar tan extraño, pues durante el viaje ignoraron todas mis preguntas, pero la prisa que ella tenía no la comprendí, me montaron al elefante en que habíamos llegado diciéndole a uno de los guardias que me pusieran a salvo y que me sacaran del lugar, el soldado subió y me cubrió con algo en la cara que hizo que me quedara dormido, al amanecer estaba montado en un avión y nunca más supe de mis padres, ni del rabino, ni de nada, no sé qué más pasó; Pero lo único que sé es que mi hijo no irá a ningún lado que no conocemos bien, eso tenlo por seguro.

—Eso espero Sam, no más sorpresas —contestó Nainay a la historia.

Una vez finalizado la historia, silenciosamente los Puffet

sin pronunciar palabra, vistieron de sus pijamas y se propusieron ir a dormir, guardando la carta en un cajón rojo, que estaba en la parte superior del armario.

De lo que ellos no se percataron era que Antxon muy sigilosamente había oído parte de la historia, pues estaba cerca de la puerta de la habitación de sus padres, prestando atención a la conversación, un buen oído que se percató de varios puntos importantes en la historia, al irse a la cama se quedó muy pensativo sobre los elefantes rosados del cuento de su papá; decía en su mente que era muy gracioso, además de la inquietud por leer lo que decía aquella carta que su papá había metido en el cajón rojo, parecía importante, tanto como para hacerlos discutir.

En la mañana siguiente con rapidez se levanta Antxon, en su mente una cita con su amiga nueva, su corazón saltaba de emoción, se trató de peinar pero su descontrolado cabello era un poco difícil de aplastar, así que lo dejó tal como estaba —sí, apariencia de recién despierto— lavó sus dientes, se colocó el uniforme del colegio y salió; vestía de pantalón negro, camisa blanca, corbata y chaqueta roja, zapatillas negras relucientes, y un morral lleno de libros y cuadernos, el sexto grado le esperaba después de una largas vacaciones de invierno.

Mientras bajaba las escaleras para ir al desayuno su despeinada madre, en pijama, sin maquillaje, un tanto despistada, y bostezando promulgaba a regañadientes:

—¡Muévete Antxon o te dejará el autobús, y no quiero llevarte hoy! Recuerda aquella vez que nos quedamos atascados en el tráfico.

Es que a los autobuses escolares les permiten andar por un carril especial, para llegar pronto a la escuela, por eso su madre odiaba la idea de querer llevarlo; aunque para

Antxon era mejor que lo llevaran en el coche, pues a veces se encontraba con mandriles de cursos superiores dispuestos a quitarle su desayuno o las monedas que tenía para comprar dulces en el recreo.

Antxon al trote que le permitían sus pies para bajar por las escaleras, llega a la cocina para comer su cereal, el de su sabor favorito chocolate con nueces, era difícil de conseguir, pero al menos en eso le daban gusto; los Puffet eran felices viéndolo comer, tal vez porque lo veían pálido, flacucho y débil.

Suena el pito del autobús, un servicio viejo, sus latas pintadas de amarillo, además de su estruendoso ruido del motor. La puerta que al abrirse parecía que se estaba cayendo a pedazos. Antxon saluda señor chofer Gorgori, naturalmente es gordo, su uniforme era un overol verde, cruzado por un cinturón grande de color negro, gafas oscuras y gorra blanca, amablemente sonríe y mueve su cabeza indicándole a Antxon que entrara, aquí inicia nuevamente una travesía, ya que no tenía amigos y casi nadie le gustaba sentarse con él; pasó hasta el final de autobús y allí se sentó aguardando llegar a la casa de los Amorím.

Pasaron algunos minutos y sí, efectivamente, allí estaba Amy, vestía con su uniforme nuevo, falda de color negro hasta la rodilla, con medias cortas, blusa blanca, corbatín y chaqueta roja, su cara limpia, sonrisa tímida, cargaba un morral negro y dirigía su vista al suelo, Antxon movía sus manos para que lograra verlo, en ese momento ella alza su mirada, sonríe y llega hasta su lugar.

—¿Cómo es la escuela? La verdad es mi primer día en ella y no quiero que se burlen de mí, como en la otra escuela, sabes, el *acoso escolar* es terrible, lograban hacerme sentir muy mal.

Por esa razón los Amorím se cambiaron de ciudad, ya

que estaban en la búsqueda de un nuevo colegio para tener un mejor comienzo de su hija Amy, que pasaba penas y largas horas llorando, por ser inteligente y sobre todo diferente, ya que su peinado ocultaba una parte de su rostro, encubriendo el ojo derecho. A los demás les parecía extraño paro Antxon parece que veía todo un mar de ilusiones.

—Te contaré como es la escuela, pero como yo la veo, primero te encuentras con la entrada que es un poco rústica, la escuela la rodea un inmenso muro que le da la vuelta entera, allí se para un señor que es el custodio, parece un policía y ¡se cree policía!, pienso que quizás quiso ser un agente secreto… —un respiro—. Cuando llegas a la puerta él te requisa con un una maquina extraña que, no sé qué es, verás una antena larga y muchos cables, parece de esos que vemos en el aeropuerto, ve tú a saber que será; una vez que logras pasar esa súper seguridad, sigues con los bufones de toda la escuela, siempre ubicados en los casilleros buscando a quién molestar, por cierto son los mismos que te viste cuando entraste al autobús, realmente producen fastidio; pero te enseñaré como pasártelos sin que se den cuenta —meneó su cabeza aludiendo que sabía hacerlo muy bien—. Nuestra maestra de sexto grado es muy amable, siempre nos espera a la entrada del salón de clases, ya verás que mientras estemos allí dentro todo estará bien, te guiaré por los lugares más seguros para nosotros transitar sin que nos quiten nuestro dinero.

Se rieron y al parpadear ya estaban en la zona de aparcado de la escuela.

Son los últimos en bajarse, preocupado Antxon por su nueva amiga que parecía un poco nerviosa, rápidamente sube las escaleras para entrar al colegio, y desde allá le indica que todo está en orden, pasan por un lado del guardia de la escuela, quien estaba ocupado atendiendo asuntos de un estudiante que según él tenía armas extraterrestres, ¡qué locura! Pensó Amy. Cuando estaban llegando donde los bufones, de manera rápida se escabulleron corriendo mientras ellos ya sujetaban a un niño del cuello de su camisa, pedían dinero.

—Esta escuela no me gusta para nada—. Amy un poco preocupada por lo que estaba viendo, sintió en el aquel momento que tal vez era mejor devolverse para su escuela anterior, pues allí ya conocía a quienes acercarse y tenía varios planes para sobrepasar a los que le hacían *acoso escolar*. Todo esto le resultaba nuevo y diferente, un poco aterrador.

Pero para sentir tranquilidad estaba Antxon quién la miró de una manera sensible, entendía lo que ocurría en su interior, pero no perdería la oportunidad que tenía enfrente —¡Al fin una amiga!

—Tranquila te acostumbraras, ven vamos la maestra nos espera en el salón de clases.

Después de que todos entraran a clase, la maestra la señorita Adriana, una bella joven no muy alta de tes latina, ojos verdes, sonrisa grande, y cabello castaño, vestía de pantalón ajustado y una blusa con todos los colores del arcoíris, decide que Amy se presente ante la clase, lo cual salió muy chistoso ella no sabía hablar en público y su lengua se enredaba. Se escucharon algunas palabras balbuceantes lo que ocasionó que todo el salón de clases se burlara de ella, las risas no paraban en todo el lugar, pero Antxon permanecía atento.

—¡Ah!, eh… Brrrr… yo, este… llegué anoche, y ah, no sé… gracias—. Tomó su lugar abrumada y con el rostro rojo como un tomate.

Afortunadamente la maestra la rescató.

—Amy gracias por tu saludo… quiero decirles niños que Amy, viene de Barcelona, estamos a muchos kilómetros del lugar de en el que ella vivía antes, por eso es importante hacerla sentir como en casa, tal vez en algunos días tenga mayor confianza con nosotros y nos cuenta sobre sus aventuras.

La clase continuó. Las matemáticas solían ser aburridas, para Antxon todas las clases estaban mal, no lograba entender mucho, por más atención que prestara en clase, pensaba que no era el suficientemente inteligente, pero al llegar Amy ese día notó que además de iniciar una amistad encontraba con quien hacer los deberes de las clases, se establecería un dúo perfecto.

El recreo fue muy divertido, parecían siglos esperar a que sonara la campana de la escuela para anunciar el inicio del recreo. Cada uno llevaba su propia comida dentro de su porta comidas, a Antxon le dieron Espárragos que para todos a su edad es algo horroroso de comer, pero a él le fascinaban y pues sus padres eran felices dándole exclusivamente espárragos a la hora del recreo; por otro lado, Amy si tuvo un gran festín, su madre le empacó un pastel de chocolate con chispas de chocolate y pequeños trozos de galleta de chocolate, Amy decía que era notable cuál era su sabor preferido y se rieron muchísimo los dos.

Un día en el colegio nada fuera de lo normal, para los dos. Al regresar a casa cada uno pensaba que había sido el mejor día de su vida o al menos el mejor día de clases que un niño a esa edad pudo haber tenido, y aún sin tener amigos en tanto tiempo, ese día encontraron a alguien que parecía estar cortado con la misma tijera —hermanos de distinta madre—.

Antxon entra a su cuarto para descansar, recuerda aquel cajón rojo que se encontraba en el armario de sus padres, y se preguntaba cómo llegar allí, hacía todo tipo de planes en su mente y recordó que en el sótano tenían unas escaleras, pero ese lugar en el que estaban prefería no entrar puesto que, hacia sonidos muy raros para él; pero esta vez, se hallaba una caja de color rojo con una carta que leer, pero se le era imposible, así que se armó de valor y decidió bajar al sótano.

No sin antes, camuflarse con un escudo de armas, un brillante casco sobre salía visiblemente, no era más que utensilios de la cocina, pues su escudo era la tapa de una olla muy grande, y para estar más seguro en sus manos cargaba unas tenazas, como espada de defensa.

Bajando lentamente por las escaleras empieza a escuchar unos sonidos extraños, al encender la luz se da cuenta de que no es más que unos ratones corriendo y haciendo daños, había un montón de cajas negras y grises en aquel sótano, ¿qué guardarían? Pensaba Antxon en su cabeza.

—¡Por fin! —exclamó Antxon, pues ya había encontrado las escaleras para llevar sigilosamente hasta la habitación de sus papás y poder observar que se encontraba dentro.

Sube la escalara a toda prisa tiene poco tiempo antes de que su padre regrese o su madre salga del cuarto de estudio. Una vez llegado hasta la puerta muy silenciosamente pone en el armario la escalera para subir. Y ahí estaba majestuosamente aquel cajón de color rojo, pero todo esto era algo extraño, ¿un cajón que no estaba en su lugar? ¿Dónde pertenecía? Por lo pronto tenía un problema muy grande, no sabía cómo abrirlo, tenía una figura para abrir totalmente extraña, necesitaba una llave, pero esta no era como las demás, su entrada para la llave era de forma ovalada, y nadie conoce las llaves así, o al menos Antxon no las conocía; lo que seguía quizás era más complicado aún, ¿cómo abrirla? Y su tiempo se reducía ya que su madre puede llegar a cualquier momento y regañarlo por estar allí.

Así que decidió esperar hasta la noche a que su papá

llegara para observar el lugar de la llave con la que puede abrir el cajón; bajó las escaleras, miró para todas partes, en caso de que su madre estuviese por allí husmeando, subió nuevamente hasta su cuarto, su decepción era tan grande que el miedo por estar en el sótano se fue de su mente, por ese momento estaría en su cuarto para estar tendido en su cama, y esperar. E imaginar cosas mágicas, de superpoderes que podía tener. Como lanzar *tazos* desde la muñeca de sus manos, para combatir barcos enemigos en el mar que estaba dibujado en el techo de la habitación.

En aquel momento podía sentirse como un héroe de batalla que difundía terror para enfrentarlo, con sus *tazos* destruía las bombas lanzadas por los caballeros sanguinarios de la triste figura, que buscaban invadir la isla que se llamaba «más acá» Antxon se imaginaba también rescatando la otra isla que tenía por nombre «más allá».

—Ya verán caballeros sanguinarios, yo rescataré la isla del «más allá» y evitaré que destruyan la isla del «más acá». Usaba sus muñecas para pelear, lanzando en todas las direcciones los *tazos*.

El tiempo transcurría y su padre quien cada vez que llegaba ni alzaba un saludo a su hijo. Se escucha cuando se estaciona el automóvil del señor Sam.

Antxon contento baja a saludar:

—¡Hola, papá!

Un silencio.

—¿No oyes que te saludan? —. Enfurecida Nainay miraba a su esposo.

—¡Ah! Hola muchacho, no te había escuchado.

—Bien. Contesta Antxon mientras entra a la cocina a buscar algo para comer.

Una discusión nueva ocurre entre los esposos Puffet, parece que la relación padre e hijo no marcha bien.

—No te parece que tu hijo merece más que un «hola muchacho». Imitó la voz Sam entre dientes Nainay.

—Mujer, estoy muy cansado el niño además comprenderá, es joven su cerebro madura rápido.

Nainay bramó, no le gustaba que esta situación se presentara, quería más atención para su hijo, pero a veces es imposible pedir cosas a alguien que no las quiere dar.

Sam hablaba de todo en la sala de estar, menos de aquel cajón o de la carta que habían recibido el día anterior, entonces las oportunidades de encontrar la llave se hacían cada vez más lejanas.

—¿Qué tal tú día papá? —Preguntaba Antxon mientras tomaba un lugar en la sala, ya estaba apunto el señor Sam de poner su programa favorito de deportes.

—Bien, muy bien diría yo, un poco cansado.

—Respuesta tan brillante —gruñó Nainay.

—Y dime qué tal la escuela Antxon ¿nuevos amigos? —. Sonrió un poco para darle gusto a su esposa.

—Sí papá una nueva amiga, se llama Amy, vive muy cerca, como a dos calles.

El programa empezó, y la conversación se pausó.

Antxon se fue a la cama, y preocupado por no haber podido ingresar al cajón miró la luna y le preguntó si quizás ella puede ayudarle, pero sonrió y dijo:

—¡Es una tontería preguntarle a la luna, ella solo responde en los libros de magia y cuentos para niños!

Tomó su sabana y se cubrió, acostumbrado a dormir sobre su lado izquierdo, se propone a dormir, cuando de repente se escuchó una voz dentro del cuarto.

—Yo de ti no diría eso.

Asustado, da una vuelta en su cama, termina cayéndose en el suelo, y golpeándose la cabeza.

—¿Quién me habla? —. Preguntó asustado.

—No temas, puedes estar tranquilo, soy yo, tu asistente personal, enviada directamente desde la alta consejería, es un gusto conocerlo señor Antxon.

—Pero… no te veo, ¿dónde estás? —. Se escuchan risas de niña en la habitación.

—Discúlpame —de repente estaba sentada en su la esquina de su cama—. Es que estoy entrenando, y lograr que no me vieras es difícil, pero lo logré ¿qué te parece?

Antxon anonado por lo que había visto casi no podía ni hablar, su boca estaba abierta y no era para más, pues su asistente como ella había dicho, era una pequeña de su misma edad, su pelo era rojo fuerte, ojos saltones verdes, su piel tan blanca como la leche y de tímida sonrisa, no mostraba sus dientes, un rostro completamente rojo de la vergüenza que estaba pasando en el momento.

—Y… ¿Cómo te llamas? —. Dijo Antxon mientras trababa de levantarse, y calmar un poco su dolor de cabeza, sobándose con una mano. Su expresión en la cara decía que le dolía mucho, y quizás la conversación que tenía era un simple truco de su imaginación.

—Mi nombre es Dinis… Dinis Stone —la pequeña niña se pone en pie y hace una reverencia—. ¿Qué tal? Disculpa es mi primer día—. Se ruborizó rápidamente.

—Bien… Bien, no lo haces nada mal, pero dime ¿qué haces aquí? ¿Cómo entraste a mi habitación?

Dinis se sienta en la cama y lo mira a los ojos, los detalles empiezan a salir de su boca, parece que tiene una historia larga que contar, además de su notable entusiasmo.

—Verás, quizás esto no te lo han dicho tus padres, pero del lugar donde provengo tenemos muchos problemas y ya casi no quedan personas de las casas que conforman el reino con habilidades nuevas, la escuela de la consejería está cerrada desde hace varios años, nunca la hemos visto abierta, mi madre dice que fue buena en su momento, todo lo demás está echo un caos, sin embargo, la dinastía de asistentes seguimos bien, o eso creo porque parte de la familia sirve al señor Fire Bering, él es un poco, ya sabes, severo, como que no le hacemos mucha gracia, pero yo digo que es por culpa de él que estamos así, lástima que nadie me cree. ¿Tú si me crees verdad Antxon?

—Pero si apenas nos conocemos y no sé de qué me hablas, además poco estoy entiendo de lo que me dices.

—Bien, dijo Dinis, continuaré diciéndote, que tenemos que irnos con tus padres a presentarte al consejo, tal como lo hacen los demás cada vez que cumplen los doce años, y sólo espero que todo salga bien, ya quedan pocos en el consejo y nadie quiere estar allí, todo se cae de a pocos y el mundo que mis abuelos conocieron ya no es el mismo.

Antxon seguía sin entender muy bien de lo que Dinis hablaba, decidió seguirle la corriente, y junto con ella fueron a buscar a sus padres, pensaba que se trataba de alguna broma o algo, pero recordaba que aún no era su cumpleaños número trece, entonces ¿qué puede ser? Pocos pensamientos llegaban a su mente, mientras bajaban por las escaleras, con dirección a la sala de estar, donde estaban el señor y la señora Puffet viendo un programa de de televisión.

—Buenas noches, Señores Puffet es un gusto conocerlos. Nuevamente Dinis hace una reverencia, se le ha instruido en que, a los miembros honorables de una casa, se les debe hacer una venia de respeto, para que sientan agrado.

—Buenas noches niña, ¿qué haces aquí? —contesta Sam, con su ceño fruncido y asustado—. Está un poco tarde para una niña de tu edad, estar en la calle y más en una casa ajena.

—Señor Puffet—. Dinis tomó una actitud empoderada de lo que estaba haciendo. —Hace poco debió llegarle una notificación del consejo de la Alta Alquimia, solicitando la presencia de ustedes y su hijo Antxon para la presentación.

Nainay abre sus ojos con asombro, le parece que la broma de anoche con la carta extraña debía parar inmediatamente.

—Vez Sam, te lo dije… ¿Qué clase de broma es esta, Sam? ¿Crees que tengo tiempo para estos juegos de niños?... Niña por favor, vete a tu casa está un poco tarde ya para tus juegos.

Sam con un tono desafiante en su voz y manos sobre la cintura, se ubicaba como un militar enojado en su sala.

—Escucha niña, no sé de qué me hablas, por favor vete a casa no queremos problemas con tus padres, mañana podrás jugar con Antxon en la escuela e imaginar todo lo que quieras.

Dinis miró a Antxon con gesto de preocupación por lo que sucedía, no era posible que sus padres no reconocieran lo que estaba diciendo, y ¿si el concejo se equivocó? Pensó en su momento, asi que decidió salir, para no tropezar más con sus palabras, la puerta se abrió mágicamente, lanzó una mirada hacia los Puffet y la puerta cerró con fuerza.

—El viento está un poco loco hoy ¿no crees papá?

—Sube a la cama Antxon, mañana tienes escuela.

—Sí señor—. Arrastró los pies por las escaleras, cabizbajo.

Pero Nainay tenía un mensaje mientras Antxon subía a su habitación.

—Cuando conozcas amigos, puedes por favor prestar atención para que se sean más cuerdos, ¡ah! Y otra cosa «jovencito» —chilló sus dientes—. No puedes entrar niñas a tu cuarto, está prohibido para ti… sube a la cama, mañana ya te encontrarás con ella otra vez en la escuela.

—Pero mamá… ella… apareció en mi cuarto—. Antxon

parecía preocupado para que le creyeran lo que decía —y dijo esas cosas… además dice que vuela ¿qué tan cierto es papá?

—Nada es cierto, quiero que subas en este instante a tu cuarto, duerme y trata de evitarla en la escuela, yo hablaré con sus padres, no está bien que entre a tu cuarto sin permiso.

Antxon, sin darse cuenta cierra su puerta y ¡oh! ¡Sorpresa! Allí estaba Dinis, esperándolo, con una mirada inquietante, contenta, probaba su colchón, saltaba retumbantemente sobre la cama, sentada.

—Disculpe señor Antxon, sabe usted ¿dónde fabrican estas camas? Son muy cómodas.

—No lo sé, —lanzó una mirada inquisidora—. de la misma manera en que no sé, cómo entras a mi cuarto y… ¿por dónde subiste?

—No te preocupes, son mis cosas, es mi manera, luego te enseño, ahora tenemos varias cosas que me preocupan y es saber cómo te llevaremos al consejo si tu padre no sabe de lo que hablo, aunque creería que, si me entiende, pero no quiere hablar del tema. Tendré que consultar con mis padres, ellos de seguro tendrán una solución a este problema, por ahora duerme señor Antxon, debo volver a casa en este momento.

—Espera antes de que te vayas —sugirió—. ¿Puedes hacerme un favor?

—Desde luego que sí, soy tu asistente ¿lo recuerdas?

—Bien, gracias —se sentó al lado de ella—. Es que en el armario del cuarto de mis padres hay un cajón de color rojo ¿puedes traérmelo y abrirlo para mí? Por favor.

—¡Ah! Dijo entre labios Dinis… espérame aquí, iré por tu cajón.

Dinis salió de la habitación de Antxon y entrando en el

cuarto de los papás observó que ya estaban allí, discutían con frecuencia por todo lo que pasaba durante el día, y tan concentrados estaban que ni cuenta observaron que el cajón rojo, se se escurría por el cuarto y el pasillo. Dinis era tan rápida que sus movimientos parecían como invisibles.

Antxon esperaba ansiosamente sentado en la cama preocupado porque sus padres no fueran a enterarse de que él estaba detrás del cajón, con la profunda probabilidad de que le dieran un castigo eterno, pues tenía rotundamente prohibido ingresar a la habitación de sus padres.

Pero Dinis obtuvo éxito en su misión, sonriente entrega el cajón rojo.

—Y ahora ¿para qué lo necesitabas? Se ve un poco viejo.

Antxon recibe el cajón y con asombro observa detenidamente, estaba pintado de rojo carmesí por todas partes, hecho en madera, con forma rectangular y la tapa en la parte superior un escudo de armas que tenía dos tigres a los lados, una corona, y adentro cuatro símbolos en forma de triángulos unidos por una cruz que sobre salía, la insignia decía: ALQUEMY REGNUM SANSINOF y en la parte de abajo cerca de la ubicación de la llave recitaba en unas letras doradas:

Proprium Regi G. Buffet

—Espera un momento Dinis, escuché a mi papá hablar sobre una carta que había llegado y mientras hablaba de esto, mencionó un lugar donde había un salón y muchas placas entre esas estaba el nombre de él y había animales extraños como por ejemplo un elefante rosado con dos trompas ¿qué te parece? ¿no es muy loco?—. Eso pareció un motivo de broma para Antxon.

Dinis sonríe para hacer simpatía por la broma.

—Si la verdad es que sí, es un poco loco, pero lo que escuchaste hablar del señor Sam, es verdad, y ahí vivo yo.

— ¡Oh vaya! Vienes de allá ¡qué bien! Puedes explicarme entonces, como puedo abrir esto, no tengo la llave.

Dinis observa la caja muy tranquilamente —quiero ver —riéndose un poco duro—. Pero ¿por qué no cerraron este cajón con una goma de mascar? Es súper facilísimo de abrir.

De su pelo sacó una pinza y haciendo gestos graciosos de fuerza en su cara, introdujo el alambre en el lugar donde iba la llave y sorprendentemente logró abrirlo. Destapando una serie de cosas que había dentro del cajón, presurosamente encontró la carta y la cerró metiéndola de debajo de la cama por si sus los padres de Antxon llegaban; Y junto con Denis leyeron la carta, lo que causo más intriga buscando la explicación de por qué los señores Puffet reaccionaron así, cuando Dinis los intervino en la sala, se miraron el uno al otro sin hallar respuesta. Un mensaje muy inusual, Antxon no comprendía nada de lo que ocurría, se dejaba llevar por el momento, desde hace un buen tiempo estaba anhelando que algo extraordinario sucediera en su vida, para cambiar su monotonía y ahí estaba sonriendo, sosteniendo esa carta.

Dinis emprende su camino de regreso a casa para contarle todo a sus padres y encontrar algo que le sirviera para poder hacer bien su trabajo, después de todo que pueda hacer una asistente de apenas doce años.

Aclaró su voz —señor Antxon, nos vemos pronto, iré a preguntar a mis padres qué es lo que sucede aquí, pasaré por la biblioteca, allá existe más información, siempre han dicho que el viejo Vladímir está loco, pero sabe cosas.

Saltó por la ventana, parecía una locura, cuando Antxon asoma su cabeza, no encuentra nada, es como si en realidad volara, o hiciera algo mágico. Decidió esconder el cajón debajo de la cama, para que no la fueran a mirar sus papás, estaba seguro de que algo podía suceder si seguía mirando el contenido de aquel cajón, entonces decidió dejarlo para después.

— Ahora sí, a dormir.

Al día siguiente Antxon no puede creer todo lo que había sucedido esa noche, así que se levantó y miró debajo de su cama, y sí, allí estaba el cajón rojo, la carta puesta en la mesa de noche, pero al mirarla detenidamente una vez más, en sus manos empezó a ponerse de color negra, y a evaporarse lentamente en sus manos, con los ojos sorprendidos observó por última vez aquella invitación. Justo en ese momento entra su madre, para despertarlo e ir nuevamente a la escuela, entonces se pone en pie para ducharse y estar preparado, el día segundo con Amy lo esperaba.

Esta vez no hubo que decirle a Antxon que tomara prisa para que su mamá no lo llevara, porque anhelaba montarse en ese bus, así que comió a toda prisa su cereal, y ni se despide de su madre. Ella se queda mirándolo y dice en su corazón con su suspiro.

— Crece mi muchacho tan rápido —. Continuó con sus quehaceres del hogar.

De camino hacia la escuela, nuevamente se encuentra con su amiga, ya marcaron sus asientos, eran los dos antepenúltimos de la derecha, nadie se sentaba allí porque estaban malos, pues el bus al frenar movía muy fuerte esos asientos y salían de sus lugares, estaban sin atornillarse, y el chofer ni cuenta se daba, esto no resultaba un problema para ambos, pues se divertían, además que era la única forma de viajar juntos.

Y tal cual como había ocurrido el día anterior, pasaron

por los obstáculos, la entrada rustica un poco extraña y fría, el celador y los bufones; una vez más estaba la maestra esperándolos a fuera para iniciar clases y ese día correspondía clases de geografía.

—¡Qué bien! —dijo Antxon—. Ahora me la pasaré durmiendo, odio esta clase, no puedo aún comprender ciudades y capitales, y ahora quiere enseñarnos historia de los mapas, esto es un suplicio… me sentaré aquí… y moriré lentamente…

Amy le reprochó: —¡No seas tan dramático Antxon! Nunca sabremos cuándo y dónde tendremos que usar la geografía, por eso es mi clase favorita.

Con un gesto mala clase y tirando sus hombros hacia atrás dice:

—Está bien, prestaré atención —volteó sus ojos—. Esto es terrible.

La maestra, la señorita Adriana inicia su clase, después de un breve saludo.

—¿Alguno conoce Rusia?

Todos contestaron a una sola voz: «No señorita»

—Bueno, pues este país es uno de los más grandes del mundo, y tiene una particularidad que ninguno otro tiene ¿saben cuál es?

Dinis alzó su mano, moviéndola alegremente, la respuesta estaba en la punta de su lengua.

—Sí señorita… —la maestra buscaba en la lista de alumnos el nombre de Amy.

—Amorím… Amy Amorím… y Rusia se encuentra en medio de dos continentes, entre Europa y Asia.

—Muy bien señorita Amorím, me alegra que alguien haya leído sus libros. —Y continuó diciendo: —Existen varios países que no escuchamos muy a menudo, por ejemplo: «*Transnistria*»

Todos en aquel salón empezaron a reír, el nombre les parecía sacado de un cuento de hadas.

—Sí, suena chistoso y no creerán que existe, pero sí y está allí ubicado cerca de Ucrania y Moldavia, ¿qué les parece chicos?

—¡PROFESORA! —gritó Antxon desde su pupitre—. ¿Dónde puedo encontrar más información sobre ese país? Me interesa conocerlo.

—Ve a la biblioteca, o en internet, puedes encontrar muchísima más información sobre este territorio y me alegra ver que por fin te intereses en algo de lo que estamos estudiando.

Todos voltearon a verlo, lo señalaban de ser el más torpe que no aprendía nunca nada, además de sus bajas calificaciones que siempre tenía, inexplicablemente lograba pasar de grado.

Amy le dijo al oído muy suavemente mientras se inclinaba para que la maestra no fuera a reprender.

—Ve hoy a mi casa… después de clases… tengo información que te puede servir.

—¡Oh verdad! Que eres amante a la geografía.

En casa el Señor Sam, decidió quedarse a descansar, pues de la noche en aquel baile habían estado sentían aún el dolor en sus piernas, todo un recordatorio de los años ochenta y noventa. Dormía tranquilo en cama, mientras Antxon estaba en clases, cuando de repente un fuerte viento entró a su cuarto, era recio, y tumbaba cosas al suelo, así que Sam decide levantarse para cerrar la ventana, Nainay llega en ese momento asustada, agitada por subir las escaleras tan rápido y su cabello estaba enredado, diciendo a gritos

—¡SE HA VUELTO LOCO EL VIENTO, TIENES QUE HACER ALGO, BAJA Y ¡AYÚDAME!

Sam se levanta a toda prisa corre a la cocina a tratar de cerrar la puerta, pero era imposible, el viento no lo permitía, hacía su mayor esfuerzo, pero empeoró, rompió la puerta, y de repente el viento se calmó, hubo un silencio espeluznante, Nainay se lanza a los brazos de Sam, asustada, pensaba que algo extraño estaba sucediendo, los dos decidieron ir hasta la sala, y ¡oh sorpresa!

—Buenos días, señores Puffet, es un gusto conocerlos.

Un hombre corpulento, calvo, con seriedad en su rostro, en uno de sus ojos tenía una lentilla, que estaba puesta entre su ceja y cachete, su mirada era intimidante, una voz gruesa, aterradora, acostumbrado a arrastrar sus palabras, vestía un traje de aristócrata, con varias franjas de color rojo oscuro.

Sam con su brazo acomoda a su esposa para que quede atrás de él, a su espalda, asustado pero valiente, alza su mirada hacía el rostro de aquel hombre y le pregunta:

— ¿Usted quién es? Y ¿qué hace en mi casa?

—Tranquilo Sam, lamento haber ocasionado tanto desastre, hace tiempo que no visito España, y olvidaba lo delicado que es este ambiente y su naturaleza tan débil, enviaré a algunos de mis asistentes a limpiar todo esto.

Sam retrocede para arrinconarse a lado del televisor, alza una ceja preguntando:

—No… no… no entiendo a ¿qué se refiere? ¿Qué… qué… quiere? ¿Cómo sabe mi nombre? —. Con voz temblorosa.

Este hombre insistentemente, con sus brazos cruzados los mira por el rabillo del ojo mientras da un recorrido por la sala.

—Te he dicho que estés tranquilo Sam, entiendo que no me conozcas, fue hace tanto que te vi, eras tan solo un menor, preparado para ser presentado ante el concejo… —lo miró fijamente, tratando de mostrarse amable—. Ahora bien, estoy aquí porque necesito un favor tuyo... tu padre —mostró su burla—. ¡Oh aquel anciano! Tenía un cajón rojo, con algunas pertenencias que estoy reclamando, quizás tú puedas devolvérmelas en este momento, entre más rápido mejor para todos —pasó su mano por la frente—. Te exijo que me las devuelvas ¡AHORA!

Sam sin ningún tipo de cobardía lo señala con su dedo índice.

—No tengo lo que buscas viejo loco, mi padre murió hace años, no tengo nada parecido a lo que dices ¡AHORA VETE DE MI CASA!

Nainay aterrorizada por lo que estaba sucediendo, temblaba de nervios y solo podía ver sobre los hombros de su esposo, agachando continuamente la mirada sin pronunciar palabra.

—Me temo que no sabe con quién está usted hablando señor Puffet, soy Fire Bering Rey legítimo de Sansinof, jefe de la casa Fire, rector de la alta consejería—gruñó con sus dientes—. ¿Dónde está mi cajón?

Sam tercamente mientras tomaba a Nainay le contestó:

—No sé de qué me habla, por favor váyase está muy equivocado, aquí no es, lo que busca no está aquí.

Bering dice a sus tres hombres que estaban a fuera de la puerta haciendo guardia, eran unos soldados con máscaras grises, pantalón rojo, zapatillas negras y camisa azul oscura.

—Rigord, Hamulth, Nething busquen por toda la casa, ese cajón debe estar por algún lado.

Entraron destruyendo todo y a su paso iban quemando los objetos, era cuestión de todo lo que tocaban para que quemarse enseguida, y en poco tiempo una nube negra los estaba acobijando, era el humo que empezaba a nacer por los pequeños incendios dentro de la casa.

Bering con su voz frívola —les preguntaré una vez más ¿dónde está el cajón rojo?

Nainay atemorizada dice a Sam: —¡ENTRÉGASELO ESTA DESTRUYENDO TODO!

—Está arriba en nuestra habitación, en la parte superior del armario. —interviene Nainay.

Hamulth, uno de los guardias, era el más bajo de los tres, delgado, parecía noble, pues aún con la máscara gris, su mirada era constante, transmitía amistad y comprensión, corre y sube buscando desesperadamente el cajón, pero no lo encuentra por ningún lado.

Hamulth cabizbajo dice desde la escalera.

—Alteza no encontré nada.

Nething se percata de que los bomberos están pronto a llegar por lo que pone en alerta al señor Fire.

—Señor, se acercan más *sapiens*, parece que son los que apagan fuego con su máquina descontrolada de agua.

Bering se enoja y enfurecido decide que es mejor llevárselos al reino, para que el cajón pueda llegar hasta sus manos, pensó en aquel momento que al llevar al legítimo rey el castillo le devolvería el cajón y así poder tener lo que quería.

—Amárrenlos, llévenselos al Panteón Azcárraga, les sacaremos más información, con suerte encontraremos el cajón dentro del castillo.

Entre tanto Sam y Nainay asustados por lo que podía pasar, se miran mutuamente, intentando hablar, pero Sam dice: —quizás Antxon tiene el cajón.

Bering se percata de lo que estaban hablando los Puffet.

—¿Quién es Antxon?... ¡Oh! Es su hijo, tal vez sea bueno dejarle una nota.

Mientras escribía en una hoja de papiro hablaba —no sabía que tan rápido tendrían a un heredero en la casa Equo, me temo que es necesario que el muchacho también venga con nosotros, así que aquí le daré algunas indicaciones para que tengamos una reunión prontamente.

Escribió en la nota:

Tengo lo que buscas, encuentra el cajón rojo y tráemelo, te devolveré a tus padres a cambio de que me lo entregues.

Se un buen chico y búscame en el castillo de Alquemy.

Fire. B.

El Señor Bering con sus secuaces, se llevan secuestrados a los señores Puffet mientras su casa ardía en llamas. Todo se quemaba con flamas que tenían hasta dos metros de altura, sin ningún tipo de control, los bomberos no pudieron hacer nada, que fuego tan incontrolable, indivisible se consumió sin dejar ningún rastro de que antes hubiese allí una casa.

A unas pocas calles de este incendio, luego de clases decidieron irse caminado Antxon y Amy, el día de clases no fue suficiente para hablar de tantos temas, todo parecía como si se conocieran desde hace mucho tiempo, pero tenían tanto que contar que tenían muchos años atrasados.

Llegando a casa de Amy, empieza la búsqueda por el país que Antxon tenía afán de conocer, mirando el mapa, estaban muy lejos, y la pregunta era, cómo llegar hasta allá. Era notable el interés por ese país, pues la carta decía explícitamente su lugar de origen Sur de *Transnistria*, aunque para ser un reino dentro de un territorio republicano, no tendría ningún sentido, tal vez lo decían para despistar a enemigos, pensó Antxon.

—Amy sabes ¿cómo podemos llegar a ese país?

—¡Llegar! —se lleva un buen susto Amy—. ¿Es que acaso vamos a ir hasta por allá? ¡Estás loco!

—Es una broma, está muy lejos—. La pobre Amy da un suspiro de descanso.

La Señora Hugh Amorím al ver a ese par de niños tan estudiosos les trae galletas y leche fría.

—No estarán pensando en salir del país ¡verdad!

—Desde luego que no mamá, no tenemos el dinero para hacerlo.

—Creo que algún día iré a conocer ese país—. Señaló Antxon, mientas la mamá de Amy salía y ajustaba la puerta de la habitación.

Amy compartía su cuarto con su hermana mayor, así que era grande y tenían un lugar de trabajo para hacer los deberes, y cerca una ventana en forma de triángulo que ocupaba todo el espacio, visiblemente se podía ver todo el cielo. Decidieron jugar parqués, ajedrez y una mano de dominó, un tiempo largo para estar en la mejor compañía. Pero el tiempo pasó.

Ya era tarde, y Antxon debe ir a casa de lo contrario corría el riesgo de ser castigado nuevamente, como la última vez que decidió ir al parque a jugar con dos soldados de plomo que tenía en su bolsillo, ese día, casi se cae el cielo de las estruendosas voces de reprimendas que despabilaba su padre sobre él; así que se despide de todos en la sala, y se va corriendo.

—Hasta luego señora Hugh, es un placer conocerla.

—Regresa pronto cariño, es bueno ver que mi hija tiene un amigo tan pronto en esta nueva ciudad.

—Sí regresaré, además usted cocina las mejores galletas.

—Me alagas hijo, que estés bien.

—Hasta luego, nos vemos ahora Amy.

—Vale, sí—. Se despidió Amy desde la puerta.

Caminando veía una gran nube negra que se expandía sobre el cielo, marchó más rápido y se encontró con una gran sorpresa, su casa estaba envuelta en llamas, los bomberos estaban allí y decían el uno al otro —llevamos más de cinco horas tratando de apagar el fuego y no podemos, no para de salir, que será lo que hay dentro que no nos deja.

—Mamá haz visto ese humo que se ve en la calle de al lado.

—No, espera salgo y reviso lo que ocurre allá—. La mamá de Amy se queda mirando asombrada y decide salir ajustando la puerta para ir a reconocer el lugar que se estaba quemando.

—Vamos hija, parece ser una casa que se está quemando.

Antxon desesperado y triste corre, se preguntaba si sus padres estaban dentro de la casa, por lo que buscaba cerca de la ambulancia y el camión de bomberos a sus papás, pero en la multitud de gente tampoco se encontraban, preguntaba por aquí y por allá, nadie daba razón. —Mis padres están dentro—. Pensó Antxon.

Así que él decidió entrar por la puerta de atrás, de manera muy astuta logra escabullirse de los bomberos sin ningún temor entra por la cocina a buscar a sus papás, su corazón le latía muy fuerte y el pecho le dolía, por la cantidad de humo casi no se podía ver nada, los llamaba a voz alta. Mientras los pedazos de casa se caían dando chispas por todas partes.

—¡Mamá! … ¡Papá! … ¿Están ahí? … Respóndanme. No encontraba respuesta, más allá de la madera desprendiéndose del techo.

La tristeza invadió su rostro, pensaba lo peor, los buscó en la sala, no había nadie; intentando subir las escaleras se cayó un pedazo del techo, además el piso estaba muy caliente, pero continuó tal vez estaban en su habitación, necesitaba seguir, sin importar el calor, hasta que llegó al cuarto donde ellos dormían, no había nada, luego corrió hasta su habitación pero algo se notaba en la cama de Antxon era un rollo de papel, que tenía una nota, pero no alcanzaba a leer por la cantidad de humo que salía y cada vez era más fuerte, hasta que un bombero lo agarro por la espalda y se lo llevó, mientras el gritaba –¡NO!… POR FAVOR… MIS PAPAS… NO ME LLEVEN…

Los bomberos explicaron a Antxon que la casa estaba vacía, así que sus padres deberían estar en alguna parte, por el momento debería estar con algún familiar que pudiera protegerlo, pero Antxon en aquella ciudad estaba sólo,

La señora Hugh llegó tan pronto como supo la noticia de que la casa que se quemaba era la de los Puffet, llevando de la mano a Amy, abraza a Antxon. Un bombero le pregunta:

—¿Señora usted conoce la familia del muchacho?

—No, no señor, pero este niño es compañero de mi hija, yo puedo cuidarlo entre tanto llegan sus familiares o aparecen sus padres, yo vivo a unas calles.

—Bueno, pues agradecemos sus buenas intenciones señora… —el bombero esperaba que la señora Amorím le diera su nombre.

—Amorím… Hugh Amorím… es un gusto —estrecharon la mano.

—Señora Amorím, lo que sucede es que, a lo mejor sea que la policía de infancia, tome cartas en el asunto y se lo lleve para que sus padres puedan reclamarlo después.

—No, yo este… puedo esperar a mi tía que vive en Roma, en la casa de los Amorím, mis padres saben encontrarme, seguro no tardaran, además estamos a unas calles, es seguro estar ahí —replicó Antxon.

—Está bien, confiaremos en los dos.

—Señora por favor, deme sus datos de contacto por aquí.

Mientras la señora Amorím llenaba un formulario, Antxon tenía la cara sucia, parecía triste y desconsolado pues, aunque sabía que sus padres no estaban en la casa, aún no los podía encontrar, deseaba verlos inmediatamente.

Inexplicablemente los padres no aparecían, ni en la casa, ni el trabajo, ni en ninguna parte, mientras tanto la familia Amorím se hizo cargo del pequeño Antxon a quien le dieron comida, y bueno, intentaron darle ropa que antes usaba Leonard hermano intermedio de Amy, pero le quedaba muy grande, aun así, la usó.

Entre tanto lo consolaban diciendo que estaban en busca de sus padres junto con la policía; encontrar más familiares para que se ocuparan de Antxon parecía tarea imposible en la ciudad no había ninguno, quedaba la hermana de Nainay que vivía en Italia, un poco lejos para que un niño viaje hasta allá, entonces era mejor esperar a que ella llegara.

—Vamos a tu cuarto Amy, quiero que leamos algo que encontré en mi habitación antes de que el bombero me sacara de la casa.

—Ven, vamos.

Juntos leyendo la intención de la nota y Amy exaltada pregunta:

—¿Quién es Fire B?

—Pues quien haya sido, tiene a mis papás e iré por ellos.

—¿Te has dado cuenta de que sólo tienes doce años? —. Como si era posible que un pequeño de esa edad pudiera salir al rescate y hacer el trabajo de la policía.

—Si tienes razón —dio un suspiro Antxon—. Pero tengo una idea, necesitamos ayuda, y existe una persona en todo este planeta que me puede dar una mano.

—Y ahora ¿qué harás? —su tono era malhumorado, saltarse la razón no es parte de la paciencia de Amy—. Tienes una barita mágica para decir «abracadabra patas de cabra» —usaba su voz remedando un mago—. O le dirás a la luna que te ayude.

—¡Chispas! Eres un genio Amy —saltó de la emoción—. Abre la ventana —señaló con diligencia—. Tengo una idea.

—¡Qué saltaras por ella! —mientras trataba de abrirla, estaba descompuesta y se atascaba.

—No Amy ¿no te he contado que tengo una asistente? —Profirió alegremente—.

Mientras Antxon miraba la luna, esperanzado a que su asistente llegara, Amy decía entre voces aleteando con sus manos exaltada.

—¡Oh qué bien! Mi único amigo, ahora se cree el hombre lobo, —hizo una pausa para mirar cómo Antxon observaba la luna—. O lo que sea que esté haciendo, y cree tener una asistente… ahora yo hablo sola… ¡NOS ESTAMOS VOL-VIENDO LOCOS! Antxon… ¡LOCOS!

—No Amy, debes creerme, pronto aparecerá, me pre-gunto si ella sabe cómo encontrarme.

En el momento se escucha un estruendo dentro de la ha-bitación de Amy, una de las lámparas cayó al suelo tras una ráfaga de aire.

—¿Dinis, eres tú?—. Preguntó Antxon con entusiasmo.

Amy miraba para todas partes buscando a quien le ha-blaba su amigo, y no veía a nadie, ponía sus manos sobre su cabeza, y decía: —ahora sí ya no estoy cuerda.

Con la nariz puesta sobre el suelo, contesta Dinis —sí aquí estoy señor Antxon, estoy practicando aún mi aterri-zaje nada mal, ¿verdad? Y ¿esta quién es?

Antxon sonríe, está feliz de verla, en sus ojos un brillo de esperanza.

—Es mi mejor amiga, ven, ponte en pie y te la presento.

Amy asustada de lo que veía, se hizo para atrás

dejándose caer a la pared del susto, muy perpleja, no podía ni hablar, se preguntaba cómo alguien puede llegar así por su ventana no es lógico, pero unos sonidos de palabras se escapan de su boca.

—Tu… tu… ¿quién eres y qué haces en mi cuarto? —. Señalaba a Dinis.

Antxon intenta tranquilizarla y le dice que la conoció la noche anterior, que podía estar tranquila, pues era su asistente.

—No creerás que una noche de conocerla y ya son amigos y puedes confiar en ella o ¿sí?

Con mal humor Antxon responde:

—Y contigo fueron dos días, siento que puedo confiar mi vida completa en tus manos, como si nos hubiéramos conocido desde hace tiempo; dime por qué con ella no me puede pasar lo mismo.

Titubeando Amy contesta: —sí tienes razón—. No agradó mucho la respuesta que Antxon le presentó a Amy, sin embargo, Dinis se muestra amable y extiende su mano para un saludo más amable, las dos se miran y asienten su mirada, un poco tímidas, diferentes, pero aceptaban su amistad.

Antxon al verlas darse la mano ve un gran equipo de trabajo —ahora que por fin llegaste Dinis ¿puedes ayudarme con algo?

—Si lo sé, vi todo lo que pasó y no pude hacer nada, el señor Fire, fue quien incendio tu casa y tiene a tus padres secuestrados, yo me encargué de llamar a los bomberos.

—¿Pero por qué los secuestraron? ¿Si ellos no han hecho nada? No han tenido enemigos ni nada que yo conozca.

—Quizás no hicieron nada, pero no quisieron entregarle algo al señor Fire, esa es la parte que desconozco ¿a qué habrá venido?

—Creo saber qué es lo que busca, me dejó esta nota… mírala—. Entregó a Dinis el pergamino.

—¿Es el mismo cajón de la otra noche?

—Sí, es el mismo, lo extraño es por qué no la buscó si estaba debajo de mi cama, espero que aun exista, porque todo se quemó y no sé qué hacer ¿tú me puedes ayudar? Digo, eres mi asistente ¿no?

Amy aun procesando en su mente lo que estaba ocurriendo, se movía de un lado a otro, no le encontraba un buen razonamiento a todo lo que sucedía.

—Quiero ver si entendí bien lo que ocurre, un señor chiflado, de apellido raro, quema tu casa, secuestra a tus padres por buscar un cajón, y luego aparece Dinis que dices ser una asistente personal, ella llega a mi cuarto haciendo caer todo; pues bien, ¿son conscientes de que todos aquí somos aún menores? Y ¿cómo se supone que vamos a ayudar? Ahora sí ¡el mundo se va a acabar, ha llegado el fin!

Antxon condescendientemente mira a Amy para tranquilizarla, toca su hombro en señal de aprecio —Para nada Amy, somos tres, sí somos niños físicamente, pero con grandes capacidades de pensamiento, a pesar de que en la escuela me vaya mal en las clases; ahora vamos a ir en busca de mis padres y quiero saber a profundidad que desea hacer Fire con este cajón, que parece más una baratija que otra cosa.

Dinis cortando la conversación, interviene como si fuera la hermana mayor de todo el grupo

—Alto, paren… no irán a ningún lado, puede ser muy peligroso, el consejo Alquemy, ya se está comisionando, dame el cajón, y yo lo llevaré, no te preocupes los guardianes del castillo se harán cargo de todo.

Antxon toma valor su corazón latía a toda marcha, un cosquilleo bajando por su cabeza hasta la cintura, en su pensamiento estaba algo retador que tomaba cada vez mayor capacidad, pues deseaba salir en busca de sus papás y retornar a casa, para que ellos se dieran cuenta de que él es valioso, con muchas capacidades, quizás pudiera tener ese sí de aprobación de su padre. Un «*estoy orgulloso de ti hijo*» estaría bien.

Deambulando por el cuarto mira a Dinis —iremos contigo… tú nos llevaras, la nota es muy clara, soy yo quien debe llevar el cajón, además eres mi asistente, así que por favor llévame a tu reino, traeremos devuelta a mis padres.

Su voz era muy segura. Varias lagrimas con un rostro acuñado con seriedad bajaron por sus mejillas, no es un muchacho llorón, pero llegaría hasta dónde fuera necesario.

Dinis y Amy se miraron la una a la otra, asentaron la cabeza en un tono de cooperación, sin saber que las esperaría una cantidad de problemas en el camino que sortear. El primero fue salir de la casa de los Amorím.

Bajaron los tres muy despacio las escaleras, allí en el sofá estaba el señor y la señora Amorím con su hija mayor Analisee que estaba abrazada con su novio; parecieran como si ambos estuvieran besándose y sus papás por estar viendo la televisión no se daban cuenta.

Corrieron a toda prisa rumbo a la casa de los Puffet, marchando en silencio para no despertar ninguna sospecha, pero algunos perros de la calle decidieron ladrar durante todo el camino, era como si se comunicaran el uno al otro. Cuando llegaron a la casa de Antxon todo estaba envuelto en cenizas, desde el techo hasta la planta del primer piso, caído, las paredes negras, pequeños trozos de madera aún humeantes, más algunos muebles que se surgían como montañas de basura mojadas y desgastadas. Con cautela entraron, procurando no pisar cualquier cosa que les hiciera daño, tenían miedo de que algo se les callera de arriba, una brisa tumbó un trozo de techo que por poco les toca, se asustaron, pero lograron poder visualizar la habitación de Antxon. Allí estaba el cajón rojo, debajo de lo que quedaba de la cama, como si nada le hubiera pasado, ni polvo tenía, era muy extraña, a pesar de que era de madera.

—No les parece extraño que no la tocara el fuego, ni un poquito—. Se asombró Amy.

—Ni el agua la tocó, está perfecta, creo que esto pertenece a mi reino.

—Puede ser, llevaré ese cajón en mi morral, creo que puede entrar, aunque parece muy grande—. Antxon trataba de abrir su maleta, recibió ayuda de Dinis.

—Probemos esta caja si es de nuestro mundo, debe caber por completo.

De una manera extraña, lograron meter el cajón rojo en aquel morral, y para sorpresa se autoajustó sin problemas, a pesar de que era de mayor tamaño. Se sorprendieron.

—Creo que el mundo de dónde vienes Dinis, es sorprendente—. Sonrió Amy.

—Ya verás cuando estemos dentro, varias cosas te pueden sorprender aún más que ustedes los *sapiens* no conocen.

—¿*Sapiens*? ¿Qué es eso?

—Luego te explico.

—Y ahora ¿para dónde vamos? —los tres cotorrearon al mismo tiempo. Era evidente que tenían mucho en particular, se entendieron tan pronto comprendieron la misión que poseían.

Antxon mirando el cielo en búsqueda de respuesta dice:
—tenemos mucho trabajo que hacer ¡vamos conozco un lugar donde podemos sentarnos a pensar!

El hambre apoderada de Amy, hace retorcijones y algunos sonidos se escapan de su estómago.

—¿Habrá comida? Tengo hambre.

—Está bien, traeré algo de comida, vi una tienda cerca, soy rápida.

—¿Traes dinero? —preguntó Amy con amabilidad.

—Eso nunca ha sido problema, regreso en poco, pero… pensándolo bien ¿tienes algunas monedas que me prestes?

—Bueno tengo esto en el bolsillo —sacó de su bolsillo derecho algunas monedas que tenía guardadas para la escuela, en total eran cinco dólares.

—Nos servirá para calmar el hambre.

—Amy —cuestionaba Antxon. ¿Qué no comiste en casa?

—Sí, pero todo esto me estresa, y el estrés produce hambre, y bueno aquí estamos.

—No te tardes Dinis.

Al cabo de unos minutos, llegó la comida, Dinis trajo unos refrescos y muchos dulces.

—Nosotros la casa real de asistentes somos muy rápidos —aseguraba con orgullo. Los dulces de esta tierra son muy buenos, en Alquemy no existen.

—Bueno ya está bien… caminemos un poco más rápido —Antxon como buen guía señala el camino a seguir. Verán que les gustará igual que a mí.

Salieron los tres por la calle que aún tenía humo, la visibilidad era poca. Diez minutos después, se visibiliza un antiguo vagón de tren abandonado que estaba al costado de la calle, muy cerca a la estación. A su entrada un viejo sofá, un televisor de esos antiguos grandes y pesados, una mesa y sobre ella muchos dibujos, que Antxon dibujaba por momentos.

—Sigan por favor, están en su casa —sonrió jocosamente. Aquí es donde paso muchos de mis días cuando me siento sólo, es como mi guarida secreta.

Dinis tocando la mesa con sus dedos revisaba el polvo —vaya guarida y muy sucia—. Su cara de disgustó no se ocultó y sacudió sus manos.

Amy por su parte corrió para sentarse en el Sofá.

—Por mi está bien, eso sí, tienes que traer comida, limpiar un poco y queda perfecta.

Los tres se acercaron a la mesa, en un tono suave y decidido Antxon comienza a dar explicaciones de su plan, en su mente tenía varias ideas.

—Bien es hora de planear que vamos a hacer, Así que por favor Dinis cuéntame, en qué lugar del planeta están mis padres y cómo hacemos para llegar allá.

Mientras Antxon hacia las preguntas, Dinis miraba los dibujos y se queda sorprendida, vio algo que le llamo la atención.

—Estos dibujos, ¿quién los hizo?

—Sí, son míos de mi imaginación o bueno casi todos los he visto en sueños que he tenido, recientemente.

Dinis sorprendida, con su mano en la boca, toma uno de los dibujos diciendo:

—¡Oh Vaya! Esta es mi casa. Mientras sostenía uno de los dibujos.

—Ese lo vi en un sueño —contestó Antxon—. Justo la noche antes de que llegaras y aparecieras por primera vez.

Muchas de las figuras dibujadas fueron reconocidas por Dinis como lugares a donde ella suele estar, otros los desconocía, en su mente pensaba que, estos pueden servir como un mapa para llevarlos justo adentro en donde los padres de Antxon, aguardaban para ser rescatados; decidió también guardarlos en el morral.

—Creo que… estamos listos para la misión… esto es lo que haremos, nuestra nación, el Reino Alquemy de Sansinof, queda ubicado al sur de Transnistria, en un pueblo poco habitado, hace mucho frío, necesitaremos ropa cómoda y abrigos para calentarnos, llevaremos dulces porque allá no hay —usando un tono de voz suave y secreta—. Y para llegar allá debemos a travesar casi todo el continente. —Miró el mapa que estaba pegado a la pared, señalando el camino a seguir.

—Y tú ¿cómo haces para ir y volver desde allá? Tan rápidamente.

—Sabes a diferencia de los *sapiens* naturales, existen cosas que podemos aprender a controlar, entre ellas el tiempo y el espacio, controles que durante muchos años se han mantenido en secreto para mantener nuestra raza pura y salvaguardarla de las peores manos, una sabiduría única, y de eso guardo un poco, así que puedo ir a mi casa en cuestión de algunos minutos, con tan solo pensarlo… luego te enseño.

Amy no parecía creer en las palabras que Amy estaba contando, sonaban mitológicas y de cuentos de hadas, sin embargo, contesta:

—Pero no te olvides de aterrizar bien, porque dañaste mi lámpara.

Los tres deciden salir de aquel vagón viejo del tren en busca de las oportunidades para llegar hasta el reino, como Dinis era la única que podía ir de manera rápida de un lugar a otro, aún estaba aprendiendo, lo mejor para guiarlos era utilizando los medios de transporte más usados por los *sapiens*. Ahora se enfrentaban a un problema mayor «el dinero».

Juntos salieron para la casa de Amy, debían hacer maletas. A escondidas subieron hasta el segundo piso, sus padres estaban durmiendo y su hermana sentada en el sofá aún con el novio, no sospecharon de los tres y muy sigilosamente armaron sus tres mochilas con poca ropa, muy ligera, pensaban que el viaje no tardaría mucho.

Salieron de la casa de los Amorím, valientes caminando

por la acera, sin dinero, sin conocer bien el camino; con un mapa en la mente, afortunadamente Amy conoce de geografía, es un apoyo incondicional.

El camino extenso hasta la estación de trenes, no hubo momento para pensar más, caminaban a toda prisa. Parados dentro de la estación mirando los trenes, las pantallas que mostraban las horas de salida con muchísimas personas entrando y saliendo, cada uno pensaba cómo entrar o asegurarse de entrar al tren correcto.

Una sombra atrás de ellos, grande y fría, que los asustó mucho, saluda diciendo:

—¡Hola niños! —era nada más y nada menos que la señorita Crisse, la nana de Antxon. ¿Hacia dónde se dirigen los pequeños? —. Organizaba su pequeño bolso que parecía perderse entre sus grandes y voluptuosos brazos.

Un gran susto se llevó Antxon al ver la cara de la señorita Crisse, pensó que hasta aquí llegaría su misión, y también la última persona que esperaría ver.

—Señorita Crisse nosotros… este… no vamos a ninguna parte, estamos aquí mirando los trenes, ¿verdad? —. Volteó a mirar a Amy.

Con una sonrisa entre los dientes, ella se da media vuelta diciendo:

—Síganme niños por favor.

De camino y un poco asustados por lo que pudiera pasar, Amy reunía fuerza, pues ya empezaba a asustarse, la conciencia de que afuera de la estación estuvieran sus padres muy enojados con ella, pues temía que no volvieran a darle comida o se volviera su esclava de aseo por toda la vida. Por su parte Dinis estaba como desconcertada de lo que estaba pasando y le preguntó a Antxon —¿ella quién es? Y ¿por qué la seguimos?—. Caminaron detrás de la señorita Crisse.

Llegando atrás de la estación se encontraban unos casilleros viejos, se fijaron en el quinto, estaba un poco destruido, deteriorado, pasaba el moho por la pequeña puerta, la señorita Crisse saca de su sostén una llave, situación que pareció muy asqueroso, mientras ella sonreía, introduce la llave en el casillero; una vez abierto, se dieron cuenta de que todo estaba vacío y que no había nada, más que metal en malas condiciones.

—Conozco muy bien lo que intentan hacer y estoy segura de que lo lograrán, traerás devuelta a tus padres Antxon —inclinó su rostro para estar más cerca—. También sé que ustedes no tienen dinero, y este casillero podrá ayudarnos.

—Pero señorita Crisse, este casillero está vacío, además parece estar abandonado.

—Eso crees.

—Lo mejor será devolvernos —interrumpió Amy—. Esto se está tornando difícil.

—Aún no me has dicho quién es ella. —cuestionó Dinis a Antxon mientras con su codo le golpeaba en un costado.

—Es mi nana, me conoce desde hace mucho, mis padres confían en ella, y yo también.

—Para que este casillero nos ayude es necesario hacer un esfuerzo, díganme ¿qué tiene cada uno?

—Sólo tengo dos monedas en mi bolsillo —revisó Antxon en su pantalón.

Amy sacó de su bolsillo un par de golosinas. Dinis tenía un brazalete de oro que su padre le había regalado en cumpleaños.

La señorita Crisse les dice que ingresen todo eso en el casillero, ellos mirando desconfiadamente, ponen allí sus pertenencias, de repente el casillero se cierra bruscamente, parecía que estuviera preparado para recibir cosas; en el momento comienza a hacer sonidos como si masticara las cosas que había dentro, una vez terminado, se vuelve a abrir la puerta del casillero, y encontraron un montón de dinero en una bolsa, varios billetes, de diferentes países.

La señorita Crisse muy amablemente entrega la bolsa a Antxon.

—Con esto es suficiente para su viaje, espero que les vaya bien… mis pequeños, en manos de ustedes tenemos no solo el futuro de tus padres, sino de toda una nación, es un gusto saber que tienes el corazón y la valentía de un hombre grande con tan sólo doce años, tú y tus secuaces van a lograr muchas cosas; recuerda muy bien esto que te diré «mira en tus manos qué tienes para hacerlo y hazlo».

Mientras ellos miraban asombrosamente la cantidad de dinero que habían sacado del casillero, la señorita Crisse desapareció, la buscaron mirando para todas partes, pero no la hallaron, así que resolvieron nuevamente entrar a la estación y esta vez comprar los boletos de tren.

La pregunta era ¿cuál tren coger para llegar hasta allá? Amy de su maleta saca un mapa, y dice:

—Tengo la solución… miremos mi mapa, debemos llegar primero a Madrid. Dijo señalando la ciudad.

—¿Al interior de España?—. A Antxon le parecía un poco extraño dar toda esa vuelta, porque en el mapa parecía que el camino era más recto.

Amy fruñe su ceño contestando:

—Sí, ¿qué no te han enseñado en la escuela las rutas de Europa?

—No lo sé ¿Deseas que llame a la maestra para preguntar?

—No será necesario Antxon, Amy tiene razón, se debe utilizar las rutas del tren, luego tomar un avión a Moscú y de ahí un autobús, mi padre en algún momento me comentó sobre la manera en que los *sapiens* viajaban.

—Pues qué esperamos, voy a comprar los boletos.

Antxon entre tanto coge camino a la taquilla para comprar los tres boletos de tren con dirección ir a Madrid, un poco lejos para viajar, pero no tenían otra opción eran más de seis horas de viaje.

Estando en la taquilla la despachadora le pregunta:

—Dime ¿con quién vas a viajar niño? No veo aquí a tus padres y no puedes viajar tu sólo.

Antxon le responde con serenidad y cara de buen niño —tranquila señorita, mis padres están aquí, me enviaron para ser el encargado de comprar los tiquetes, como verá ya soy un niño grande y puedo hacer varias cosas.

La señorita muy amable sonríe —dime ¿cuántas necesitas niño grande?

—Tres por favor… una para mi papá, otra para mi mamá y yo… sí, son tres.

—¿Primera clase?

—Sí, por favor.

—Serían trecientos Euros.

Antxon saca de su bolsa varios billetes hasta sumar el precio total de los boletos. Mientras la señorita lo mira a través de la ventanilla, apurado entrega el dinero.

—Toma niño, ve y entrégale esto a tus padres, recuerda que el tren parte a las 23:35 horas.

Una vez que ya tenían los tiquetes, corren a esperar la partida del tren, mientras escuchan los sonidos de las campanas, gente caminando de un lado al otro, más el vapor que salía de todos los demás trenes, algunos eléctricos y modernos, otros viejos hojalata, en su corazón se sentía como el sonido de una gran aventura que estaba a punto de vivir.

Es momento de hacer ingreso, cargando sus morrales un

hombre que vestía con gorra de contraalmirante, traje negro de gala, les brinda ayuda para ubicarse en sus lugares, así podían observar la majestuosidad de la primera clase.

—¡Oh! Vaya —intervino Amy—. Es fabuloso, nunca había viajado en esta parte del tren, es como si todo fuera de película, ¿ya viste lo cómodo que es el sillón?

—No está nada mal para ser un transporte de *sapiens* —Dinis tomaba su lugar sorprendida, era su primera vez en un aparato tan grande; y este trebejo ¿cómo funciona?

—Es simple, anda por unos rieles, es unidireccional, podemos viajar hasta doscientos kilómetros por hora. —contestó Amy.

—Sí, nos servirá para tener privacidad un poco mientras viajamos. —Antxon observaba el lugar de los asientos, era un compartimento encerrado dentro del tren.

—Puedo ofrecerles algo del menú. Interrumpió el mesero que pasaba con un carrito.

Amy y Dinis pidieron golosinas, pero Antxon solo puede mirar a través de la ventana tantas luces encendidas, movimientos de personas que caminaban, pudo ver a lo lejos un grupo de familia, que parecía ser papá, mamá y dos hijos, se despedían de sus abuelos, tal vez alguna visita; varias ideas lúgubres llegaban a su corazón, entre esos pensamientos, de porqué a él le pasaban estas cosas, muy dentro de sí guardaba la esperanza de que en algún momento esto que estaban viviendo le traería a su casa algo de unión, de esa que se había perdido, que quizás una vez entregado el cajón, sus padres volvieran a estar con él, como cuando era pequeño, que jugaban tan seguido, en donde los partidos de fútbol eran largos, y el tiempo en la televisión era corto.

De repente sus ojos se nublaron de tristeza, entonces el cielo que estaba tan lleno de estrellas, también decidió llorar con él.

Capítulo 2

Del viaje en tren, avión y autobús

En tren.

Después de haber conciliado el sueño, los tres que iniciaron esta travesía de recorrer muchos kilómetros adentrándose en el corazón de Europa, se desvanecían en un largo y profundo mar de fantasía en sus pequeñas mentes mientras dormían, además tenían que estarse preparando mentalmente para dar su recorrido por zonas desconocidas y muy peligrosas a las que se estaba exponiendo; pues donde se dirigían no era un lugar muy seguro por las autoridades, conjuntamente que este territorio ha sido objeto de fuertes disputas entre grandes países y hoy se encontraba en medio de la nada, desconocido por el mundo, acechado por todos, el reino Alquemy se escondió de la mirada cruel y despiada de los seres humanos que habitaban el mundo hace unos cuatro mil años atrás cuando decidieron que era mejor disfrazar aquella llanura y sellarla.

Llevando ya unas tres horas de viaje el capitán del tren que era un hombre ya mayor, alto de estatura, con overol negro, ojos cafés, se notaba su edad, sus cejas ya tenían canas, era gris su color de cabello y una gorra azul en su cabeza, se llamaba Thomas y decide darse una vuelta por los vagones principales, de entrada, se encuentra con una sorpresa y era estos tres pequeños que estaban dormidos muy cómodamente sobre los asientos, más el exceso de golosinas que se habían comido se les notaba en sus rostros, cubiertos todos sus dientes, boca y cachetes.

Lo inquieta ver que no parecen estar sus padres por ninguna parte, es un señor muy responsable de sus quehaceres como capitán —¿niños dónde están sus tutores o padres? ¿Quién los acompaña en este viaje?

En ese momento Dinis se sacude un poco y alcanza a despertarse, logra mirar con extrañeza al capitán lo veía un poco borroso, pues si apenas se levantaba mientras su cabeza daba vueltas y lograba concentrarse —señor este es un viaje que hemos organizado mis hermanos y yo para ir a ver a nuestros padres, ellos nos están esperando en Madrid.

Un poco alarmado Thomas por lo que veía todo ese exceso de golosinas insistentemente cuestiona —pero ¿qué extraño ninguno es parecido físicamente?

Antxon ya daba bostezos, la hora de la madrugada es perfecta porque se redactan los mejores sueños, fantasías infigurables, aunque para él con su dolor, ya había perdido esa capacidad, su corazón estaba inquieto, hasta el punto de que ni en los sueños podía descansar un poco de esos pensamientos que lo hacían sentir culpable, temeroso, triste, todo a la vez, sin tener una pisca de responsabilidad en ello, sin embargo, responde:

—Nuestros padres nos adoptaron y por eso somos diferentes, pero nos queremos mucho entre nosotros, ¡verdad, hermanos!

Dinis abraza a Amy de manera glotona apretándola muy fuerte, sus cachetes resonaban junto a los suyos como chasquido de esos besos que dan las abuelas —¡claro, y esta es mi hermana favorita! —Amy, se acomodaba nuevamente para seguir durmiendo, ni cuenta se dio de lo que ocurrió en ese momento.

El capitán sonríe, agradaron las respuestas que le dieron los niños, pensó que además era una familia quizás rica que podía adoptar varios hijos y así contribuir al dolor de los huérfanos y abandonados como él —pues espero que tengan un feliz viaje, jóvenes—. Tocando su gorra y asentándola sobre su cabeza se marcha. Antxon y Dinis se rieron al ver salir al capitán al siguiente vagón. Los trenes llamaban mucho la atención de Amy pues siempre se inquietaba sobre el funcionamiento, no tardó en despertarse y empezar a contar que tenía en su cuarto varios trenes de juguete, que daban la vuelta a su cuarto, por lo que sugirió —¿podemos ir a hablar con el capitán? Quiero conocer la cabina y ver cómo funciona. —inclinó su cabeza a la derecha y puso ojos de gato que quieren ser acariciados, por lo que Antxon no resistió y empezó a llamar al capitán.

—Capitán… capitán espere… por favor, ¿podemos acompañarlo a la cabina un momento? Nos llama la atención el funcionamiento del tren y mi hermana quisiera echarle un vistazo.

Antxon creía que era justo darle un poco de gusto a Amy pues, al fin y al cabo, ella se estaba comportando como una buena amiga, dejando atrás a sus papás y a una vida cómoda para meterse a lugares desconocidos, su conocimiento de mapas del mundo, era una buena ayuda estratégica.

El señor Thomas quien era fácil de identificar su nombre pues lo llevaba en una etiqueta a la altura de su pecho izquierdo, parecía amable, y asentó con su cabeza —desde luego, síganme por aquí—. El capitán se devuelve a la cabina de controles con los Antxon, Amy atrás y una soñolienta Dinis, que se cuestionaba ¿por qué estaba haciendo eso, cuando debía estar durmiendo?

La emoción de entrar a la cabina del tren era única, aunque no guardaba mucho secreto, era ruidosa y tenía muchos botones y brújulas que se movían constantemente, era notable que no tenía timón, claro, no es como los barcos y los autobuses, pues para eso tienen rieles que marcan el camino, esos aparatos controladores, marcaban la temperatura, la velocidad, la presión y peso. Amy se quedaba admirada de todo lo que había en ese lugar, como si quisiera tocar y conocer para que servía uno a uno de los servicios que tenía.

—¿Alguna vez había existido una mujer capitana de trenes? —. La pregunta fue lanzada al capitán, quien se sonroja y toma asiento, los otros tripulantes de cabina continuaban con sus controles y trabajos.

—No pequeña, no que yo conozca, en algún momento será bueno ver a una mujer conducir esta máquina ¿por qué lo dices?

—Porque creo que seré la primera mujer en todo este lugar en manejar una.

—Eso espero, y quiero tener la vida necesaria para verte—. Rio el capitán de manera amable tocándose su gorra e inclinándosela hacía abajo, dando una reverencia a Amy.

—Capitán, veo que tiene en su gorra un dibujo parece un triángulo, tiene un punto y una raya que la atraviesa en la parte de arriba, ¿qué significa?

Antxon mira con cautela, y parece que, ya lo había visto antes como en esos sueños que tenía por momentos, donde le mostraban símbolos, casas y dentro de ellas estaba la Dinis de manera inexplicable, es notable su interés por conocer su significado —¿nos gustaría saber que significa ese símbolo que tiene en su gorra y de dónde es? Estudiamos historia en la escuela, y nos han dicho que cada pueblo tiene sus tradiciones.

—Nunca había contado esto a nadie —respondió el capitán—. Y la verdad es que ustedes son los primeros que lo sabrán, siento que puedo confiar en ustedes niños —el capitán sentía esas punzadas de nostalgia en su corazón, un bombeo por su garganta, pidiendo a gritos salir—. Pues aún existen cosas que no entiendo, por aquellos días.

A Amy la tomaba el desquicio por saber el contenido de la historia, resuena su voz para decir —¡será que puedes empezar ya!

El capitán se sonríe, entiende que los jóvenes son a veces prematuros para todo, a pesar de que una buena historia tiene su principio filosófico.

— Bueno vale, solo espera un momento —tras un suspiro profundo y sus ojos cerrados por un breve momento como si tratara de ir al pasado con su mente, inicia la historia.

— Aquí voy… hace mucho tiempo, en Barcelona mi ciudad natal, vivíamos con mi padre, solo mis cuatro hermanos y yo, en uno de los barrios al sur oeste, no te contaré cuál es, ya no tiene importancia, es triste y vacío —continuó con la historia después de un largo suspiro—. como les contaba niños, yo soy el menor de todos, hoy tengo cincuenta y cuatro años edad y para esa época tenía once, cuando todo ocurrió, llegaron unos hombres a mi casa, se llevaron a mi padre y a mis tres hermanos mayores que ya eran adolescentes, no pude ver mucho, pues estaba en mi cama cuando eso sucedió, se escuchaban voces en el pasillo que decían ¡vete, y déjanos en paz! Creo que esa era la voz de mi padre, de manera muy rápida un fuerte viento vino y apagó las luces, mi hermano mayor vino a mí diciéndome que me quedara callado dentro del armario, que todo iba a estar bien.

Pero no fue así, luego escuche un fuerte sonido como de

águila, y empezó a salir humo por todas partes, llegaron los bomberos y yo estaba allí callado sin decir nada, aquel hombre que me rescató me entregó esta gorra, diciendo que perteneció a mi padre, y que él la guardaba con mucho cariño, me contó además que su sueño, el de mi padre —se aclaró la garganta—. Era algún día conducir una nave como esta, un tren viajero por Europa y dar sus giros al viento.

El capitán se puso en pie, tomó su gorro, la miró como quien extraña lo perdido violentamente, en la voz apaciguada e intermitente continua —y aquí estoy cumpliendo el sueño de papá y sé que esta gorra me da la fuerza para ver, sentir y amar tanto como él lo hizo con nosotros… —dio un suspiro—. Así que si tu pregunta pequeño niño es ¿qué significa esa gorra? Significa la esperanza de mi vida, los sueños por cumplir y el aire por respirar aun después del humo que puede dejar una esperanza rota… ahora niños, por favor vayan a sus asientos, espero que no se les olvide este viaje en tren, pues así es la vida, unos se bajan y otros siguen, pero jamás se detiene.

Una bella historia de madrugada, fascinante, inquietante que entró a sus corazones como dardo que da justo en el blanco, los tres salieron de la cabina, un poco tristes pues la historia era bastante abrumadora, lo que dejó a Antxon preocupado por algo, y es que su historia y la del capitán, eran semejantes, humo, incendios, gente secuestrada o desaparecida, la diferencia era el cajón rojo y la nota.

Juntos los tres llegaron a sus lugares decaídos pus el sueño de las cuatro de la mañana es aterrador, dominaba sus ojos como quien captura un conejo y allí en silencio estaban sin pronunciar palabra y suspiraban al mirar por la ventana, preguntándose en sus mentes, qué les esperaría en la siguiente parada del tren a su llegada a Madrid; cómo sería el primer viaje en avión de sus vidas, y lo más importante para Antxon, era recordar los breves momentos que pudo pasar en compañía de mamá y papá, pues aunque sus últimos días la pasaron desavenidos, algunos recuerdos lograron entrar en la mente, y una lagrima broto suave, lenta, y con dolor. Era como un rio que lleva las piedras del recuerdo zumbando tras haber atravesado todo el país.

Dinis de reojo mira Antxon logró observar ese momento en el que brotaban sus lágrimas, y por primera vez sintió compasión, uno de esos sentimientos que se han perdido en los humanos, pues siempre en su casa le habían enseñado a servir a sus señores porque era su misión de vida, pero nunca habían comentado sobre qué hacer en casos de que estos estuvieran tan tristes y vacíos, tal vez era cuestión de hacerse la dormida para no tocar el tema.

Amy hizo una pregunta un tanto preocupada —y ¿se quedó solo el capitán y nunca quiso buscar a su padre y hermanos?

Antxon inclinó su cabeza mirando el piso alfombrado del tren —no todos tenemos ese valor Amy, él honra la memoria de su familia, tal vez los dio por muertos y ahora cumple sus sueños, pero el mío en el fondo se rehúsa a creer que algo malo les pasó, lo quiero encontrar a toda costa—. Miró por la ventana, la tristeza invadía su rostro, mientras intentaba secarse las lágrimas apretando con fuerza sus muñecas contra la cara, los hombres no lloran, escuchó alguna vez, pero era un niño, así que no controlaba esos impulsos, tampoco se permitiría ver que sus acompañantes notaran su desilusión.

Amy sentada y cabizbaja pensaba dentro de sí que, sus padres la iban a matar o como mínimo estrangularla, una vez llegara de regreso a casa, y que nunca más volvería a comer los pasteles de chocolate que tanto le gustaban. Pero más allá de sentir pena por la comida, también lo era por su amigo. Es que nadie ni en la escuela enseñan eso de dar amor y comprensión, parece que su sentido interno le decía que corriera de inmediato a darle un abrazo, pero no lo hizo, pensó que era mejor darle espacio, así se solucionaban las cosas, pero ¡oh! Cuánto anhelaba Antxon una pequeña caricia en ese momento. Nuevamente se quedaron dormidos en un profundo sueño, faltaban dos horas para llegar.

Aquella mañana, que iniciaba tras la perfección del Alba, y sin llegar al destino, el tren se detiene en emergencia, el sacudón es fuerte, algo pasaba en las vías del tren. Alarmado Antxon sale en busca de la cabina de mando para mirar qué estaba pasando, cuando se encontró con el capitán le pregunta —¿qué sucede capitán? ¿Por qué nos detenemos? —aún tenía pesadez en su mirada, logró dormir con profundidad, pero sin descansar.

—Algo sucede allí adelante, es una espesa neblina y no me deja ver, el frío es muy fuerte y nos podemos salirnos de la vía, iré a mirar qué sucede, quédate tranquilo, estas cosas pasan a menudo —con el ceño fruncido y sentimiento de valentía organizó su gorra para salir de la cabina, cada vez que lo hacía se sentía orgulloso de ser el conductor de la gran nave.

En tanto Antxon vuelve a su lugar de viaje, Dinis quien daba pies de recién levantada también mareada, no estaba acostumbrada a los viajes tan largos, pues sintió también el golpe del freno que estremeció el tren —¿qué pasó Antxon por qué nos hemos detenido?

—No sabemos —contestó con un bostezo en la boca—. El capitán fue a mirar, dice que no puede ver por dónde va; la neblina está muy densa y hace mucho frío.

—Iré a ver—. Dijo Dinis entre que se organizaba su cabello y amarraba las agujetas de los tenis.

Como ella podía ir y volver tan rápido que nadie la viera,

fue hasta enfrente del tren y caminando lentamente se adentró en la neblina, para mirar qué ocurría y por qué no se lograba ver y, a qué se debía el frío tan intenso que hacía en aquel lugar. Al entrar se encontró con marcas en los árboles, como si un rayo hubiese pasado por allí dejando unos símbolos en su tronco, otro triángulo cómo el de la gorra del capitán pero este en su interior tenía una forma de flama; Dinis asombrada, se devuelve para el tren y les dice a los dos que afuera los árboles están quemados, pero no logró ver al capitán, más aquellos dibujos tallados en los troncos, Antxon le pregunta —estos símbolos ¿los has visto antes allá en tu casa o en el reino?

—Ahora que lo recuerdo sí, ¡oh vaya! Es la casa Fire, están por todas partes del castillo y en la bandeja que ondea en este momento, es de color rojo escarlata bordada con flequillos de oro y dentro está el triángulo con la flama, siempre he dicho que desde lejos da la impresión de que se está quemando.

Amy ya despierta y organizada, con un susurro, para que nadie lograra escuchar, pues temía que esos hombres, los mismos que habían secuestrado a los papás de Antxon estuvieran cerca les pudieran hacer algún daño —debemos estar pendiente de todo, el tren ya va a arrancar otra vez, lo oigo soplar sus ruedas… por cierto ya van muchas señales de tu reino Dinis —dijo entre dientes—. No parece un lugar confiable, por cierto ¿cómo dices que se llama? Y ¿podrás contarnos algo de este lugar?

—Desde luego —tomaron sus lugares a la espera de volver a iniciar—. Te contaré, niña genio.

El capitán pasó nuevamente por sus lugares, estaba contento pues logró con ayuda de su equipo de trabajo, quitar los árboles de en medio de la vía para poder continuar, se sintió afortunado de frenar a tiempo, de lo contrario se hubieran volcado y muchas personas se habían lastimado.

—Niños —apretó su camisa el capitán mientras pasaba por los lugares de viaje—. Lamento la interrupción, pero pueden estar tranquilos iniciaremos el viaje en unos minutos—. El capitán continuó hacia la cabina de mando.

Dinis entretanto conciliaba su historia —se llama Reino Alquemy de Sansinof, y es algo particular, tiene unos árboles hermosos, animales de todas especies imaginables, tiene ríos de color púrpura, es realmente grandioso, y desde allí se mantiene el equilibrio de todo lo que ocurre en la tierra, recientemente no tenemos rey, pues está el gran duque, y ya lo han ido conociendo pues es el mismo señor Fire—. Miró a Antxon para ver su respuesta, pero no la hubo, es que los ojos de aquel niño estaban perdidos.

La discusión apenas si empezaba, Amy en un tono de voz un poco burlona y grotesca le dice —¿por qué no existe en el mapa y por qué antes nadie había hablado en los libros de historia, incluso hasta la Atlantis es comentada en los libros mitológicos? Pues es más creo que estamos perdiendo el tiempo aquí—. Cruza sus brazos y voltea hacia la ventana, no era porque no creyera que el país existía, era su temor para descubrir cosas nuevas lejanas de su tierra, y empezaba a extrañar a sus papás.

Dinis mira a los ojos a Antxon para no discutir, pues sentía lo mismo que Amy un desasosiego, la amistad se consolidaba cada vez más, pues todos tres podían sentir al tiempo las diferentes emociones, y en ese momento se oye un silencio largo, la conversación terminó ahí, sus rostros incrédulos, desconcertantes, con ira, tristeza, sus ojos se veían como el reflejo de la impotencia. No queda más que esperar a que el tren llegue a su destino, Madrid, se observa a unas pocas distancias, puede divisarse ya varias casas, edificios de la antigua ciudad que se eleva hasta llegar a una majestuosidad de una de las fortalezas más grandes de España. Intercambiar palabra sobraba, son niños, sí, con un corazón de hierro, fuerte pero sensible.

El tren continúa su marcha, la neblina se ha quitado, todo sigue su rumbo.

En Avión.

La bocina del tren anuncia la llegada a Madrid: «Buenos días, señores pasajeros, Bienvenidos a Madrid, recomendamos acercarse a una cabina de guía pública para instruirse por la ciudad, gracias por viajar con nosotros».

Dinis se despierta primero que los demás y los mueve, diciéndoles que tenían que irse rápido porque pueden descubrir que estaban solos en aquel tren y la policía local podía detenerlos en cualquier momento. Así que toman rápidamente sus mochilas, se miran el uno al otro y sonríen sus corazones laten a mil por minuto, al salir notan un aire nuevo, fresco, que divisaba un paisaje urbano nunca visto por Antxon y Dinis, Amy compartía un poco más de experiencia, esta es su ciudad natal.

—Lo mejor será salir de aquí ahora, luego admiraremos la ciudad—. Salen a toda prisa para llegar a fuera de la estación, sus maletas sonaban al golpe en su espalda, se sentían los pasos de tres pequeños en la estación, al momento se estrellan con un problema que tenía uniforme azul y una placa que decía «Policía de Madrid»; —¿para dónde van niños? —pronuncia el hombre ajustándose la correa—.

Antxon con su agilidad mental para dar respuesta a esos inconvenientes en apuros, parece que la práctica que tenía con la señora Crisse estaba por surgir buenos frutos y así argumentar su escape —vamos para el aeropuerto señor ¿usted sabe dónde encontrarlo? —lo miró con decisión, así el lenguaje que exponía era creíble.

Pero la policía española es muy astuta y no cree en cuentos tan fácilmente, así que no muy contento con lo que estaba viendo, toma cartas en el asunto —y ¿sus familiares dónde están? ¿Quién viene con ustedes? Voy a tener que solicitarles algunos documentos para verificar su identidad de ingreso.

Mientras el policía da la vuelta buscando algún familiar, esto es aprovechado y los tres logran escabullirse muy rápido, con sus maletas en los hombros corren a toda marcha, perdiéndose entre la multitud de gentes que entraban y salían; esta vez emprendían una huida que no estaba programada, pues ahora la policía española los estaba buscando, sonaba por la radio interna, anunciando que tres niños con maletas que corrían eran solicitados inmediatamente ante cualquier policía o guarda de seguridad de la estación.

Con los agentes corriendo detrás y la multitud amontonada su dispersión fue sencilla; después de estar afuera de la estación, siguen corriendo hasta llegar a un restaurante, donde deciden cambiarse de ropa y tomar chocolate. Se cambiaron rápidamente en el baño del lugar; un hombre pasó vendiendo lentes negros, compraron para cada uno, así despistarían a las autoridades, pasarían desapercibidos; cada vez que sentían pasar una patrulla sus corazones saltaban de ansiedad, a la vez que les parecía algo chistoso, debía ser la adrenalina del momento, misma que les permitió olvidar el dolor de ese viaje tan intenso.

Las tasas de chocolate, panecillos y otros dulces que pidieron en aquel lugar sirvieron como desayuno para iniciar el día —¿ahora qué hacemos? —pregunta Dinis.

—Debemos continuar, el aeropuerto debe estar cerca necesitamos buscar un avión directo a Moscú—. Contestó Antxon, mientras dejaba algo de dinero para pagar la cuenta.

—¡Oh! Qué bien, ahora entiendes para qué puede servir la geografía —Amy se levantaba de la mesa—. Ya sabes más que yo.

En medio del inicio de la conversación sobre cómo tomar el avión, Dinis seguía muy concentrada aun intentando recordar dónde pueden estar esos símbolos que había visto en la gorra del capitán del tren, pues tenía la impresión de haberles visto antes, quizás en algún libro de esos que tenía su mamá en el armario, que le tenía prohibido leer. Madrid no es fácil de manejar, sus calles son complicadas de entender, pero la inteligencia de los tres chicos les fue útil, para ubicarse mejor, simplemente tomaron un taxi.

—Yo pido la ventana – levantó la voz Amy.

—Yo también – dijo detrás Dinis.

—No discutiré, viajaré en la mitad de ustedes dos—. Aceptó Antxon.

De camino pasaron por centros comerciales a todas luces, faroles inmensos, se pudo observar un poco el palacio de La Zarzuela, estaciones de metro, maravillados por lo esplendoroso de la ciudad, Dinis acostumbrada al campo, temía que esta fuera la razón por la cual su país estaba cerrado al mundo, y pues claro, era para evitar que montañas de concreto destruyeran la naturaleza. Y allí estaban frente a Barajas, grande e imponente, hora de comprar los boletos de avión para ir a Moscú y cómo era de esperarse no tenían documentos legales, de hecho, no tenían ningún documento a la mano, por lo que tenían que idearse la forma de subirse sin ser detectados, la compra del boleto era imposible sin documentación de viaje, es que ni pasaporte tenían, y qué decir de Dinis pues andaba todos los lugares sin tomar presura de lo importante que son los documentos de identidad. Al ingresar se sentaron en la sala de espera, miraban los aviones grandes, ir y venir, las pantallas con los horarios, gente con maletas algunos corriendo, otros despidiéndose, es un lugar de sentimientos encontrados para la humanidad que corre tras los afanes y la ansiedad, se preguntaba Amy si ya era hora de volver a casa y terminar la travesía que habían iniciado tan loca y enredada como la cabeza de Antxon; pero mientras tanto a Dinis se le ocurre una idea aún más arriesgada que las otras.

—Pues entraremos a ese avión cueste lo que cueste —comentaba sobre los dichosos documentos—. Y para ello se me ocurre una idea.

—¿Cuál? —pregunta Antxon.

—Nos podemos meter a una maleta que vaya con destino a Moscú y luego cuando ya estemos dentro del avión salimos sin que nadie nos alcance a ver, entiendo que esos cachivaches que tienen guardan un espacio grande de maletero.

Amy se pone en pie y mira con asombro a Dinis —tus locuras no tienen límites, yo digo que debemos regresar inmediatamente a casa, ya es suficiente con esto—. Ahora parecía asustada por todo lo que ocurría, sentía que ya era bueno de tanta aventura.

Antxon sin prestarle atención a la rabieta de Amy dice —eres un genio Dinis, así es como podemos ingresar… préstenme atención a lo que les explicaré—. Con asombro Amy mira a Antxon preguntándose ¿Qué rayos le pasa? Como si lo que dijo pasara por alto.

—Recuerdas Amy el colegio y ¿cómo entramos a clase? Pues bien, ahora vamos a hacer lo mismo, debemos pasar los bravucones que son esos policías de allí de la entrada de las maletas —señalaba una gran entrada por donde pasaba la cinta de las maletas—. Luego pasar el sistema de alarmas de la puerta, más el perro que está merodeando, cuando ya estemos dentro de la bodega, podemos ingresar a una de las maletas grandes que están al fondo y entrar en ellas, ya verán que pronto estaremos dentro del avión… debemos darnos prisa, he leído en aquella pantalla —mirando los horarios donde marcaba el avión a Moscú a las once horas.

—Tengo una pregunta técnica —susurró Amy mientras ponía su mano sobre el hombro de Antxon—. ¿Cómo sabes que es lo que hay detrás de esa puerta?

—Es muy fácil me apasionan los aviones y he visto varios programas de televisión sobre ellos, así que, tengo todo bajo control —cruzó los brazos y se sintió admirado, Amy y Dinis lo miraron como un bicho raro que inventa cuentos. No sin antes comprar algunas golosinas que sirvieran de comida para el viaje. Realizado el plan, proceden sigilosamente a ingresar a la puerta de entrada de las maletas, un poco temerosos se veían, pero ¿cómo hacer que los guardias de seguridad los dejaran pasar? Pues a Dinis se le ocurrió otra de sus maravillosas ideas.

—Chicos, quédense cerca sin que los vean yo los distraigo, y ustedes entran, luego voy yo detrás, ya que soy mucho más rápida que ustedes dos no me verán nunca—. Amy no se sentía muy agradada de lo que estaban planeando, pero no tuvo otra opción, que seguir sus pasos, miraba a Antxon con sigilo, encontraba el ánimo para hacer todas esas cosas.

Y es que se trataba de un espectáculo de magia lo que Dinis tenía programado en su mente, un poco anticuado para la ocasión, pero, puede funcionar. Los malabares eran increíblemente malos, los guardias se reían y se preguntaban qué trataba de hacer, pues no se entendía muy bien, el movimiento que hacía con sus manos y pies, brincaba de un lado a otro como si fuera un baile de *Ballet*, de pronto saca de sus manos lo que parece un pañuelo rojo con rayas azules, lo ondeaba de un lado al otro se inclina hacia el frente y muestra que no tiene nada en la mano derecha, nada en la mano izquierda, y guarda su pañuelo en el puño de su mano, con su boca hacia gestos, sacando la lengua y mordiéndosela, un poco preocupados por la niña los policías se acerca para tomarla de la mano y guiarla con sus padres, entre tanto Amy y Antxon aprovechan la oportunidad para hacer ingreso al área de maletas, mientras tanto Dinis corre y hace su mayor truco, desaparecer de los ojos humanos, apareciendo nuevamente cerca de los otros dos que ya estaban dentro al lado de una columna en la pared. Asustados.

—En tu vida me vuelves a asustar así porque te mato—. Dijo Amy con voz intimidante pero muy determinada mientras se sujetaba de la pared.

—¡Silencio! ¡Silencio! Nos van a ver —Antxon les hace una señal de sordina con su dedo mientras buscan un lugar o una maleta donde meterse.

Logran percibir que hay tres maletas suficientemente grandes para que ellos entraran en ellas en uno de los coches maleteros, al mirar la etiqueta decía «Vuelo A380 con dirección a Madrid», caminan lentamente hasta lograr introducirse sin que los perros se dieran cuenta, pasaba un policía con un perro para detectar situaciones ilegales. Los tres rápidamente se escabullen dentro de las maletas, la ropa y demás cosas las arrojaron a una caneca de basura que se encontraba muy cerca, practicando tiro al blanco, o baloncesto, todo esto ocurrió en segundos, pues ya el vehículo tractor que lleva las maletas al avión arrancaba para abordar el avión.

Los hombres que subían en la rampla las maletas, decían a toda voz que esta vez el precio de las maletas debió ser costoso por el peso, parece que llevaran niños dentro, se tapaban la boca para no hacer ningún tipo de ruido, sentían los golpes y estrujones que les daban con las otras maletas, que momento tan doloroso. El avión con destino a Moscú partía en media hora, y los problemas en el avión recién comenzaban, su paseo no fue del todo cómodo. Una vez que estaban dentro del avión Antxon de forma cuidadosa decide iniciar abriendo la maleta en la que estaba dentro, y logra ver que ya pueden salir, el avión aún no despegaba estaba en la pista esperando autorización, por lo que no era riesgoso salir, así que con mucho sigilo decidió ir abriendo cada una de las maletas para darle autorización a sus amigas de estar afuera.

Amy se notaba nerviosa pocas veces había viajado en avión se notaba una cara verde por el mareo, más un nivel alto de asombro por todo lo que sucedía, era como si no pudiera ser consciente de lo que sucedía, es el efecto de la altura, el avión ya estaba a punto de despegar, y se escuchaba los ruidos ensordecedores de los motores que estaban a toda su potencia, así que al salir de su maleta, observa todo allí adentro que era como una caverna llena de arneses que sujetaban las maletas para que no se fueran a estropear por los zambullidos que pegara el avión durante el vuelo, a veces las turbulencias eran fuertes y sacudían el aparato muy fuerte.

— Yo, este… yo… la verdad nunca… —hablaba Amy con voz temblorosa—. He viajado en avión, dentro de su barriga —hablaba del maletero—. Tengo miedo, estoy tan lejos de casa, mi mamá debe estar preocupada y yo aquí volando a un país que no conozco. —Su voz se perdía en medio del llanto.

—Te entiendo, sé que esto puede ser difícil para ti, —Dinis apreciaba a Amy sintiendo compasión por ella—. Pero sabes que lo que tú estás haciendo hoy, volando aquí en este

avión, en su barriga como le dices es lo que hacen los verdaderos amigos, ir hasta el final y ayudar, no te preocupes
más, con nosotros estarás a salvo. —Concluyo dándole un
fuerte abrazo. En ese momento comprendieron que el lenguaje de los abrazos es mejor, sentir la tranquilidad de una
calidez humana.

Amy mira a los ojos a Dinis detenidamente —voy a estar
bien, solo son los nervios, este viaje, aquí dentro del avión
es terrorífico para mí, quisiera estar en casa y descansar en
mi cama, quizás dormir hasta tarde.

—Te agradezco lo que estás haciendo Amy —intervino
Antxon—. Por mis papás, y sobre todo por mí, extraño a
mis desadaptados padres, ellos hacen lo que creen que está
bien para educarme, y darme lo mejor, aunque deseo un
poco más de tiempo conmigo, no basta con traerme jugue-
tes, ropa, quiero una caricia, un abrazo, y un te quiero al
oído… —se detuvo un momento, se escucha el silencio
arrullado por el sonido de un avión en vuelo—. Tal vez me
falta iniciativa a mí, por eso mi anhelo de estar cerca de ellos
en este momento, y decirles que los amo. Secó sus lágrimas
con sus manos, mientras se quedaba mirando el techo del
avión.

—Yo puedo decirles que, en mi familia no todo es alegría
a pesar de que los tengo juntos y compartimos tiempo, pero
los que gobiernan nuestro mundo, hacen que la vida sea
imposible, mi padre tiene que salir a trabajar a largas horas
lejos de casa, y vuelve muy tarde, mamá y yo nos quedamos
en casa esperando a su llegada, aún siento cómo me palpita
el corazón cada vez que lo veo, es todo un señor Stone de
corazón, es el mejor.

—Saben algo chicos, —Amy parecía ya reconfortada,
aunque continuaba mareada por el vuelo—. Creo que este
viaje nos dará una amistad grande, tenemos cosas en

común, y yo sé que vamos a salir bien de esto, recuperaremos los padres de Antxon, yo regresaré a mi casa, quizás sobreviva después de la golpiza y el regaño tan grande que me darán mis padres por irme sin decirles nada —un primer momento para reír—. Pero estaremos juntos en esto, quiero hacerlo; ahora tengo hambre ¿alguien trajo algo de comer?

El avión se elevaba majestuosamente, despidiéndose del suelo español, para ingresar a sus majestuosos cielos, era un día azul, las nubes se escurrían a las laderas casi imperceptibles, una turbulencia sacude y hace estremecer el avión mientras rompe el cielo, era como si transitara por un camino de vereda, lleno de baches y piedras, esto hacía que se sacudieran sus cabellos y cachetes. Cuando ya estuvieron cómodos en el aire, los tres empezaron a buscar en las maletas que trajeron, y las de los pasajeros, comida o cualquier cosa que se pueda masticar, pues el hambre los abrumaba, ya siendo medio día un viaje de casi cinco horas hasta Moscú.

Antxon en medio de la búsqueda por más alimentos fuera de las golosinas que compraron, descubre que en una de las maletas traía una colchoneta de esas que se inflan con aire a través de un aparato manual que bombea, sus ideas se iluminaron, y decidió abrirla en medio de las maletas, dando espacio, e inflándola con el aparato, se podía ver el esfuerzo en el rostro de Antxon, que intentaba dar comodidad a sus compañeras de viajes, sin contar con los continuos sobresaltos que pegaba el avión por momentos, no olvidaba que estaban en el aire, Dinis y Amy logran destapar varios dulces y otras golosinas; era el paraíso allí dentro, mientras comían, se miraban el uno al otro, sin mediar palabra, las cosas estaban marchando bien, a pesar de tener una comodidad minúscula, el lugar les parecía propio.

—Apropósito Dinis —preguntaba Amy masticando una golosina acaramelada con sabor a limón—. ¿Cómo sabías que podíamos viajar en este maletero?

Dinis trataba de sacarse con su dedo dentro de la boca un pedacito de goma que se atoraba dentro de una de sus muelas, le molestaba para hablar —verás Amy —seguía intentando quitarte la goma—. Estaba buscando a Antxon la primera noche… —logró quitar la goma y luego se la comió—. Y me encontré con un periódico que se levantó a mi cara por el viento, decía que un niño de unos catorce años, había salido de su país en África metido dentro de las llantas del avión, llegando a Madrid sano y salvo.

—¡Oh, vaya! Sí que es arriesgado —Amy encontraba una chupeta de chocolate.

Al final lograron acomodándose en la colchoneta, Amy encuentra un manta, y se la pone, logra quedarse dormida, pero a Dinis y a Antxon los inquietaban muchas cosas que habían pasado.

—Retomemos señorita Stone, —Antxon pudo por primera vez mirar sus ojos azules aguamarina, hermosos parecieron—. Tu país… región, reino o lo que sea se encuentra en Transnistria, en alguna parte de Rusia, ¡qué bien! Aún nos queda un día más de viaje —suspiró—. Mis padres fueron secuestrados y la casa incinerada totalmente, dos noches antes llega una carta invitando a mi padre a que me lleve a un lugar que él no recuerda bien, pero se niega totalmente, y ahora estás tú guiándonos para llegar allá.

—Es correcto señor Puffet —. Asentó Dinis con la cabeza.

—¿Y cómo sé yo, que tu no formas parte de todo esto, y que eres la secuestradora de mis padres además de quemar mi casa?

—¿Estás loco? Por quién me tomas ¡ah! Si te estoy ayudando con todo esto que te ha pasado, yo no tengo nada que ver, las cosas hubieran salido mejor si tu padre hubiera seguido las instrucciones de la carta, porque no es posible, que alguien quiera separarse de su pasado, y dejar a un lado el futuro que le marcó, considero Antxon que te he sido de valiosa ayuda, como para que me preguntes eso. —Dinis se sintió muy mal, no lograba entender el motivo por el cual Antxon dudaba, aunque se situó en el lugar de él es que en el aire se sentía ese tumulto de emociones.

— Sí… sí… —parecía que una lagrima quería salir para demostrar su dolor—. Lo siento Dinis, no quise que mal interpretaras o que te sintieras mal, con la pregunta que te hice pero compréndeme, todo eso es nuevo para mí y no tiene sentido nada de lo que está pasando, quisiera ahora cerrar mis ojos y volverlos abrir, despertar mágicamente para estar sentado en las escaleras esperando a mis padres que llegaran del trabajo, y sentir como mueven sus manos en mi cabeza, para el rato sentarse a ver televisión, solo quiero eso, nada más —Antxon veía la imagen de los recuerdos sobre su mente, como si fuera una película a blanco y negro, llena de memorias de infancia, risas, *pizzas*, quedadas a dormir en el sofá para ser cargado por su padre hasta la habitación, mientras su mamá lo cobijaba, él era consciente de todo, pues lo hacía apropósito, nunca dejó de ser un pequeño.

Ambos se miraron a los ojos, el aprecio saltó a la vista, sonrieron el uno al otro y recostaron su cabeza sobre la colchoneta, aún quedaban algunas horas de viaje, las turbulencias los sacudían con violencia, hasta el punto de hacerlos caer muy seguido, pero se reían, la única que no se volteó fue Amy, estaba tan profunda que maniobraba su cuerpo.

—Está tan dormida que imagino que soñará que come y come sin descansar.

Dijo entre risas Dinis lográndose acomodar.

—Es verdad, quizás cada movimiento del avión siente que está corriendo detrás de una torta de chocolate—. Aclaró Antxon mientras la veía por la espalda.

—Eso no es así —Amy refunfuñaba entredormida—. No ven que soy una experta operando mis sueños, nada más. —Insistió en seguir con los ojos cerrados.

—No para… —hablaba Antxon sobre lo ingeniosa que es Amy—. Es una gran persona, y es mi amiga. —tocaba su hombro para hacer que durmiera un poco más.

Luego de un largo viaje de más de cuatro horas, el avión se sentía en descenso para lograr aterrizar, ahora se enfrentaban a un problema mucho más grande y peor, tenían mucho desorden, comida regada, una colchoneta, maletas abiertas, todo un desastre en el área de bodega del avión; de inmediato iniciaron a organizar todo lo que más pudieron, guardando basura, bolsas, todo lo que tenían en desorden y volviendo cada uno a las maletas de donde llegaron.

—Debemos ser cuidadosos, y estar muy alertas para salir de las maletas antes de que nos descubran porque podemos perder todo el viaje que hemos hecho—. Dijo Antxon mientras ayudaba a cerrar las maletas de Dinis y Amy.

Un gran aterrizaje en las tierras de Rusia, país gigante, con gente preciosa de apariencia tosca para los que son occidentales, formales en su forma de ser, aunque imprecisos para saber cuándo lo son y cuando están enfadados, usan un tono de voz que no se logra discernir lo dulce o lo amargo. La hora llegó, la puerta del avión donde guardaban el equipaje es abierta, los auxiliares de desembarque, iniciaron a bajar todas las maletas del avión, uno de ellos notó que una maleta se movía, así que se acercó para ver que puede tener, la tocaba con la mano, para ver que puede sentir, adentro se encontraba Amy, de inmediato se tapó la boca con la mano, para no gritar o reírse ya que le estaban tocando el estómago, pero rápidamente descartaron cualquier novedad y decidieron seguir trabajando.

Una vez dentro del aeropuerto, Dinis es la primera en ver que era necesario bajarse rápido puesto que las maletas iban a ser puestas en la banda para ser entregadas a sus respectivos dueños, miraba a través de una pequeña abertura que había abierto para estar pendiente del momento exacto de hacer el desembarque. Pero todo salió mal, una mujer corpulenta y grande, con acento ruso, se da cuenta de que algo no está bien en las tres primeras maletas que estaban sobre del coche, son sospechosas y las hace bajar de inmediato por los agentes de control, ¡oh! Sorpresa al abrir las maletas, había tres niños escondidos dentro.

—¿Ustedes qué hacen ahí? —dijo la mujer en idioma ruso.

Entre tanto uno de los guardias se percata de algo, y le dice que el vuelo proviene de Madrid, probablemente hablen español o inglés. Para sorpresa ella podía hablar varios idiomas, así que les dice en español nuevamente —¿qué hacen en esas maletas? ¿Por qué están aquí?

Sin mediar palabras, los agentes de control, los agarran de los brazos a los tres, y los llevan a una sala contigua, para seguir haciéndoles preguntas sobre su viaje.

—Ustedes se han metido en un serio problema ¿no saben cuánto riesgo tiene viajar dentro de una maleta en un avión? —les reprochaba la mujer con acento agraviado—. Ahora vamos a devolverlos a su respectivo país, ustedes no pueden y no deben estar aquí, sus familiares deben saber lo que hicieron y pagar por ello.

Un momento de silencio se vive en la sala donde estaban sentados los tres, un lugar de sillas de aluminio, vacía con un escritorio enfrente, grandes ventanales donde se podía apreciar que iniciaba a nevar, a fuera un paisaje único, varios aviones estacionados esperando a ser abordados y otros en la lista de despegue, un cielo ya negro por la noche, no había luna, todo estaba oscuro, nada más la luces permitían ver aquella majestuosidad de un gran aeropuerto, les trajeron unas mantas porque hacía mucho frío, sintieron lástima de los pequeños, al verlos tan inocentes de esa travesura.

Antxon intenta decir algunas palabras, pero solo hablaba de manera vacilante y no decía nada en concreto, su mente estaba en blanco, Dinis y Amy tenían un color de piel pálido y blancuzco, sin embargo, en su mente estaban sus padres, y cómo sería posible que el deseo por rescatar a sus papás, se entenebrecía tan profundamente, era su fin, ahora varados en un lugar sin conocer el idioma y con una mujer que por poco les da una paliza, pero sí que se llevaron su reprimenda.

La mujer que los tenía presos en el aquel momento, era corpulenta, grande y con un uniforme negro azabache, llevaba varias insignias con decorativas y un cinturón que abarcaba gran parte de su cadera, tal vez estaba allí para distinguir donde terminaba su estómago para iniciar sus piernas.

—¿Quién de ustedes es el líder? —aseveró con enojo la mujer—. Porque debe haber alguno que se le ocurrió tan brillante idea de subirse a este avión, contéstenme ¿Quién fue?

—Yo —responde Antxon—. Yo señorita, es que tenemos una misión que si le contara usted no me creería, y la verdad siento tanto haberlos metido en problemas, ellos me estaban acompañando.

—Muy bien señor, cuénteme ¿cuál es el motivo de su viaje y su nombre?

—Mi nombre es Antxon Puffet —la mujer dio un paso

atrás, parece que le sonaba aquel nombre, como cuando uno reconoce algún familiar —. Es un gusto, le explicaré, pero estoy seguro de que no me creerá — Antxon intentaba explicar muy tranquilamente lo que sucedía —. Verá mis padres fueron raptados por un señor que no conozco, además quemó mi casa y dejó una nota que pedía que devolviéramos un cajón rojo que él no pudo encontrar, así que mis amigos y yo decidimos ir en búsqueda de ellos, para entregar este cajón y conseguir que me devuelvan a mis padres, así volveré a casa y todo será como antes o bueno al menos que pueda volverlos a ver —. La expresión de su rostro era similar a la tristeza que produce cuando se pierde un ser que uno ama mucho.

—¿Y cómo sabes que tus padres están aquí en Rusia?

—Es mi amiga Dinis, quien dice ser mi asistente personal, cuenta que viene del Reino Alquemy y allá es donde se encuentran mis padres bajo el control del señor Fire Bering, pero no sé qué más.

—Escucha niño, tal cosa no existe, es solo una fantasía inventada por ti, porque si bien puedes notar, esto es Rusia, y aquí no existe ningún reino dentro de nuestro país, lo que ustedes hicieron está muy mal, voy a responsabilizarme de ustedes, mientras contactamos con sus familiares, para devolverlos.

En ese momento la mujer sale y cierra la puerta, en el momento Amy cae en llanto y se le notaba triste, con rabia y asustada.

—Yo les dije que debimos devolvernos una vez que llegamos a Madrid, ahora estamos en un lío del que no saldremos tan fácilmente, no estamos en edad para estas cosas, mis padres me van a odiar, e iré a vivir al sótano por toda mi vida.

—Puedes estar tranquila yo les contaré toda la verdad.

—¿Qué les vas a contar? —el tono subió a ira—. Que nos fuimos a Rusia a buscar a tus padres, porque un tal señor que no conoces los secuestró, en un reino que no existe ¡por favor Antxon, mis padres no son tontos!

— Ambos pueden calmarse —explotó Dinis para intentar calmar los ánimos—. Estamos en un momento de apuros y necesitamos pensar que podemos hacer para salir de esta, y continuar con nuestro camino.

—¡Hay sí! Habló la niña genio, que todo lo puede hacer, por qué no mejor te desapareces y te vas a tu casa, y nos dejas tranquilos, que por tu culpa estamos aquí, gracias a que le llenaste la cabeza de tonterías a Antxon.

—¿Disculpa? Intento ser amable con ustedes, pues sí, puedo irme a casa en este momento y dejarlos solos, ¿pero sabes algo? eso no hacen los amigos, un verdadero amigo no abandona, está con sus hermanos hasta el fin.

—Ya basta los dos, —aclaró Antxon la garganta—. Es cierto que estamos en este problema, y agradezco que sus intenciones han sido buenas, pero yo debo seguir, y de alguna manera llegaré a donde están mis padres. —se concentra mirando a Amy—. Puedes irte a tu casa justo ahora, igual de aquí te vas en otro vuelo rumbo a Bilbao y podrás estar en casa, no te va a pasar nada, solo es una locura de niño, como la que hacen los demás a nuestra edad, mientras tanto Dinis, tienes que desaparecer y ver cómo me puedes sacar de aquí sin que me vean.

En ese momento llega la mujer con una mirada que los atormentaba, traería noticias de la deportación a España, todos pensaron en que la salida de aquel lugar era difícil y con semejante mujer tan grande, se aproximaba a lo imposible. —Quiero que me acompañen a tomar la muestra dactilar de las manos —la mujer señalaba la salida de aquella habitación—. Es importante para hacer la deportación, salgan por favor.

Los tres empezaron a salir con rumbo a la sala contigua, pero al ingresar notan que estaba oscura, y vacía por lo que esperaron a la entrada de la puerta

—Señorita, esta habitación esta oscura —dijo Antxon.

—Entren, por favor, —insistió la mujer.

Al ingresar al fondo había una lámpara en el techo que se encendió de color rojo, pues esta habitación se caracterizaba por ser el lugar a donde llevan a las personas que no quieren cooperar, en su gran mayoría son golpeados brutalmente por traer asuntos ilegales al país, así que el miedo los tomó.

—Debo contarles algo, pero debe ser muy rápido, mi nombre es Estrella, —la mujer se sujetaba la correa de su cintura como si fuera a caerse—. Conozco el lugar para donde se quieren dirigir, pero es muy peligroso, el camino está lleno de problemas, no sé cómo llegaron hasta aquí, pero algo me dice que deben continuar; Así que voy a hacer algo por ustedes —inclinó su cabeza hacía adelante—. Y espero que sean lo suficientemente rápidos, pero primero algunas instrucciones —volvió su cabeza para atrás; los chicos las miraban como una mujer extraña—. La parada de bus para ir a Transnistria queda al sur de la ciudad, deben coger el metro que los deje en la última estación, esa parada de autobús es muy peligrosa, llena de delincuentes y personas que viven en la calle, no les va a gustar su apariencia, pero ahí deberán tomar el bus que los deje en el viejo pueblo, compren varios abrigos, pues el frío es agotador estará nevando en gran parte del viaje, ahora bien… —nuevamente apretó su correa—. Voy a llevarlos donde se toman las huellas, allí aún no hay nadie, es su oportunidad de salir, deberán correr por el pasillo hasta el final, verán una puerta que tiene una pantalla para que escriban una clave, anoten los siguientes números: 1017, empujen y volteen a mano derecha, al final encontrarán la sala de espera número tres, después de ahí están solos, buena suerte—. Estrella se acercó para verificar que nadie más la observaba, miró las cámaras de seguridad, que vigilaban lo que ocurría en los pasillos y en las salas administrativas, para demostrar que todo estaba en orden, así que era momento de continuar con el plan.

Ingresaron a la sala de toma de huellas, que también estaba sin nadie dentro, unos papales sobre el escritorio, dos sillas y un gran espejo en la pared. Estrella dejó la puerta a medio cerrar así que fue la oportunidad precisa para salir y seguir las instrucciones, un momento en el que el corazón latía, con ese impulso de la adrenalina, formaron una fila, uno tras otro fue saliendo, primero Antxon luego Dinis y al final Amy temerosa, pero confiando una vez más en sus amigos, corrieron sigilosamente por el pasillo hasta llegar a la puerta con la clave, escribieron en la pantalla el número, esta emitió un sonido como cuando llega un mensaje de texto en el teléfono móvil, se abrió y pasaron un largo camino hasta encontrar la sala número tres, se dieron cuenta de que era muy grande pues era de embarque y venta de boletos de avión, en el momento estaba lleno de personas que tenían muchas maletas, por lo que fue fácil escabullirse en medio de las personas. Revisaron que nadie los persiguiera, y así con las señalizaciones y palabras en inglés lograron salir a la gran puerta de ese aeropuerto, con miles de luces mirando a la ciudad, y cantidad de taxis, buses, de un lado al otro para traer y llevar personas.

Caminaron unas calles abajo para encontrar la estación del metro y con su astucia lograron comprar de la máquina los tres boletos para ingresar, todo estaba en ruso, pero recordaron las instrucciones que les había dicho Estrella así que sin más que una intuición y corazonadas usar los euros en aquellas máquinas estaba permitido, la capacidad que ellos tenían para saber que botón picar no fue más sino plena suerte; entraron en una tienda de ropa para comprar abrigos aún más calientes y algo de ropa, así que pronto sus maletas ya eran más grandes, parecía que cada vez cargaban más peso y motivos.

—Sabes Dinis, —interrumpía Amy con aquel frío humeante que salía de su boca, como si de ella produjera un poco de calor—. Lamento todo lo que dije allá dentro del aeropuerto, creo que era un mareo.

—No te afanes por ello, en tu lugar reaccionaría igual—. Ambas se miraron con complicidad.

—Me alegro de que hayan hecho las paces señoritas — intervino Antxon.

—No tan rápido pequeño saltamontes —dijo Amy mirándolo con insistencia—. También te quiero pedir perdón, estamos en medio del camino, y hemos llegado hasta aquí con la astucia de los tres, creo que llegaremos, sí lo haremos.

Amy estaba muy angustiada aún porque tenía en su mente a sus padres y cuánto estarían preocupados por ella, así que su cara estaba muy blancuzca y lagrimaba muy seguido. Antxon la miró y le dijo: —te quiero pedir perdón yo también no debiste estar aquí, y todo lo que hemos pasado no era para ti, tal vez deberíamos detenernos y llevarte otra vez al aeropuerto para que estés en casa pronto.

—No… no te preocupes Antxon que yo estoy bien… — un suspiro para secar las lágrimas que se endurecían con el frío—. Creo que es hora de demostrar que no soy ninguna cobarde y que puedo hacer algo bueno, sin que estén diciéndome qué hacer, esta es una decisión que ya tomé.

—Me alegra que estés conmigo Amy —lanzó una sonrisa Antxon—. Necesito compañía de una buena amiga, a pesar

de que solo llevamos tres días de conocernos, siento que llevamos años, casi toda una vida y son solo doce años — . Ambos rieron a carcajadas.

—Bien salgamos de esta tienda, necesitamos llegar a la
estación, afortunadamente primero compramos los boletos,
y esas máquinas tan modernas no piden documentación — .
Dinis estaba aliviada.

En Autobús.

Al montar en el metro de Moscú es como ingresar a todos
los demás trenes urbanos del mundo, una hojalata de color
gris, que tiene muchas puertas, algunas de ellas pintadas
por vándalos que hacen sus garabatos con pinturas de ae-
rosol, un lugar de pocas lámparas, y muy frío; las personas
en aquel lugar no se percatan de ninguno que esté a su lado,
parecen ensimismadas, concentradas en sus cosas, así que
en ese mundo extraño aguardaba el próximo tren; en aquella estación se llenó de personas muy rápido, así que al ingresar les tocó irse de pie, y a medida que pasaban las estaciones los vagones se desocupaban hasta el punto en que ya
pudieron tomar lugares y descansar. Colocaron las maletas
cerca de sus pies para ponerlos arriba de ellas, y así reposar
las piernas, nadie los miraba, cada viajero del metro con su
teléfono móvil sin percatarse que tres niños estaban solos
en aquellas sillas del tren.

Después de un largo viaje, parecía no acabar, pasando
casas, edificios, ingresando nuevamente al subterráneo,
hasta que se divisa el fin de la ciudad, así percibieron que
llegaron a la última estación porque el tren hizo un cambio
de vía, y sonaron varias alarmas, un oficial de policía subió
para revisar cada vagón, y todos se bajaron, nadie subía, así
comprendieron que en realidad ya era hora de buscar la

estación del bus. Un gran susto se llevaron al pensar que el señor policía los estaba siguiendo, así que emprendieron la marcha a todo paso, para salir de la estación; las escaleras los llevarían a las afueras y allí en medio de una carretera que daba a la autopista, se podía divisar una pequeña banca con un letrero de parada de autobús, no había ningún otro, era ese.

Dinis entre tanto miraba con detenimiento el paradero del autobús, para ver si puede entender a qué hora llegaba el próximo, pero era imposible esa lengua no la había visto antes, así que se volteó para ver al par de amigos que se estaban riendo y les dice —ahora que son los mejores amigos, podemos esperar tranquilamente el siguiente autobús, espero que Amy no me abrace cuando se duerma como en el tren, ahora que está toda echa emociones—. Dinis tomaba su lugar en la banqueta, que estaba congelada, pensó de inmediato que lo mejor era no sentarse, pues podía doler.

—Ustedes dos… las quiero como mis hermanas. —dijo Antxon mientras los abrazaba con ambas manos una de cada lado.

En el momento se acerca el autobús un servicio viejo grande, con un letrero en la parte superior del parabrisas que afortunadamente estaba escrito en alfabeto latín y podía leerse «*Transnistria*», los tres pudieron leer, y miraron que era el indicado, como los rusos son tan silenciosos, al subir el conductor no pronunció palabra, solo recibió el dinero e hizo un cambio, devolvió monedas a Antxon e inclinó la cabeza hacia a un lado, mostrando que tomaran lugares, rápidamente estaban dentro y buscaron los puestos de atrás donde podían sentarse juntos, además el calor del motor se sentía más, para bajar el frío que los consumía, Amy se apresuró y tomó la ventana, luego se sentó Antxon, y al final Dinis.

Un largo viaje de más de 6 horas, estaban agotados con frío y mucho sueño, así que cabecearon hasta quedarse dormidos, eran como un tumulto de pieles amontonado al final del bus, un resguardo de calor, así estuvieron durante el viaje, mientras que la carretera mostraba grandes campos blancos cubiertos por nieve, visibilizando la llanura, al final de la vista grandes montañas que se alzaban como cordilleras azuladas, pocos árboles de pino alrededor, y una autopista recta.

— ¡*TRANSNISTRIA!* — pronunció entre dientes el chofer seguido de un fuerte freno que hizo el autobús.

Así que los tres se despertaron de golpe contra las sillas de enfrente, un dolor de cabeza inició en el aquel momento, se bajaron y era un lugar muy solitario, de esos viejos pueblos con pocas casas alrededor, hechas de madera, ubicadas a lado y lado, pintadas con brea, algunas chorreaban humo de sus chimeneas, no había calles, ni carreteras, todo cubierto de nieve, incluso las puertas estaban atascadas, parece que nadie saldría de ellas pues no se veía ninguna persona por fuera para hacer alguna pregunta, miraban para todas partes, estaban en un punto ciego, con frío y empezaba a nevar nuevamente, debían buscar un refugio; el autobús no dio tiempo de pensar en regresar, pues marchó de inmediato, dejando solo el hollín de su carcasa.

—Chicos creéis que veo algo —Antxon miraba hacia el fondo cerca de un árbol que aún no se terminaba de cubrir de nieve—. Es una casa con la puerta abierta, tal vez podamos tocar y ver quien no ayuda.

—Solo espero que puedan hablar español o inglés, pero lo dudo —manifestó Dinis, en ese pueblo tan antiguo es poco probable toparse con alguien que hable alguna lengua romance o anglosajona.

—Es buena idea ir a tocar, además necesitamos

guardarnos de la nieve que está empezando a caer más y más… no quiero morir congelada, y que mis padres me vean en un cubo de hielo— Refutó Amy.

Antxon muy silenciosamente y pensativo, siguió los pasos hasta la casa, tocaron con fuerza, pero nadie contestó, así que decidieron entrar, y estaba desocupada, pareciera que hace mucho tiempo dejaron de vivir ahí.

La casa toda de madera, parecía abandonada, tenía dos sillas cubiertas de telaraña, una chimenea, y una mesa desgastada, no tenía habitaciones, ni cocina, nada parecido a una casa normal, era un lugar vacío y helado, entonces a Amy se le ocurre una gran idea.

—Podemos tomar estas dos sillas —Agarró las sillas que estaban cerca de la ventana, deterioradas—. Y ponerlas en la chimenea para que nos den fuego y así poder darnos calor mientras pensamos qué hacer.

—Excelente idea ¿alguien trajo cerillos para encender? —contestó Antxon.

—Tengo solo uno, que encontré en mi casa, los uso para ver cómo se queman. Dinis sonrió mostrando sus dientes. Para Amy le pareció algo muy loco como pirómano, pero guardó su pensamiento, en ese momento resultó muy útil tener un cerillo.

Amy y Antxon se ponen a la tarea de partir las sillas como pueden con sus propias fuerzas y llenaron la chimenea, como Dinis era la experta en cerillos, ella puso de su parte al intentar encender la llama, y con mucho esfuerzo, soplando y poniendo sus manos para que el fuego tomara fuerza logró encender la madera, se apreciaba como el calor se empezaba a surgir… seis manos estaban cerca de la chimenea buscando calor.

—Lo mejor será cerrar la puerta, entra una corriente de aire —Antxon se apresuraba a cerrarla, resultó ser una tarea difícil, puesto que estaba muy vieja, se atascaba, así que recibió ayuda de Amy, pronto pudieron ponerle el picaporte para evitar que el viento la abriera de nuevo.

Ya estaba entrada la madrugada y se escucha un sonido como de gruñido de un animal. —Creo que fui yo, o bueno mi estómago —dijo Amy mientras buscaba una explicación al molesto sonido.

—Necesitamos comer —Antxon buscaba en las maletas— ¿aún queda algo dentro de las maletas?

Dinis que también buscaba tenía en su mano una bolsa llena de galletas —aún tenemos esta bolsa, espero que nos alcance al menos para llegar, estamos muy cerca, o bueno, eso creo.

—Espera un momento —Amy cuestionó esas últimas palabras de Dinis—. Un minuto Dinis, cómo es que estamos muy cerca o eso creo… —una pausa—. Nos has dicho en todo el viaje que este es tu reino.

—No, este no es mi reino —Dinis comía otra galleta—. aquí no es señorita Amy.

—Entonces ¿dónde es?

—Escucha Antxon, tenemos que encontrar la puerta o algo así, papá dice que por aquí está la entrada principal.

—Y ya la has cruzado, supongo… —Amy ya se notaba mal humorada.

—Bueno, no.

—¿Qué? Antxon, ¿tienes una explicación para esto?

—No —contestó Antxon— pero lo mejor no será pelear, todos coincidimos en que este es el lugar de donde provienen las cartas, mañana cuando estemos descansados pensaremos.

—Sí es lo mejor —asentó Dinis—.

—Les daré la razón, porque ya estamos aquí, tal vez el frío este congelando mis pensamientos —Amy bajaba el tono de voz, buscando un lugar para recostarse a dormir.

Tendieron varios sacos y ropas sobre el suelo para hacer un colchón cerca de la chimenea de donde provenía el calor, a pesar de que el suelo estaba muy frío lograron separar el congelamiento con la chimenea ardiendo, acomodándose juntos se abrazaron cerca de la braza, lograron un poco de comodidad como los cachorros cuando se duermen enroscados en sus camas.

El sol aparecía por la ventana no de color amarillo, era blanco, porque aún las nubes cargadas de nieve estaban sobre el cielo, pero ese rayo daba a la cara de los tres, y pronto se dieron cuenta de que la aventura no había sido un sueño o pesadilla según Amy, por lo contrario, era algo muy real, un nuevo día a clareaba para todos. Con pereza, estirando piernas y brazos se dan los buenos días, algunos dolores de espalda por dormir en el suelo, recordaron el viaje en el tren que fue el más cómodo hasta el momento. Guardaron sus cosas en cada morral, y Antxon se percata de que traía los dibujos.

Sobre la mesa Antxon expone más de quince dibujos a mano, era muy bueno, cada detalle en los esbozos, dándole un vistazo encuentra uno en particular, una casa de madera con la puerta abierta, abandonada y rodeada por nieve, con un árbol que se rehusaba a ser cubierto por la nevada, cuando Dinis y Amy vieron el rostro de sorpresa de Antxon se acercaron para ver qué era.

—Esta es la casa… que… ¡OH POR DIOS! —Amy se asombró.

—Sí, aquí estamos… —miraba Antxon a las dos residentes de aquella casa.

Dinis pregunta —¿Antxon dónde viste esta casa?

—La vi en un sueño varias veces y quise luego dibujarla, aunque para ser sincero, fue tan frecuente que una vez hice este esbozo, pude dejar de soñarla.

—Eres muy extraño… pareces un «Turam»

—¿Turam? ¿qué es eso?—, preguntó Antxon.

—No te he explicado bien, ¿verdad? —Dinis sonreía mientras seguía sosteniendo los dibujos—. En nuestro reino tenemos varias dinastías, o eso es lo que me han dicho mis padres, en el tiempo que llevo, solo conozco dos y a nosotros los asistentes, dentro de esas existen los Turam, que son los escritores, ellos se encargan de escribir.

—Y ¿qué escriben? —preguntó Antxon.

—No lo sé, mis padres dicen que ellos lo escriben todo, ven el futuro, dominan las letras, y tienen una gran biblioteca, nadie los ha visto en años, y yo tampoco.

Intervino Amy diciendo: —pues no me parece que sea un tal Turam, él no escribe, dibuja, y a mi parecer solo fue una coincidencia.

—Tranquilas las dos, vamos a mirar qué podemos hacer por ahora, pienso que necesitamos estos dibujos para seguir llegando —contestó Antxon—. Claramente es notable que cada vez que damos un paso todo esto nos ayuda.

En los dibujos que hizo Antxon en los últimos días se apreciaba, un castillo con cinco torres, la casa de Dinis, la casa abandonada en la cual estaban, un río, una vieja estación de tren pordioseras, un elefante de dos trompas, y varios paisajes de selváticos con muchas plantas extrañas, nunca visto.

—Sí, buena idea, ¿recuerdas qué dibujo pintó luego de la casa?—, Dinis insistía en seguir los trazos.

—Por su puesto… —Antxon hojeaba— sigue este… —sacó uno entre tantos—. Es como un camino con árboles en pino, el problema es que no he visto ninguno así cerca de aquí, todo parece ser una planicie llena de nieve con uno dos árboles alrededor cubiertos por nieve, salvo el que tenemos aquí al lado.

—Tendremos que salir a preguntar—, Dinis acomodaba su ropa, que aún tenía puesta del día anterior.

—Yo tengo una pregunta —intervino Amy—. ¿Sabes hablar ruso?

—Por lo visto lo único que sabes preguntar son problemas —Dinis le reprochó—. Dime ¿tienes alguna otra idea, mejor que la mía?

Se miraron fijamente la una a la otra, con sus frentes arrugadas y notable enojo.

—No es momento de discutir —apresurado Antxon ante las palabras de la una a la otra—. Necesitamos encontrar este camino que es el que sigue según mis sueños, y vamos a salir a buscarlo—. Organizaron sus maletas nuevamente, para seguir el camino, cual mochileros deambulantes.

Salieron de la casa y con el dibujo en la mano, empezaron a preguntar a los lugareños, uno a uno de los pocos que transcurrían en el lugar, cómo eran personas acostumbradas al frío cruel, llevaban pesados abrigos de cuero y pelo de animales; como no conseguían hablar el idioma, pasaban por alto ante los pocos lugareños, su ánimo empezó a decaer.

—No puede ser que estando tan cerca, no sea posible llegar —Dijo Antxon mientras tocaba su rostro, se notaba muy desilusionado.

—Lamento no poder ayudarte —Dinis se acercó para darle un abrazo—. Los caminos de reino son aún desconocidos para mí, y desde aquí no sé qué camino coger, tal vez debería ir por ayuda donde mis padres, aunque no creo que te apoyen en esta locura que estamos haciendo, ellos son un tanto diferentes.

—Una pregunta —alzó la mano Amy como la vez que estaban en clase de matemáticas—. ¿Cómo haces para llegar hasta donde tus padres? Muéstranos.

—Sin lugar a duda puedo decirte cómo lo hago, pero aún no estoy segura de que funcione con ustedes, porque… bueno no… son asistentes.

—Ven vamos dinos ya por favor —Amy se notaba muy insistente—. Además, pudiste habernos ahorrado todo este viaje, y hacer lo que tú haces en un santiamén.

Un anciano de tez blanca, con bigote italiano, cejas pobladas, y un corte de cabello a ras de su cabeza, aunque se le notaba que ya estaba cubierto de canas, parecía un copo de nieve ambulante, con un abrigo gris, botas y una cubeta llena de huevos señala con su dedo el dibujo que sostenía Antxon, interrumpiendo la conversación dice: —lo he visto—. Su voz gastada, soñolienta, casi tan ligera como el aire, era necesario acercarse para poder oírlo.

—Señor disculpe ¿usted habla español? —dijo Amy.

—Sí, hace un tiempo viví en España, tenía hijos, y luego… —una pausa—. No importa ahora…

—Escuché que ha visto algo, ¿se refiere al dibujo? —preguntó Dinis.

—Sí, conozco el lugar, es la puerta principal.

Antxon se recupera de la tristeza que tenía, en mucho tiempo no sentía tanta alegría, porque ya estaban dando frutos sus esfuerzos. —¿Usted puede ayudarnos a llegar hasta este lugar?

—Sí por su puesto, pero ¿para qué quieren ir allá? Y ¿cómo saben de él?

—Verá Señor es una larga historia —Amy organizaba su maleta, ya tanto tiempo llevándola a cuestas incomodaba.

—Vamos a mi casa, —sugirió el anciano—. Tengo chocolate caliente y unas galletas, necesitamos hablar.

—Una buena noticia en toda esta locura, ¡chocolate! y ¡galletas! —Amy no paraba de la emoción, sintió que aquello era una señal clara de que podían confiar.

—Y ¿cómo podemos confiar en usted señor? —Dinis a pesar de ser la más hiperactiva del grupo, siempre se aseguraba de hacer las preguntas correctas, con un buen manejo de seguridad.

—Bueno, tienen dos opciones —el anciano los miró fijamente—. La primera es seguirme, tomar chocolate y darnos explicaciones a todas las preguntas y la segunda es seguir aquí preguntando y esperar a que la nieve los cubra, o tal vez encuentren más madera para seguir utilizando la chimenea de aquella cabaña.

—¿Usted nos vigilaba? —Se sorprendió Amy.

Pero la conversación finalizó abruptamente, porque aquel anciano comenzó a caminar con dirección a un campo que daba al otro lado de la calle por donde pasaban los buses, al mirarse mutuamente, los viajeros decidieron ir tras él, no tenían más opción.

—Bueno pues a caminar.

—Solo espero que no sea muy lejos —se quejó Amy.

—Chocolate… galletas… leche caliente… un buen desayuno —decía a gran voz el anciano, mientras caminaba lentamente con su canasta de huevos.

Capítulo 3

El último Turam

El anciano habitaba una casa como al final del pueblo, donde se podía ver por completo toda la zona, la colina era alta y el aire faltaba, era difícil respirar en esas condiciones, todo un valle blanco, las casas se levantaban como chozas puestas por el viento, las personas cargaban leña, otros a cuestas unos terneros y ovejas, varios perros ladrando, cada quién en su lugar; la casa de aquel hombre que había conducido a Antxon, Amy y Dinis, era de madera, dos pisos, rodeada por un cerco de color negro, ventanales grandes, con vidrios negros, uno podía verse reflejado completamente en ellos, el jardín estaba cubierto de nieve, y se podía apreciar que la chimenea ahumaba dando señal que al interior estaba la temperatura ideal, al interior una hermosa imagen se presentó ante sus ojos pues las cosas que tenía eran lujosas y amarillas, todo dorado, alfombra hecha de piel de oso, el piso en madera color dorado, un candelabro inmenso que abarcaba toda la sala de estar, muebles acolchonados con bordes de flecos, un bellísimo cuadro de un caballo galopando sobre la chimenea, ventas con acabados de flores amarillas, además del notable cambio de clima, ya que al interior era temperatura cálida y confortable.

El anciano invita a los niños a sentarse —sigan por favor, están en su casa—.

—¡Gracias! —gritaron los tres al tiempo; cual niños de casa y bien educados.

—Permítame voy a la cocina a preparar chocolate y regreso—. Se marchó el anciano dejando su abrigo en el perchero al ingresar, Amy no se imaginaba un lugar tan esplendoroso y lleno de vida en su interior y tan de baja calidad en el exterior y ni pensar en sus vecinos que de buen gusto no tenían nada.

Sentados en la sala, al calor de una buena fogata, no paraban de mirar todas las cosas que había en el lugar, Antxon vio la cabeza de un Alce que estaba de trofeo, Dinis concentró su mirada en aquel caballo y la majestuosidad de la pintura, Amy daba tiempo de llegada a la promesar del chocolate.

—No les parece algo extraño —Amy interrumpía aquella disertación—. Que este señor nos ayude tan amablemente, y tenga esta casa tan bonita, pero fea por fuera.

— Es verdad —Dinis asentaba con su cabeza—. No podemos fiarnos de este desconocido, además parece estar muy loco con su peinado de revés y ropa desgastada, qué tal que esta no sea su casa y nos esté engañando para hacernos daño.

—Ninguna de las opciones que estás diciendo es correcta —aquel honorable casero entraba con dos bandejas una llena de galleta y otra con una jarra llena de chocolate para servir—. Vivo aquí desde el año de mil novecientos cincuenta, —los invitó a tomar asiento en el comedor—. Viví con mi familia, hermanos, madre, padre… todos han fallecido y quedé yo con esta casa, por fuera la verás muy horrible, no le he dado una mano de pintura en años, pero por dentro esta tal cual como la conservaba mi madre, no soy un peligro para ustedes… —se concentró en Dinis—. Puedo ver que tú niña, eres una asistente y el joven inteligente es un… —hizo una pausa para sentarse en la mesa—. Por favor, coman.

—¿Es un qué señor? —preguntó Dinis.

—Les contaré, por favor tomen asiento y comamos un buen desayuno.

Amy desde hace un tiempo ya estaba sentada, probando de todo, de manera muy glotona, y comía sin masticar, que vergüenza sentía los otros dos, los modales estaban fuera de lugar.

—No se preocupen por la *sapiens*, todos ellos son así, ya se acostumbrarán, además tiene hambre—. Sonrió el anciano.

—Usted puede decirnos ¿cuál es su nombre? —Antxon parecía interesado por conocer quién era su anfitrión.

—Desde luego que sí, mi nombre es Jonhson.

—Johnson ¿qué? ¿Cuál es su apellido señor?—. Insistió Dinis.

—Eso no importa ahora.

—Pero debe ser alguien de Alquemy para saber todo lo que usted nos ha dicho hasta el momento.

—Revisemos.

— Muy bien señor Johnson ¿qué soy según usted? Y ¿cómo nos reconoció?

—Verás, jovencito —el anciano se preparaba para una charla—. Hace un tiempo atrás vivía en el reino, ¡era un gran servidor por cierto! —aseguró mientras se quedaba pensando en viejos recuerdos—. Pero después de lo ocurrido con Fire, ¡ese enfermo de cabeza! Decidí esconderme, pero ese no es el caso; en la cabaña donde se compran las legumbres, escuché que tres niños estaban en la vieja casa abandonada y estaban preguntando por un dibujo que traían en sus manos, así que decidí salir a mirar que era, tenía una corazonada, cuando vi el papel que tenías a la mano recordé inmediatamente que esa era la entrada principal del reino antes de ser ocultada a los ojos de los *sapiens* para que ningún humano que no perteneciera al reino pudiese encontrarla, pero está muy cerca de aquí.

—¿Usted puede llevarnos? —dijo Antxon mientras tomaba su taza de chocolate—. ¡Ah! Por cierto, soy Antxon Puffet.

—Sí puedo llevarlos, pero aún no me dicen por qué razón están aquí.

—Señor Johnson, mis padres fueron secuestrados por Fire, y me dejó una carta que decía que le entregara el cajón rojo, y quemó toda mi casa.

—Entiendo, a ese chiflado de Fire le falta un tornillo ¿tienes el cajón ahí?

—Sí, está en mi maleta.

—¿Puedo verlo? —se inquietaba Johnson—.

Dinis sostuvo de momento el brazo de Antxon —no creo que sea confiable, aún no sabemos que trama.

—Puedes estar tranquila niña —interrumpió el viejo—. Yo los ayudaré en lo que esté a mi alcance, muéstrame el cajón Antxon.

Antxon se apresura a mostrarle el Cajón y se lo entrega al señor Johnson, un poco tembloroso pero confiado.

—Muy bien, abriré esto —puso sus manos sobre el cajón, logrando que pasara a un rojo más fuerte de lo normal como si intentara quemarse, hasta el punto de que estaba muy caliente como un carbón de leña encendido, y abrió.

—¿Qué vemos aquí? —inició a sacar las cosas de aquel cajón—. ¡Oh! El reloj —un viejo reloj de arena del tamaño de una mano—. Es de cronos, es muy antiguo, sabes Antxon, tiene una historia aterradora luego te la contaré —

continuó mirando y sacando las cosas del cajón—. ¡Una daga!, que útil —el cuchillo tenía forma de medialuna, reluciente color plata, parecía muy antiguo—. ¿Reconoces este escudo, niña? —mirando a Dinis veía el escudo del reino Alquemy mismo que estaba en la carta que recibió el señor Puffet—. Aquí vemos una caja musical que de poco puede servir y desde luego la flecha de pino, esto fue una victoria de algún juego, muy interesante tu caja Antxon.

—¿De qué puede servir todo esto al señor Bering? —preguntó Antxon.

—Para nada son solo cosas viejas e inútiles.

—Entonces ¿qué espera recibir Fire de este cajón? —preguntó Dinis, entre que Amy seguía metiéndose más y más comida y asentando con la cabeza todo lo que sucedía.

—Esto es lo que pienso, que son cosas para nada, pero quizás un escritor de Turam puede ayudarlos, ellos tienen profecías y esas cosas tontas que según ellos se hacen realidad, tal vez pueda ayudarte en el significado de cada cosa, pero ahora deben irse —sintió un apuro repentino por hacer que los niños fueran rápido a encontrar la entrada.

—Un momento señor Johnson aún no terminamos —Antxon tenía muchas preguntas qué hacerle—. Quiero que termine de explicarme lo que al principio nos contó, algo sobre qué ¿yo soy un Equo?

—Que el escritor de Turam te cuente esa parte, por ahora tienen camino que recorrer hasta el reino, pero antes de entrar al castillo deberán ir a la gran biblioteca, para que hablen con el Turam, así tendrán más respuestas de las que yo puedo darles.

—Muchas gracias, señor Johnson usted prepara unas galletas, panes y todo, muy delicioso, quedé satisfecha —Dijo Amy después de haber acabado con toda la mesa.

—Siempre es un gusto joven —contestó el anciano

Johnson.

—¿Cómo podemos llegar entonces hasta el reino señor Johnson? —preguntó Dinis.

—Cómo puedes decir que eres asistente y no conocer las entradas del reino, vamos, les mostraré el camino—. Johnson parecía arrogante por momentos.

Salieron de la casa y se adentraron en el bosque que estaba justo en la parte de debajo, no se veía al entrar porque parecía como si estuviera escondido a los ojos humanos, este singular bosque tenía muchas piedras como asteroides caídos en alguna vez durante la formación de la tierra, árboles que se erguían a lo alto en forma triangular recubiertos de nieve, una que otra ardilla merodeando el lugar, mientras sus pequeños hijos jugaban por la nieve, nadie vio el reno que se quedó mirando fijamente a Antxon como si lo reconociera de alguna parte, entre tanto que caminaban veían como sus pasos de la nieve se iban borrando como por arte de magia, cada vez más adentro, pasaron varios minutos, no pronunciaban palabra, a veces se hundían tanto de los tapaba hasta sus rodillas la espesa nieve y se hacía lento el viaje, al mirar para atrás no quedaba huella por donde regresar, cada vez más; luego notaron que los árboles tenían menos nieve y más hojas verdes, al dar más pasos, fueron tocando tierra firme con fino pasto, y al final del camino en lo que se pudiera ver un arroyo de agua dulce, con piedrecillas al borde que marcaban su caudal, un tronco de árbol caído de lado a lado facilitó su paso hasta el otro lado, y el clima cambió, parecía increíble ver como pasar de la espesa nieve a un punto cálido, los abrigos sobraban, y ahora estaban en la selva, se detuvieron ante un gran sicómoro que se expandía como el rey de aquel lugar, admirable, aves volando, cantando, y el pájaro carpintero se detenía a mirar quienes pasaban por allí, hizo una reverencia.

—Muy bien, hasta aquí los puedo acompañar, la puerta de entrada está en este lugar —mostraba un pequeño campo rodeado por un jardín de flores de todos los colores, como si el arcoíris bajara a la tierra, tulipanes, girasoles, de todo tipo reposaban en un círculo al redor de aquel árbol.

—Pero ¿dónde? Que no la vemos —Amy buscaba alguna puerta, o aldea que se pudiera idear.

—No se preocupen, dejen sus abrigos aquí, no les pasará nada, nadie que no sea digno de entrar puede lograr llegar, se perdería al intentar buscar la puerta principal, así que solo debo retirarme —en su rostro se observaba nostalgia y deseo de ver por última vez el reino que algún día fue su hogar.

—¿No entiendo por qué debe irse? —Antxon soltaba su maleta para descansar de los hombros.

—Porque fui expulsado del reino y no puedo acceder, la puerta se abre y se cierra a órdenes de los ciudadanos y yo ya no soy uno de ellos… debo irme, no sin antes decirles que, la puerta a veces se queda atascada deben darle un empujón, hace tanto que no cambian las herraduras de esta puerta.

Johnson se marchó, sus huellas fueron desapareciendo en la nieve mientras él también se perdía en el bosque, los tres se quedaron mirándolo lo más pronto que sus ojos lo podían ver.

—¡Muy bien! Y ¿ahora qué? —Preguntó Amy.

—Esperemos a ver qué pasa, ya hemos llegado lo suficientemente lejos como para irnos —contestó Antxon.

—Sí, además que no conocemos el camino, entonces no tenemos de otra manera… y sobre lo que dijo el señor Johnson sobre mí… bueno es que mi papá apenas me instruía.

—Eres muy joven entonces para el puesto —afirmó

Amy.

—Tal vez… pero es emocionante.

De la tierra empieza a emerger una gran cantidad de varillas metálicas, pronto se descubre que es una puerta grande que ocupaba todo el espacio, su forma era ovalada, —sí una puerta en forma de óvalo—. En la parte superior un letrero de bienvenida, en el centro el escudo del reino Alquemy alrededor estaban los símbolos de las casas que conformaban la nación cuando se construyó hace varios de miles de años, todos tenían formas triangulares los dos primeros con la punta hacia arriba uno con una flama que decía en la descripción «*Fire*» el otro con el punto y la raya que lo atravesaba por la mitad, decía «*Caeli*» —sí el mismo de la gorra del capitán del tren—. Los otros tres tenían la punta hacia abajo, uno tenía tres líneas onduladas que decía «*Equo*» el próximo tenía una flor de tres pétalos la descripción señalaba «*Logy*» y el último un infinito en la mitad.

—El letrero dice —Amy se acercó para ver mejor.

«Bienvenido al Reino Alquemy de Sansinof usted está en un lugar privilegiado, por favor diga su nombre para ingresar».

—¡Oh! ¡Qué bien! Cuanta tecnología a pesar de ser tan antigua, mi nombre es Antxon Puffet.

La puerta da un crujido fuerte, atascándose forzosamente, en ese intento de abrirse queda entreabierta, tenía varios obstáculos del otro lado, pues tenía muchos años de no abrirse, por lo que hicieron un poco de fuerza para terminar de abrir y así poder entrar. Se Veía un mundo completamente diferente, como si fuera una pantalla de televisión que mostraba un programa de naturaleza. —Increíble, es un portal a otro país—. Nunca antes visto por el hombre común, una vez que ya estaban adentro pudieron observar la majestuosidad de la selva y al fondo que los ojos

116

permiten ver, se alzaba un gran castillo que intimaba de verse a pesar de la espesa naturaleza que tenía, con cinco torres y el sol a su cuesta sobre un gran valle rodeado de miles de plantas de todo tipo; la puerta principal al estar dentro, quedaba incrustada en una gran muralla de roca que rodeaba el pórtico de aquel reino.

—¡Llegamos! Estoy en casa —gritó Dinis muy alegre—. aunque nunca he estado por este lugar, pero en fin… y ¿ahora qué sigue?

—Es increíble que este lugar exista, es muy bonito, parece selva de las amazonas, pero en una mejor versión, como si todo el planeta entero estuviera en versión miniatura aquí.

—No perdamos mucho tiempo, necesitamos buscar la gran biblioteca, es tu turno Dinis dinos ¿dónde es? —de prever la majestuosidad de aquel reino pasaron a la realidad inquietante y perturbadora.

—Síganme los guiaré, según mi parecer estamos cerca de mi casa—. Dinis señalaba un sendero que estaba contiguo a la puerta para empezar a descender, se notaba que durante mucho tiempo nadie trascurría por aquella senda, empezaron a adentrarse en la espesa naturaleza, tenían toda cantidad de plantas y animales particulares, las flores se movían al paso de ellos como si persiguieran el aroma a humano, los árboles tan altos y majestuosos parecían que tuvieran ojos, pues se sentían mirados por alguien, Dinis señaló que la selva tiene su propio espíritu, tal vez sea él quien los estaba observando pasar, se encontraron con unas lianas de color púrpura que subían y bajaban, como al son de una melodía silenciosa, al seguir caminando esta melodía se hizo más entendible, ahora coreaban el nombre de cada uno como se fuera un eco. «Oh, Majestad Antxon Bienvenido» «Oh señorita Dinis Que Guapa Está Hoy» «Luce Reluciente señorita Amy»

—No hagan caso de las voces, son *buyadores* que reconocen nuestros nombres y comienzan a jugar entre la selva, después los conocerán —dijo Dinis sonriendo—. Pero les advierto que, si las hacen enojar, con sus mismas voces melodiosas los insultarán, no querrán oírlas quejarse.

Continuaron caminando maravillados y preocupados por no hacer enojar las lianas. Reposaron a la orilla de un río, era turbio de color verde, había arena cerca y varias rocas; se quedaron un momento sentados en una de esas rocas, un paisaje maravilloso, cada vez se acercaban más al castillo.

—Gracias por esta vista chicos —Amy preveía el cielo que se empezaba a nublar—. Pero llevamos tres días, debemos tener la INTERPOL buscándonos, y mi mamá con un regaño que me espera más nunca volver a ser feliz, seré una esclava de los quehaceres de mi casa, lavaré montañas de ropa, limpiaré todos los cuartos, baños, pisos, no regresaré a ver la luz —su lamento fue aterrador.

—No debes preocuparte tanto, todos verán que eres una heroína y te darán felicitaciones y torta de chocolate —dijo Antxon mientras reía.

Una nube espesa y negra se posesionaba del cielo, empezó a sonar con fuertes truenos, y relámpagos de lado a lado, seguido de una brisa muy fría, entonces aquel esplendor del majestuoso sol se tornó gris, una fuerte lluvia se aproximaba.

—Quisiera que nos quedáramos a hacer comitiva, pero debemos irnos rápido, pronto empezará a llover y créanme no querrán mojarse, porque el agua es muy fría y las gotas son pesadas —Dinis se refería a que en el aquel país la lluvia siempre caía con granizo, desde que Fire está en el control del reino ha caído granizo continuamente.

Caminaron por la arena, como intentando correr, hasta que divisaron la gran biblioteca como al final de una colina rocosa, en apariencia de lo que se podía ver estaba muy cerca, incrustada en una gran montaña rocosa tenía en su entrada dos estatuas grandes como de seis metros de altura, eran leones, uno de cada lado, el de la izquierda era un león macho con la boca abierta, hasta Amy cabía en su boca, del lado derecho una leona mirando hacia el cielo; la puerta de aquel lugar parecía estar pegada a la roca, tenía forma de triángulo, y una serie de símbolos grabados, la puerta estaba hecha de madera, en el suelo antes de ingresar unas letras grabadas en color dorado «*AD UTRUMQUE PARATUS*» que significa «para lo bueno y para lo malo»

En el momento la lluvia empieza a caer, y las cosas empiezan a empeorarse porque el río estaba creciendo y la playa de arena se hacía más corta, sentían la pesada lluvia y golpes de los trocitos de hielo, afortunadamente sus maletas ya no poseían sus abrigos por lo que estaban más ligeros y decidieron correr, hasta llegar a la gran biblioteca, justo en su entrada ya mojados se sentaron a descansar, con largos respiros agotados como si el peso de la altura les quitara el aliento.

—Nunca he corrido tanto en mi vida, ni en clase de deportes, creo que me dará un infarto aquí mismo —dijo Amy mientras se desatoraba el cuello.

—No seas tan drástica, solo es agua y corriste algunos metros —contestó Dinis.

—Ahora la pregunta es ¿cómo abrimos la puerta? —dijo Antxon.

—Dinis tú eres la que todo lo sabe, y además eres la más valiente —Murmuró Amy mientras trataba de salirse el aire por sus pulmones.

En el momento la puerta se abre hacia dentro y los tres

se levantan rápidamente, y observan al interior un pasillo con una alfombra azul que se extendía hasta el fondo negro porque no se alcanzaba a ver dónde terminaba, las paredes tenían retratos de diferentes figuras de animales, y de la selva que habían visto al ingresar al reino, algo majestuoso y sencillo.

—Adelante, por favor, —grita una voz desde el fondo del pasillo.

—No sabemos quién pueda ser, lo mejor es ir a casa por mis padres —susurró Dinis.

—No interesa, ya estamos aquí, además se oye amable —contestó Amy.

—Esa es mi amiga, vamos a hasta allá —dijo Antxon.

Entraron y las luces empezaron a encenderse alrededor del pasillo, eran unas lámparas antiquísimas se encendían con velas, paso a paso, fueron viendo unos cuadros pintados en óleo muy fino, algunas veces se intercalaban con algunos retratos de hombres con pelucas largas vestidos de aristocracia; estos en algún tiempo fueron reyes y reinas de aquel hermoso país.

—¿Quiénes son? —preguntó Dinis en voz baja.

—Si tú no sabes, que vives aquí —contestó Antxon mientras la miraba con asombro, ella más que nadie debería conocer estas figuras.

—Después de todo no es tan… sabelotodo… señorita Dinis —rio Amy.

Se detuvieron, una persona con un traje largo que cubría sus pies de color gris oscuro estaba enfrente, su rostro era el de un anciano, sin barba, su cabellera era larga y blanca como la nieve, al ver sus ojos verdes se apreciaban sus pestañas largas —espero que su viaje hasta este lugar señor Antxon haya sido cómodo y placentero, en caso contrario, de igual forma, bienvenido.

—Si muy placentero —dijo Amy de manera irónica, cruzando sus brazos.

—Los estaba esperando jóvenes, leí su historia en el momento que empezaron a buscarme —aseguró el viejo.

—¿Cómo que leíste nuestra historia? ¿Acaso eres adivino? —preguntó Dinis.

—No, claro que no, todos sabemos que la adivinación solo es una tontería que busca engañar a las personas, estamos en la gran biblioteca, donde todo se escribe y se guarda registro, nuestra capacidad es ilimitada —su voz era delgada y desgastada, hablaba con mucha sabiduría.

—Llegamos por respuestas, y la primera pregunta que tengo señor ¿cómo es su nombre? —Antxon quería inquirir en aquel hombre.

—Desde luego —el anciano empezó a caminar hacia más adentro del pasillo, mientras hablaba—. Mi nombre es Vladímir de Sansinof, conocido como el Gran Turam y también el último de mi clase, quizás sea la última vez que vean estas maravillas escritas, y la biblioteca no sea devastada, yo solo espero no ver ese día —lo dijo mirando sobre las lentillas de sus gafas a Antxon y sostenía un bolígrafo retráctil al que le hizo sonar.

—Usted mencionó —Dinis aprovecha para intervenir—. Que leyó nuestra historia, y que allí supo que veníamos para acá, ¿qué quiere decirnos con eso? ¿Ve que sí es adivino?

—A pesar de ser educada en nuestra nación, te falta mucho por aprender, definitivamente la escuela es necesaria, es una pena que la hayan cerrado tan pronto, no duró más de dos mil años, que épocas aquellas —se quedaba preocupado ante los recuerdos.

Se detienen ante una de las puertas que estaba al lado derecho de aquel pasillo que pareciera que no tuviera fin, pues aún de tanto caminar seguían sin ver el final, al abrir se divisa una biblioteca inmensa, los libreros se alzaban hasta el techo sin encontrar tope, pues parecía que se extendían a lo más alto perdiéndose de sus ojos, particularmente se movían cambiando de posición cada minuto; los libros eran de todos los colores, pasta dura, pasta blanda, cualquier cantidad de tamaños inimaginables, iban de grandes a pequeños. Vladímir les señala una sala de estar cerca de un recibidor.

—Por favor, jóvenes tomen un lugar, siéntase cómodos.

Cada uno en silencio y como si todo fuera un misterio asombrosamente mágico, tomaron sus lugares para iniciar una charla que les daría luz sobre su destino, con claridad ahora pasaban a un punto muy importante.

El anciano toma su lugar, toca su barbilla ligeramente diciendo: —verá señor Puffet, esto le puede parecer extraño; conocí a tu abuelo hace muchos años ya, un joven brillante, ideal para el cargo, sería un soberano excelente para este reino, es una pena que no todos estuvieran de acuerdo, pues sus políticas son un tanto reformistas que amenazan con muchas costumbres y antiguas direcciones de lo que sucede aquí.

—¿Cómo supo de mí y de mi abuelo?

—Nunca es sencilla esta tarea, hay quienes piensan que somos adivinos otros que somos profetas, pero nada de eso, solo escribimos o bueno, en este momento estoy solo en esto… soy el último Turam de este reino.

—Y ¿qué hace entonces un Turam? —preguntó Amy.

—¡Oh! La joven valiente *sapiens* —la miró con agrado.

—Obvio que soy *sapiens*, todos lo somos aquí —observó con mezquindad Amy a Vladímir mientras hablaba, es que no le gustaba la forma tan despectiva como se refería a ella.

—No… no es así… Amy, no quiero ofender, pero aquí

somos diferentes… somos alquimistas —su ego se infló—. Los verdaderos, no los que tienen en sus naciones, que se dedican a experimentar con fuego y unas vasijas, aquí tenemos miles de años haciendo historia —Vladímir se sentía orgulloso de su reino—. Así que mientras ustedes han sido durante miles de años *sapiens*, nosotros hemos alcanzado la supremacía al dominar las bellas artes de la química, lo que nos pone en el lugar de Alquemy.

—¡Oh, vaya! Así que una raza superior que nos dominará muy pronto —Amy admiraba los libros, como si quisiera tocarlos y conocer que había dentro.

—Eso es decisión de nuestros nobles y soberanos, no somos distintos a ustedes, tenemos emociones, apegos, sentimientos con oscuros deseos de poder, con la única diferencia es que aquí nacemos con habilidades.

—Lo comprendo muy bien señor Vladímir —contestó Amy con una mirada fulminante.

—Continúe, por favor, —sugirió Antxon—. Entréguéme por ahora solo la información que necesito, pues ya que conoce mi historia, porque la leyó en alguna parte, dígame ¿qué debo hacer?

—Tu personalidad según lo que he leído es intrépida, divergente, única, eres capaz de hacer todo y nada a la vez, de destruir y armar, de amar y odiar, y este acto de valentía que tienes no es más que tu deseo de poder.

—¿De qué me está hablando señor? Vine aquí por mis padres —Antxon movió su cabeza negando lo que Vladímir decía.

—Lo sé, lo leí, aquí está… —tomaba uno de los libros que estaba puesto sobre la mesa de enfrente—. Como entre muchas otras cosas, solo hago un resumen, eres muy pequeño para entender que sucede en el mundo real, pero vamos que el destino ha decidido apoyarte en todo, serás un buen soberano —rio para sí Vladímir—. ¡Cuánto quisiera haber visto a tu abuelo gobernar!

—Muy bien ¿qué sigue? ¿Qué dice lo que lees o escribes? —preguntó Amy mientras mostraba en sus ojos su cuestionamiento al señor Vladímir.

—Tranquilos… —respiró profundamente para responder—. El tiempo es una cosa que nos lleva a toda prisa, de la que no podemos escapar, nos hace falta sí, pero realmente aquellos que no estamos atrapados en él, somos eternos.

—Nada de lo que dice tiene sentido —Dinis cruzó sus brazos y se echó para atrás en su silla.

—¿Trajiste el cajón? —preguntó el gran Turam.

—Sí señor, aquí está —Antxon busca en su maleta y saca el cajón del tamaño de una regla de sesenta centímetros.

—Veamos que hay dentro —tomándola Vladímir con sus manos, la abre sin el mayor esfuerzo y sin la llave.

—¿Cómo lo hizo? —preguntó Dinis, mientras se devolvía hacía adelante en asombro.

—¿En dónde vives? —contestó Vladímir.

—En la calle Wostening con avenida Montecarlo —No paraba el asombro de Dinis.

—Me temo que desconoce el significado de Wostening, pero sigamos aquí, haber veamos —Vladímir inicia con una mirada exploratoria sobre la caja a sacar de ella una a una, cada cosa de su contenido.

—¡Oh! Pensé que se había perdido en el diluvio —mientras sostenía aquel reloj viejo.

—¿Sabes Antxon por qué se dice que pertenecía a Cronos?

—No, no lo sé señor —responde Antxon con la mirada puesta en el reloj.

—Porque Cronos, es el señor del tiempo para algunas culturas, esto tal vez lo enseñen en la escuela de *sapiens*, son buenos historiadores.

—¡Ah! Sí… supongo, eso supongo —sabía Antxon que precisamente la clase de historia no era su favorita, ni esa ni ninguna.

—Pero entiendo mi pequeño que no es tu clase favorita, así que lo que debes saber, es que este reloj fue tallado en su templo por aquellos días, es una reliquia tener esto, sirve para la coronación.

—¿A qué se refiere con coronación? —preguntó Amy.

—La de un rey, un soberano necesita ser reconocido como tal, este reloj es un símbolo de control del tiempo y del espacio, dominios propios del señor Alquemy.

—¡Oh! Vaya… —admiraba aquel cuchillo en forma de medialuna— que tenemos aquí la daga de Damián II, muy interesante, deberás leer la historia de ese caballero, tendré el libro en alguna parte —alzó su mirada a uno de los libreros.

—Y esto ¿qué significa? —preguntó Dinis mientras sostenía un escudo tejido a mano en tela de lino, era el símbolo de los Caeli aquel triángulo que habían visto en la gorra del capitán del tren y en la puerta principal.

—Esto mi querida niña es tu casa, tu familia, toda una generación de asistentes a la mano de sus señores, dispuestos a darlo todo por honrar nuestro reino.

—¡Ah! Mira nada más, recuerdo tener una de estas en mi habitación —el anciano sostenía la caja musical—. Debe estar oxidada, ya olvidé como funciona.

—Sí eso lo sabemos, una caja musical… que interesante… —para Amy todo le parecía aburrido— y ¿tiene algún significado místico?

—Desde luego que lo tiene, es un regalo, los hombres en aquellos días regalábamos a las dueñas de nuestro corazón una caja musical, esta melodía marcaba el inicio de una relación amorosa, por lo regular se marcaba con el día exacto del calendario para recordar el maravilloso momento en el que se unían las almas.

—Y ¿eso de qué sirve para un soberano? —insistentemente Dinis parecía estar muy inquietada por todo lo que estaba conociendo, era la primera vez que conocía más acerca de su país.

—Para nada… ha de ser de tu abuelo Antxon —entregaba la caja a Antxon—. Él seguramente la guardó aquí, tiene mucho valor, son las cosas que valen la pena guardar en un cajón rojo para siempre.

—Habla como si todos debiésemos tener uno —Amy no parecía muy agradada, por más que pasaba el tiempo, aquel anciano le parecía molesto.

—Tienes razón el algo… —nuevamente un suspiro pausado— solo los reyes tienen un cajón rojo, para sus cosas; y mira esto, la flecha, esta debe ser lanzada el día de la coronación, la puntería debe ser exacta para dar en el blanco, no queremos tener un rey sin buena puntería —rio Vladímir seguido de una tos fuerte.

—Pues muy bien señores, tenemos aquí todo un arsenal de coronación —dijo Amy sonriendo mientras se ponía en pie.

—La pregunta es, ¿para qué lo quiere el señor Fire? —preguntó Antxon.

El señor Vladímir se levanta y da la vuelta, cabizbajo mira hacia el fondo de su biblioteca, y dice: —para acabar con todo, y todos, él será rey, y nosotros moriremos bajo su sombra de horror y fuego, —en su mirada se notaba un viaje temeroso por transitar.

Antxon lo mira detenidamente y se pone en pie —¿qué debemos hacer señor?

—Nada… solo ve y entrégale lo que necesita, que no se

entere de que estuviste aquí; yo debo guardar lo poco que pueda mientras él asciende rápidamente al trono —ya estaba resignado a lo que sucedería.

Vladímir voltea a ver a Antxon y a las otras con un rostro de tristeza diciendo —marchen pequeños… tengan cuidado, el camino puede ser riesgoso, el señor Fire Bering tiene a tus padres encerrados en el Panteón Azcárraga.

—Pero señor ¿por qué mi abuelo tenía esta caja? ¿Por qué el señor Bering quiere esto de mí? —parecían que las respuestas se quedaban muy cortas.

Un relámpago se vio en aquel momento las luces parpadearon y ya no estaba Vladímir, se había desaparecido ante sus ojos, ahora estaban solos y se miraban el uno al otro con preocupación por lo que estaba por suceder.

Amy pregunta —y ¿ahora qué hacemos?

Antxon camina hacia la puerta —no lo sé, pero salgamos de aquí, tenemos un camino que recorrer.

Sin pensarlo más veces, salieron de la biblioteca, tras ellos las puertas se cerraron, y enfrente ya era medio día; el hambre los poseía y también estaban agotados del viaje, el sol ya estaba reluciente una vez más, asomándose por la pradera.

Antxon voltea a ver a Dinis buscando una dirección —¿qué hacemos ahora? Necesitamos comer y descansar un rato, mientras llegamos al castillo.

—Vamos a mi casa… mis padres… bueno ellos, nos darán comida y pensaremos qué hacer, además no podemos enfrentarlo solos mi padre nos ayudará—. Dinis se mostraba temblorosa esa noticia a la familia Stone no le agradaría mucho.

El camino que lleva a la casa de los Stone estaba a dos horas, normalmente, las personas de aquel lugar usaría los elefantes o caballos, pero sin conocer a nadie que les ayudara, contaban únicamente con sus pies, dispuestos a caminar un largo viaje, por una carretera destapada, sin pavimento, decorada por los alrededores con árboles de todo tipo, un verde maravilloso de todas las tonalidades, emprendieron silenciosos esas dos horas sin hablarse el uno al otro, solo con la mirada puesta en el camino y una esperanza en el corazón. El lugar a donde se dirigían no era más que un pequeño barrio ubicado en la parte baja de la llanura, desde allí puede apreciarse la puerta principal y ver como se alza el castillo a sus espaldas, todo quedaba muy a distancia, los campos de aquel terreno estaban siendo arados y algunos ya tenían cultivos de trigo, coles y tomates; otras casas tenían vacas y cabras, perros latiendo, gatos corriendo detrás de pájaros, el vecindario era como una urbanización de varias casas idénticas, todas de dos pisos con ventanales grandes, garajes para carruajes de caballos, jardines de flores nunca vistas, con colores majestuosos, toda la decoración en aquel lugar era igual, los recibe un letrero que dice «Calle Wostening – de los asistentes y nadie más». Llegando a la casa número 10, fue un poco difícil, pues no sabían la reacción de los padres de Dinis.

—¡Oh, vamos Dinis! Hazlo ya, que tengo hambre y estoy cansada—. Amy estaba agotada del viaje.

Antxon mira a los Dinis con ternura y le dice —toma tu tiempo, no sabemos que reacciones tengan tus padres, y has sido muy valiente.

No faltó mucho para que Dinis tomara la decisión de tocar la puerta, cuando ya estaba por dar su primer golpe, la puerta se abrió en el acto y, ¡oh! Sorpresa su padre había abierto la puerta y se estrella con tal sorpresa que su cara de asombro de primer momento fue chistosa pero luego un cambio total a ira.

—Pero qué carajos… ¿dónde? ¿Qué estás?… escucha

Dinis, vas a tener muchos problemas, primero explicando dónde estabas y con quién, y… espera ¿quiénes son? ¿Por qué están aquí?

—¡Hola! —Dinis lanza una sonrisa mostrando sus dientes, para tener aprobación—. ¿Papá, podemos pasar? Tenemos hambre y estamos cansados, caminamos dos horas, y bueno él es Antxon, es mi señor.

El padre de Dinis más asustado aún se preguntó —¿cómo que tu señor? Tú solo tienes un señor, es Fire Bering jovencita de ¿dónde sacaste estas dos personas?; todos tres adentro, no quiero que nadie los vea merodeando por aquí.

—Muy bien aquí vamos de nuevo—. Dinis soltaba su maleta como de costumbre a la entrada de la casa lanzándola hasta la pared, sus padres siempre le reprimían que hiciera eso, porque es de mala educación y se veía muy mal en una niña ser desordenada—. ¡Hola, mamá!

Desde la cocina se escuchó —¡Hola, Cariño!

El padre de Dinis lanza su voz al aire parloteando —Es increíble mujer —le hablaba a su esposa—. Tu hija lleva más de tres días desaparecida y tú le dices «Hola Cariño»

La madre de Dinis sale con un pollo asado en una bandeja decorada con lechuga, papas y ensalada, y mientras lo ponía en la mesa dice —Amor mío, es solo una niña, déjala que salga a jugar con sus amigos, este reino es muy grande, y esta casa es tan pequeña —miraba a los tres pequeños buscando más explicaciones al asunto.

—Pero te has vuelto loca, mira con quienes ha llegado. —el padre de Dinis señala a Antxon y a Amy.

Ellos dos saludan con sus manos tímidamente, y son respondidos por la señora Stone —pero son adorables, mira que hermosa cabellera rubia tienes joven ¿de dónde son, pequeños?

—Es una larga historia mamá, la chica que ves ahí tiene

129

hambre, puedes servirle comida primero, antes de que nos devore a todos es ¡PELIGROSA! —rio a carcajadas Dinis.

—Cariño no quiero que hables así de tus amigos, ¿cómo te llamas amor? —tocaba el hombro de Amy.

—Mi nombre es Amy señora Stone.

—¡Qué lindo nombre! El mío es Rosalía, como las rosas y las lilas —dijo entre risas, continuaba sirviendo la mesa.

El señor Stone toma asiento mientras argumentaba diciendo —espero tengan una muy buena razón para todo esto, y una explicación que sea lógica Dinis, no tus cosas sin sentido común.

Todos tomaron asiento, Rosalía entre tanto con su alegre sonrisa reparte la comida, sirviendo primero a Amy que se veía hambrienta luego al señor Stone, seguido de Antxon, Dinis y por último ella misma, decía que solo comería la ensalada, está en una dieta estricta para bajar de peso.

Después de un momento de silencio, inició la discusión.

El señor Stone mientras corta con su chillo su presa de pollo, mira detenidamente a Dinis y le pregunta —pues vamos a ver… dime señorita ¿qué está sucediendo?

—Papá, has notado últimamente que haces un drama por todo, creo que deberías ser actor y no un asistente.

—Pero ¿qué? Carajos, ¿qué es un actor? Hábleme bien niña, viste Rosalía que la niña ya no me guarda respeto.

Ante esa bochornosa situación Antxon le hace señas a Dinis para que sea amable porque aún tenían la misión pendiente.

—Si papá mira —Dinis cambia de tono, Amy parecía estar entretenida comiendo—. Te lo contaré así: tú vienes diciéndome desde hace varios años servimos a la familia real, y que en su tiempo llegaría el momento en que sentiría que ha llegado la hora de presentarme, que por lo regular sucede entre los once y quince años, y a mis manos llegaría la carta con las instrucciones de quién era mi señor y qué debería hacer.

El señor Stone malhumorado mueve el chuchillo diciendo —continua eso ya lo sé.

—Pues bien, aquí lo tienes, te lo presento es el señor Antxon Puffet —movió su mano en reverencia a Antxon.

—No puede ser posible —soltó en el plato los cubiertos haciendo un gran ruido—. ¡Dinis servimos a la familia Bering ellos son los reales! De dónde sacaste a este muchacho.

—¿No me crees?

Enojada Dinis saca de su bolsillo una carta muy doblada, en ella se leían las siguientes instrucciones:

Transnistria
Reino Alquemy de Sansinof

Señorita:
Dinis Stone y Bartolomé
En su mano.

Esperando que usted tenga un buen día, como lo sabe ha llegado el momento de designarle un señor, para que usted sea su asistente y le sirva a la corona de nuestro reino, en tan noble tarea.
Estos son los datos de su señor:
Nombre: Antxon Puffet Western.
Edad: 12 años
Casa: Equo
Lugar de residencia: Bilbao - Vizcaya Antigua Residencia Puffet.

Por favor, preséntese lo más pronto posible, recuerde que es su derecho y deber hacer de él un gran noble, señor y soberano.

Cordialmente,
Registro de Alta Alquimia.
Biblioteca Turam

—¿Por qué no me habías enseñado esta carta? —dijo el señor Stone mientras se la arrebataba de las manos a Dinis para prever si era real.

—Papá, no creí que… necesitara… bueno te lo iba a decir, pero quería ver quién era Antxon, yo sabía que ibas a rechazarlo o que era un error.

El señor Stone en tono enojado, golpea la mesa y le dice a Dinis señalándola con un dedo índice —desde luego que sí Dinis, es un grave error, no existe otro señor noble y soberano en nuestra tierra, ellos se han equivocado gravemente.

Antxon interviene diciendo —¿quiénes son ellos señor Stone?

—No entenderías no eres de aquí.

—Amor el niño merece nuestra ayuda —intervino Rosalía en toda esta discusión—. Sabes perfectamente que esas cartas no se equivocan nunca.

—Es verdad las cartas nunca se han equivocado, y si esto es así, el señor Fire Bering debe saber que estás aquí y que tú existes.

Antxon tímidamente le responde —de hecho, señor Stone, sabe más que eso, él secuestró a mis padres y quemó toda la casa —Antxon muestra rudeza en su rostro—. Y dejó una nota que decía que debía entregar el cajón rojo para devolverme a mis padres.

Calmadamente el señor Stone se dirige a Antxon —he visto hombres valientes y durante mucho tiempo servimos a la casa Fire... yo era aún más joven que Dinis, lo que me cuentas puede ser verdad, es muy arriesgado lo que hiciste, tal vez debiste hacer lo que los demás han hecho.

—¿Qué han hecho señor?

—Nada... tal vez buscar un familiar el más cercano irse a vivir con él y olvidarse de todo lo que esta gente hace con sus cosas.

—Pues no cariño —intervino Rosalía—. Es importante que encuentres a tus padres —se dirigió a Antxon—. Y entregues lo que el señor Bering te pidió, mañana iremos y estarás devuelta en casa con tu familia.

Un momento de silencio.

—No, yo iré con el muchacho, es mi responsabilidad como asistente superior del señor Bering y su hermano; Ahora todos a la cama. Un momento... y esta chica —señalaba a Amy.

—Soy Amy señor, mejor amiga de Antxon.

Con una mirada de asombro el señor Stone quien es alto, corpulento, de buen parecer, con su corbata y bien afeitado la mira diciendo —que el chico y su novia duerman separados.

—¡No soy su novia! —dijo en vos alta Amy.

—Separados, dije separados.

Mientras Dinis no paraba de reír, Antxon solo agachó la cabeza con una sonrisa leve. El agotamiento que tenían era grande, un viaje eterno y sin poder dormir bien, decidieron irse a la cama aun cuando el sol estaba a la puerta, no importaba, la siesta era sumamente necesaria, la señora Rosalía preparaba las almohadas en el cuarto de Dinis, era pequeño, pero cabían los tres perfectamente.

—Ya saben Antxon y Amy separados —rio carismáticamente la señora Rosalía mientras salía de la habitación.

Amy enojada mira a Antxon —Espero que le digas a todos, que no soy tu novia, porque puedo empezar a imaginar como estrangularte.

—Amy tranquila mis padres son así, un poco molestos.

—Muy molestos para mi gusto.

—Tal vez sientas un poco de cariño más de lo normal a este joven apuesto y gallardo.

—Las dos ya basta con ese tema —Antxon parecía irritado— dormiremos un momento mientras organizamos algún plan para llegar al castillo y entregar este cajón, siento que pronto estaré con mis padres.

—Tienes razón son los temas que debemos pensar —Amy estaba feliz de cambiar al tema principal.

—Sí claro, sigamos —Dinis no paraba de reír—. Sigamos pensando en lo que nos compete.

Pronto lograron tomar un descanso, tan cómodo y dulce que los sueños pudieron volver a percibirse, por la ventana entraba un rayo de sol de atardecer, las maletas ocupaban el espacio del pequeño escritorio de al lado de la cama, el perro de Dinis no tardó en llegar y recostarse a un lado, sin embargo, cuando vio a Antxon que dormía hizo una reverencia con su cabeza poniéndola entre las patas de adelante, y procedió a dormir, «es un honor su majestad»

—Un momento… un momento… —Amy escuchó algo que le llamó la atención—. ¿Dinis escuchaste al perro hablar?

Dinis ya entre dormida —por favor, Amy es tu cerebro que está cansado, los perros no hablan.

—Ok, sí, está bien —Amy regresó a su sueño.

Esa tarde durmieron a profundidad, el mundo que soña-
ron no era igual, la casa de Dinis era un punto primordial y
estratégico en todo el país, pues perteneció aquel espacio a
la antigua casa de los Caeli, que se extinguió hace muchos
años, con la llegada de varios reyes que se dedicaron a hacer
reformas en el gobierno, despedazando de a poco lo bello
que fue desde su nacimiento el Reino Alquemy de Sansinof.

Capítulo 4

Los Caeli

Llegada la hora de la cena todos bajaron a ver qué ocurría en el cielo, pues se escuchaban fuertes ruidos y estaban iluminados de colores, la noche estaba muy oscura, y al estar en el corredor de la calle pudieron observar los juegos pirotécnicos que salían del castillo, eran de color rojo, y tenían diferentes formas, unas onduladas y otras con formas de flechas.

—Oye mamá —preguntaba Dinis a la señora Rosalía— ¿aún el castillo busca algo?

—Sí cariño, aún estamos a la espera de una coronación.

—No entiendo —Amy no paraba de admirar los fuegos artificiales que salían cada minuto sin descanso.

—Te explicaré —una pausa para acomodar su blusa—. cada año por estos días se recuerda la memoria del último rey que se llamaba Chandler Tercero, y bueno el castillo lo seguirá haciendo hasta que haya una coronación.

—Yo la he visto desde que tengo memoria —afirmó Dinis.

—Sí, aún yo estaba muy joven cuando empezaron, pero ya sabes cariño, el castillo tiene su propia vida, así lo crearon los primeros fundadores.

—Tanta magia verdad señora Stone —Antxon sentía un latir fuerte en su corazón.

—El niño… el niño… —daba voces el señor Stone a su llegada en el carruaje— el niño… —logró interrumpir aquel momento— Rosalía el niño…

—¿Qué sucede? —Rosalía intentaba calmarlo mientras el señor Stone tomaba aire, parece que venía muy agitado por la información que traía en su mente.

—El niño es un Equo —señaló Stone.

—¡Oh, vaya! Cariño felicitaciones —Rosalía revolcaba la cabeza de Antxon.

—¡Está en peligro! —aseguró Stone.

—¿Por qué lo dices señor? —Antxon se notó preocupado.

—No estoy seguro de que lo sepas pequeño, pero eres el heredero al trono después de tu padre, por eso el castillo hoy da más fuegos que nunca, no observas que está feliz.

—¿Cómo un castillo puede estar feliz? —preguntó Dinis, y todos nuevamente miraron el resplandor.

—Sí cariño, míralo encontró lo que buscaba.

—Y eso ¿qué puede significar señor Stone?

—El señor Fire es un hombre modesto, pero quiere tener la autoridad que solo el castillo puede dar, así gobernar todo el planeta tierra, dice que es momento de detener la barbarie que los *sapiens* están haciendo… pero en el fondo sé que lo único que quiere es esclavizarlos, utilizará este día como reflexión y autoproclamarse rey, para eso necesita el cajón rojo, una vez que él sea coronado este cambiará de dueño y entonces sucederá.

—¿Qué sucederá? —inquietantemente Dinis interrumpía.

—Aún no lo sé, no he escuchado mucha información más de lo que te estoy diciendo, creería Antxon que una vez que entregues el cajón te matará a ti y a tus padres, para poder heredar de acuerdo con la línea de sucesión.

—Papá, tienes que hacer algo, no puedes permitir que le hagan daño —dijo Dinis preocupada por el futuro del joven Antxon.

—Linda, no puedo prometer nada, debemos esperar que yo vaya mañana al trabajo, no sabemos muy bien que está tramando el señor Fire, pues si quiere coronarse tiene que ser meticuloso, las fuerzas que gobiernan nuestra tierra son muy rígidas.

Decidieron ver los fuegos artificiales sentados en el portillo de la casa, aún con la mirada en el cielo como clamando por una solución para evitar la muerte y retornar a la vida tranquila, el grupo familiar sin apoyo yacía en su preocupación, la señora Rosalía entró a casa a hacer un poco de chocolate para tener una merienda en aquella noche.

—Quiero que estés tranquilo joven Antxon, no haremos nada que atente contra tu integridad y la de tu familia —dijo el señor Stone mientras daba una palmada en la espalda a Antxon para tranquilizarlo

—Papá, ¿puedo preguntarte algo? —intervino Dinis—. ¿por qué ese repentino cambio con respecto a Antxon? Hace un momento te parecía que todo esto era una locura.

—¿Crees en las corazonadas hija mía?

—Bueno esa fue la razón de conocer a Antxon, una corazonada —respondió Dinis alegremente.

—Precisamente de camino a la oficina, pasé por una punzada en el corazón, algo como un llamado que me atraía cada vez a un pequeño compartimento que tenemos en el castillo que parece una biblioteca, donde se guardan los últimos registros y allí pude leer la historia de los Puffet, y en ese momento sentí que debo servir a la corona como juré.

—No es necesario señor Stone —Antxon se puso en pie

mirando a la familia Stone —que ustedes se expongan a peligros por culpa mía o de mi familia, yo llevaré el cajón, indíqueme el camino, e iré inmediatamente, acabaremos con esto.

—Un momento joven —resaltó Rosalía—. Puedes ser muy heredero de la corona y de todo, pero no irás así, pensaremos en algo, es que es un momento crucial para todo el reino.

—Es verdad —asentó el señor Stone—. No podemos tomar esto a la ligera, conversaré con los demás, por ahora estás seguro con nosotros en esta, y creería que lo mejor es que suban y duerman.

—¡No papá! —se quejó Dinis—. Dormimos toda la tarde, no tengo sueño.

—Entonces suban y estén en su habitación, nosotros necesitamos pensar.

—No sé qué decir —Antxon estaba en un punto intermedio que necesitaba hacer algo, pero también era consciente de que no tenía herramientas para hacerlo, pues estaba solo en aquel país.

—No te preocupes cariño —Rosalía le dio un abrazó y lo introdujo a la casa—. Vamos a la habitación de Dinis, los adultos pensaremos en algo.

—Lo que sucede aquí es muy grave —el señor Stone pensaba en voz alta—. Estamos hablando del rey, y de la usurpación de Fire, tendré que hablar con los otros líderes—. Mientras los tres subían a la habitación de Dinis la pareja de esposos conversaba qué hacer con el dilema que ahora tenían en su casa.

Todos preparados para estar en la cama, Dinis estaba acostada aún lado, cerca de la ventana, con la cabeza hacía la pared, luego Antxon en la mitad con la cabeza para abajo, y de última Amy con la cabeza hacía la pared, cobijados con la misma sábana, sus pies se movían jugando el uno con el otro.

—¡Es a dormir jóvenes! Mañana temprano terminaremos con esto —se escuchó la voz del señor Stone entre paredes.

—¡Buenas, noches! —sonaron las tres voces al tiempo.

—No tengo nada de sueño —se apresuró Dinis a levantarse de la cama.

—Yo menos —Amy le costaba trabajo levantarse estaba muy llena de tantas cosas que le ofrecía Rosalía para comer, bocadillos, pastelillos, de toda clase de golosinas masticables propias de Alquemy.

—No sé qué planes tengan tus padres, espero que pueda funcionar para que yo recupere a mi familia —Antxon sentado en la cama mirando por la ventana las pocas luces que quedaban en el firmamento después del espectáculo de fuegos artificiales.

—Vamos a estar bien —Dinis hablaba de sus padres—. los demás líderes de las zonas siempre han seguido a mi padre en todo, y nos hemos mantenido a salvo del exterminio total, gracias a ese asqueroso de Fire.

—Cuéntanos más sobre él —Amy parecía interesada—. porque nos vamos a enfrentar al señor Fire por lo menos debemos conocer cómo es.

—Sí es verdad, conozco muy poco —anotó Antxon—. O bueno, conocemos muy poco.

—Está bien, les contaré lo que conozco de Fire —Dinis se pone de pie y revisa que sus padres no estén cerca para que los escucharan hablar—. *Ok…* no hay muros en la costa, ni oídos en las paredes, les contaré —una pausa para tomar aliento y sentarse sobre la cama para acomodar la historia, daba vueltas como un gato para acostarse a dormir—. Fire Bering es el líder de la casa Fire, que lleva su propio nombre.

—¡Qué creativos! —Interrumpió Amy.

—¡*Chss!* —Dinis pidió silencio—. Nos pueden oír. Bien aquí voy —miró a Amy—. Espero no tener más interrupciones —logró concentrarse—. Como, les decía es el jefe de los Fire, mi madre dice que desde la fundación de nuestro reino existían cinco casas en completa armonía, que cada una tiene un jefe o líder, de entre ellos se estableció un rey que sucedería a sus hijos hasta el fin de su generación.

—Eso quiere decir que la anterior casa que tenía el reino se quedó sin herederos —afirmó Amy.

—Es correcto mi querida amiga —Dinis le sonreía a Amy para felicitarla por su anotación—. Desde que tengo conciencia he conocido tres casas, los Turam, los Logy y desde luego los Fire.

—Y ¿ustedes no pertenecen a ninguna casa? —preguntó Antxon.

—No, nosotros somos asistentes, fieles a la corona —contestó Dinis—. Ahora lo que entiendo de todo lo que ha pasado, es que en consecuencia la siguiente casa en asumir el reino son los Equo.

—Es verdad, lo que dijo tu papá tiene sentido con respecto a lo que Vladímir nos contó en la biblioteca.

—*Ajá* —asentó Amy—. el viejo dice que le hubiera gustado ver a tu abuelo gobernar.

—Sí, pero no entiendo por qué mi papá no quería saber nada de aquí.

—Tal vez para no enfrentarse frente a Fire —Asintió Dinis.

—Bueno, necesitaremos más explicaciones después porque todo esto puede resultar muy extraño, si para mí lo es, tal vez para mi papá y mi abuelo también lo fue y huyeron del peligro, o ese Fire los sacó corriendo de aquí para que no se coronaran.

—Tranquilo Antxon, mis papás harán algo.

—Lo sé, pero estoy inseguro, tengo miedo —una vez más el rostro de Antxon decayó ante la pesadez del futuro—. Quisiera recostarme en mi cama y despertar ahora para escucharlos discutir —se refería a sus padres en las continuas discusiones que sostenían.

—Ven vamos a recostarnos hasta que nos coja el sueño otra vez, de nada nos sirve dormir en la tarde luego nos quita el sueño entrada la noche —Amy se acomodaba en la cama, parece que puede dormir más tiempo de lo que se cree—. Ya veremos qué pasa.

—Yo no puedo dormir iré con tus padres Dinis —contaba Antxon mientras se organizaba para salir, le habían dado un pijama de niña, aunque era lo más masculino posible pues tenía ositos de peluche por todas partes, él se sentía cómodo, no le importaba que llevara puesto en ese momento. Antxon baja las escaleras y se encuentra con los señores Stone.

—No puedes dormir ¿verdad pequeño niño?

—Para nada señora Rosalía y es que lo que me acaba de contar el señor Stone y Dinis sobre las casas y herederos, tantas cosas que pensar.

—Son pensamientos muy amargos para un chico de tu edad —contestó el señor Stone—. Tal vez sea bueno que descanses ese cerebro para que no pienses tanto, lo necesitaremos mañana.

—Sí cariño —Rosalía daba la razón a Stone—. Ve recuéstate en la cama y espera a que Morfeo te visite.

—¿Quién es Morfeo? —preguntó Antxon.

—El dios del sueño —rieron los señores Stone.

—Ve pequeño ya tendremos algo para hacer—. La señora Rosalía parecía querer mucho a Antxon y sentía lástima por él.

—Muy joven y con toda esa carga, por la irresponsabilidad de su abuelo —susurró el señor Stone sin que Antxon escuchara—. Si ese viejo tonto hubiera tomado el poder cuando Vladímir lo sugirió.

—Y ahora ¿qué vamos a hacer? —Rosalía insistentemente preguntaba sobre las decisiones de su esposo.

—Ya envié un mensaje a los demás, espero que me respondan pronto, ahora tenemos que ir a dormir nosotros también, fui citado mañana ante Fire.

—¿Qué querrá?

—No lo sé, pero me temo que ya sabe que el muchacho está aquí con nosotros.

A la mañana siguiente:

—Mis amores buenos días —la señora Rosalía despertaba a cada uno de los chicos, sacudiéndolos las manos.

—No mamá, hoy no quiero ir, estoy cansado me duelen las rodillas —dijo Antxon entredormido.

— Está bien Antxon, despierta ya iremos por tu mamá —contestó Rosalía.

Y pronto Rosalía tenía a tres hermosos jóvenes de pie despertando y lavando sus caras en el baño juntos como eso que eran, hermanos. Ninguno se miraba, bastaba con estar concentrados en cepillarse los dientes y hacer la fila para entrar a ducharse.

Abajo en la cocina la señora Rosalía se encontraba preparando el desayuno, acostumbraba a cantar la misma canción todos los días, la repetía muchas veces para desahogar su espíritu.

Que dicha estar entre tus brazos,
Para amarte cada día,
Con el canto de las aves,
Para despertar tus bondades…

En ese pensamiento profundo que cantaba su esposo la interrumpe diciendo:

—Tenemos que hablar, algo grabe está sucediendo en el castillo —la miró a los ojos, cargados de desesperación y angustia.

—Llamaré a los niños, no tardarán en bajar, están organizándose para vestirse.

Rosalía con voz alta hace el llamado —NIÑOS BAJEN AHORA, es momento de desayunar y además tenemos noticias.

Antxon llega enseguida de la voz —¿Qué noticia señora Stone?

—Primero las energías de un buen desayuno cariño.

Antxon Asintió con la cabeza. Luego bajaron las otras dos niñas, a Amy le tocó usar algo de ropa de Dinis, ya que no tenía más y ¡Oh! Quedaron muy parecidas.

—Esto es lo que se debe sentir cuando eres madre de varios hijos —dijo Rosalía en voz baja y sonriente—. Hice panqueques, galletas, chocolate, huevos revueltos, tenemos pan, mantequilla, mermelada, queso y tortillas… coman niños por favor.

—Pero, ¡mujer! Nunca haces tanta comida —el señor Stone estaba anonadado.

—Déjame disfrutarlos un momento ¿quieres?

Sentados en la mesa rodeados de comida, el señor Stone, con gesto de preocupación y estado de ánimo triste inicia una conversación.

—Jóvenes tenemos que discutir una cuestión con ustedes, esta mañana fui llamado por el señor Fire Bering a su oficina, era muy extraño casi siempre espera a nuestra llegada temprano a las seiscientas horas, pero él me requería más temprano, antes de entrar a su despacho, lo escuché hablar con otras personas que no logré ver muy bien porque salieron por otra puerta entre ellos hablaban cosas sobre ti hijo —refiriéndose a Antxon—. Escuché que decían «*el joven hijo de los desastrosos Puffet está aquí, lo sé porque el Turam me lo dijo o bueno lo obligue hacerlo, el pobre anciano ya no sabe qué hacer para cuidar su biblioteca que será destruida inmediatamente tenga en mis manos la corona, nunca pensé que el muchacho llegaría hasta aquí, vagamente pensaba ir a visitarlo para hacer los honores, desconozco su paradero en este reino, pero, quiero que lo encuentren lo encierren con sus padres y los maten, nada dejar rastro como la última vez, quiero que todo esté perfecto, el gran día ha llegado*». Eso no es todo, cuando logré tocar la puerta, sentí un poco de susto, él me miró y me dijo: «*es de mi conocimiento señor Stone que su hija aceptó amablemente el papel de ser la sirvienta desagradable de ese hijo de la desgracia, trae a tu hija y al pequeño y no les haré daño*». Lamento Antxon ser tan exacto en las palabras, pero he desarrollado una habilidad de recordar todo, tal cual como lo escucho. —miró hacia abajo en la mesa y no pudo sostener la mirada hacia su esposa.

Antxon lo miró con certeza de sus palabras —no tenga cuidado de esos insultos señor Stone ha sido muy amable al darme la bienvenida a su casa, me temo que también he traído problemas que ponen en peligro su vida y la de su familia.

—Escucha cariño, el señor Fire Bering es muy malo, siempre lo ha mostrado, no es la primera vez que nos amenaza.

Dinis asustada dice —papá y ahora ¿qué vamos a hacer?

—Tranquilos, esto es difícil —dio una larga pausa el señor Stone, mientras todos esperaban sus palabras en silencio—. Nuestro servicio ha sido jurado a la corona, y vamos a protegerla, llamaré a los demás.

Amy se encontraba muy inquieta pues el peligro estaba

latente y no sabía qué papel jugar —espera, un momento, hemos hablado y he escuchado hablar de coronas, reyes, soberanos, etc., pero, no nos han dicho que planes tienen para sortear todo esto.

—Desde luego que no Amy, yo solo debo entregar este cajón al verdadero rey e irme de aquí con mis padres y contigo. —contestó Antxon.

El señor Stone pone sus manos en la mesa con fuerza — ¡Qué no te has dado cuenta joven!

—Cariño, tú eres heredero a la corona, si tu padre está vivo, entonces él deberá coronarse como rey —afirma Rosalía poniendo mantequilla a una tostada.

Antxon negó con la cabeza diciendo: —¿Qué? ¿Qué? Mi papá nunca ha sido rey, él es un ingeniero químico de la universidad, allí dicta clases.

El señor Stone molesto continua —tu abuelo era el siguiente rey, ya que la anterior casa los «Caeli» desapareció sin dejar un hijo como heredero al trono —el señor Stone se levanta, y toma el teléfono—. Llamaré a los demás tendremos un encuentro en la vieja estación. Rosalía, cuéntale un poco más a Antxon por favor.

—Cariño, verás las casas que componen nuestro reino son cinco, cada una tiene su historia, a medida que aprendimos a controlar la química de las cosas, la primera de todas en aparecer fue el fuego y a esta llamamos «Fire»

—Como el fundador de este desastre—. Gruñó Amy.

—Es correcto, el señor Fire Bering es el titular de la casa que lleva su nombre, y así mismo fue su padre, y el padre de su padre, hasta sus inicios; lego apareció el dominio de la escritura y los llamamos «Turam», hoy queda solo uno, que fue el señor que viste en la biblioteca, es un gran sabio, lástima su locura entre tantas letras no le permitió casarse, aunque la señorita Hatawey le gustaba, bueno en fin, continuemos… luego tenemos el dominio del mar y las aguas así que esa casa se llamó *«Equo»*

—Si ya veo, la de Antxon —intervino Amy.

Dinis le molestó un poco la interrupción —¿vas a estar así toda la historia?

—Niñas, contrólense —Rosalía calmaba los ánimos—. luego tenemos a los *«Caeli»* casa a la que perteneció el último rey, esta gobernó duran más de quince siglos, son los dueños del aire, recuerdo de niña verlos volar por mi casa, era fantástico, y por último el dominio universal la ciencia los *«Logy»* ellos están en el centro de todo, pero por razones de ocupación nunca han estado interesados en la corona ni el dominio de territorios como los Fire, así que verlos rondando por ahí es muy escaso, tan solo percibimos sus publicaciones en la gaceta de su fortaleza, nosotros vamos y leemos lo que han encontrado, hacen todo tipo de publicaciones revelando la manera de dominar las habilidades que cada casa posee —bajó su tono de voz para susurrar como si estuviera hablándoles al oído—. Son súper secretos.

—Y ustedes ¿qué son? ¿Dónde pertenecen? —preguntó Amy.

—Nosotros no tenemos historia cariño, hemos servido a la corona desde siempre, sin casa; nos han llamado asistentes desde siempre, así lo definieron los anteriores reyes, pero el señor Bering insiste en cambiarnos a sirvientes —agachó la cabeza con tristeza, no es una noticia tan buena, pues el calificativo de sirvientes va mucho más abajo que un simple asistente, pues eso sería esclavizarlos completamente y tener el control de sus vidas.

El señor Stone interrumpe después de haber enviado un mensaje de voz con un loro parlanchín —buenas, noticias, nos reuniremos en media hora en la vieja estación, así que les pediré que, por favor, pasemos por desapercibidos hasta que sea seguro, el señor Fire Bering tiene todo bajo control y en la mira cada rincón de este reino, afortunadamente el último Turam se encerró y no abre sus puertas, con esto Fire Bering no sabrá dónde estamos.

—Disculpe señor Stone, —Antxon tenía en su mente el deseo de mejor continuar sin ayuda, ya que involucrar a más personas cobrarían la muerte de varios inocentes—. No creo que sea necesario todo eso, dígame como llegar hasta el palacio, y con eso bastará.

—Como les dije ayer, las corazonadas son para seguirlas y espero que no tengas problemas con la mía Antxon, pero es hora de que acabemos con esta situación, ya no podemos continuar viviendo bajo la sombra, y lo que planea hacer después de la coronación es terrible, hemos convenido con los demás líderes solventar esta situación en un asunto global.

La señora Rosalía baja con tres suéteres de color negro en la mano.

—Escuchen mis niños la carroza llegará en un momento, ustedes se meterán baúl, así cuando nos requisen no los verán pensaran que son maletas o algo así.

—Mamá nos va a ver muy fácil, saben que papá me busca, y para donde él se mueva, irán los guardias del palacio o su misma gente.

—¿Qué hacemos? —preguntó Amy.

—Tengo una mejor idea papá —Dinis se le ocurrió ir a su viejo escondite de donde salía a dar paseos por el reino y regresar a casa sin ser descubierta.

Dinis los lleva a la cocina se sentía muy orgullosa de su despampanante idea,

—Verán familia… padre, madre, aquí tengo para ustedes el escape perfecto, no es que lo use muy a menudo, pero es útil.

Amy hace se aclara la voz y afirma en contra de Dinis —disculpa joven Stone, pero eso es un fregadero, no una salida.

Dinis puso sus manos sobre la cabeza esperanzada a una partícula de fe por parte de Amy —¡Dios mío! pero por qué nunca ve nada.

—Si cariño, yo lo usé cuando tenía tu edad —la señora Rosalía entendía por donde era el famoso escape del que Dinis estaba señalando enfrente del fregadero—. Recuerdo que podía escaparme de algún modo de la pesadez que vivíamos en casa, y es una buena idea, ese pasadizo está cerrado ante la mirada de los Fire, fue inventada hace mucho tiempo, y algunos miembros de la familia dicen que fue encantada, otros que solo es buena suerte —Rosalía encoje sus hombros y se ríe.

—¿Y cómo yo no lo sabía? —el señor Stone pone su mirada firme en Rosalía.

—Tu nunca estás amor.

—Este… yo creo que, mejor entramos —dijo Dinis con sonrisa tímida, tal vez buscando la manera de pasar el momento de la discusión.

Amy cruza sus brazos, y pregunta —alguien que me diga ¿cómo entramos si solo veo la parte inferior del fregadero goteando?

—¿Conoces latín?

—Sí un poco ¿por qué?

—Bueno, pronuncia esto: *Et hoc domo aperta*

Dinis se puso de frente al fregadero, pronunció sus palabras y se lanzó al fregadero desapareciendo al momento, luego la señora Rosalía recitó sus palabras y se fue, así mismo el señor Stone.

—Antxon ¿estás seguro? —Amy sorprendida de ver cómo desaparecían una vez se abalanzaban hacia al fregadero después de recitar aquellas palabras era como si la materia pudiera transformarse en un portal hacia otra dimensión.

—Desde luego que estoy seguro, estás viendo que ellos han pasado al otro lado.

—Es estúpido todo esto —Amy debatía sobre lo que estaba en sus ojos, era incrédula.

—Y ¿qué es lo que estás viendo entonces? Solo di las palabras y haz lo mismo, te espero del otro lado.

Antxon recitó las palabras y desapareció al saltar sobre el fregadero, para Amy fue difícil no estaba acostumbrada a los cuentos, rezos y demás cosas místicas de las que hablan los libros, sin embargo, recitó sus palabras casi tartamudeando y luego se lanzó, sintió como si de verdad fuera a darse un duro golpe contra el muro, pero no, pues aterrizó al otro lado, ahí ya estaban esperándola, aquel lugar a donde saltaron no era un porta, era un túnel como el de una excavación en busca de carbón, la luz era escasa, afortunadamente Dinis tenía un talento impresionante con el fuego.

—*Ignis vocem imperio* —sonó fuerte la voz de Dinis, aplaudió, y las antorchas del lugar se encendieron, abriendo paso sobre el túnel y alumbrando el largo camino que parecía no tener fin pues al igual que en la biblioteca la luz llegaba hasta un punto ciego.

Rosalía en un tono de voz enojada mira a Dinis en gesto de desaprobación por lo que había hecho en ese momento —señorita Dinis Stone y Bartolomé, estuviste en mi cuarto, ¿verdad?

Dinis cabizbaja, orgullosa de lo que hizo contesta: —sí mamá, entré y leí solo unas las primeras páginas de ese libro grande que tienes en el armario.

—Las dos me deben muchas explicaciones de todo esto, además Dinis esto es propio de los miembros de la casa Fire, el fuego es su control ¿cómo es que reacciona a tu llamado?

—No lo sé papá, sigo los pasos que decía el libro, para encender una antorcha aplauda y diga las palabras Ignis vocem imperio… y aquí lo tenemos funcionando, además lo he intentado pocas veces aquí dentro, afuera en el exterior no ocurre nada.

—En ese caso demos gracias a que no pasa nada, te imaginas, la hija de un asistente haciendo cosas de fuego, nos matarían al instante.

Amy intrigada por lo que sucedía dijo —Yo quiero aprender, ¿podemos ver el libro?

—Ahora la incrédula quiere aprender cosas —rio Dinis.

La señora Rosalía toma la iniciativa de hablar —puedo contarles todo en el camino, síganme.

El señor Stone aún con sus dudas, pregunta —¿qué libro es el que tienes en casa y por qué no me cuentas nada?

—Ahora no podemos discutir, tan solo avancemos — contestó Rosalía.

—Mamá ¿perteneces a la casa Fire?

—Lo más importante cariño en este momento, es llegar a la estación, luego conversaremos.

Los cinco continuaron andando por aquella caverna rodeados de antorchas que iluminaban el camino, esta cueva fue una de las primeras en crearse desde la fundación del reino para esconderse de los nativos que por aquellos días era una continua guerra por el control del territorio.

Amy con voz desconcertante pregunta —¿cómo sabemos a dónde vamos?

Dinis habiendo estado varias veces allí, estaba tranquila —lo bueno, aunque no mágico, este túnel nos lleva a donde necesitamos ir, solo debemos pedírselo.

Mientras seguían caminando Antxon tropieza con una piedra en forma de triángulo, tenía un ojo en la mitad, y un texto en la parte de abajo que decía «*Et cum omnis oculus*» —¿qué significa esta piedra, y lo que dice aquí abajo?

Rosalía mira la piedra mientras todos se detienen a mirar —cariño, has encontrado una piedra sagrada de los antiguos constructores de este túnel, sobre ella se edifican todas las casas, no te preocupes, quizás estemos cerca de algo.

El señor Stone una vez más manifiesta su inconformidad sin prestar atención al preciado tesoro de Antxon que había encontrado —hasta el momento solo los Fire hacían cosas extrañas con su fuego y ahora mi familia habla de cosas místicas, que como siempre han rodeado nuestro reino ¡Qué bien! —sacudió sus manos sobre sus piernas. Mientras que Antxon decide guardar aquella piedra dentro de su bolsillo, le pareció que podía ser útil en cualquier momento.

Dinis buscando llamar la atención les dice —creo que hemos llegado.

Este túnel tiene la particularidad de llevar a las personas a donde necesiten ir, es cuestión de caminar y caminar hasta que aparezca una puerta abierta y muestre el lugar que se necesita, así fue conjurado desde el principio, el reino Alquemy está rodeado de muchos portales y objetos para hacer de la vida mucho más sencilla, así que poco usan la tecnología de los *sapiens*.

Todos voltean a mirar a la voz de Dinis, enfrente tenían la entrada principal de la estación central, que parecía una antigua casa desgastada de color azul, aunque para detallar se caían los pedazos de pintura mostrando el interior de los ladrillos, esta tenía una puerta doble de madera, rodeada de muchas flores silvestres que se enredaban en todo el camino, unas escaleras llenas de moho, se notaba que desde hace mucho tiempo nadie transitaba por allí, en su interior toda una sala de espera abandona, se apreciaba un recibidor donde probablemente vendían los boletos para los trenes, sillas en mal estado y en el centro se desplegaba el sol en forma de círculo pues no tenía techo, las ventanas tenían los vidrios rotos.

El señor Stone sale del túnel y mira para ambos lados, buscando que nadie estuviera cerca, diciendo a baja voz —¡Está limpio pueden salir!

En el momento Amy mira con valentía a Antxon, como si trata de decirle que todo estaría bien, y que esta reunión solucionaría muchas cosas —vamos, entremos quizás tengamos una respuesta, en tal dichosa situación.

Cuando estaban en las escaleras las puertas empezaron a abrirse, adentro de la sala de espera alrededor de veinte personas estaban esperando, algunos sentados y otros de pie con los brazos cruzados, tenían trajes engalanados, corbata, de buen parecer similares al señor Stone, cuando observan a Antxon se quedaron pensativos y lo miraban de arriba abajo susurrando entre ellos —es el muchacho… es un poco bajo… sin edad… qué sabe de la vida… es hijo de los Equo se le nota desde lejos —otros decían—. Es igual de larguirucho que su familia, típico de la estirpe.

El señor Stone toma la palabra y las puertas se cierran con fuerte chillido —muy bien, agradezco a todos la oportunidad que me dieron por aceptar esta invitación, hubiese querido que fuera un poco más elegante en un lugar decoroso, pero dada la situación no podemos —hizo una pausa para mirarlos a todos y cada uno, para luego continuar—. como sabrán el señor Fire quiere a sumir el trono después de varios años sin un rey.

Una voz de la sala lo interrumpe diciendo —querrás decir décadas sin un rey—. Y el murmullo continuaba.

—Silencio, por favor, —suplicó el señor Stone—. Es verdad que la última casa que han estado en el poder del rey no ha sido la mejor y que sin lugar a duda el señor Fire es quien ha sostenido este reino como Gran Duque de Sansinof, pero tampoco podemos despreciar sus intentos desmedidos para esclavizar al resto de la humanidad y dominarlos para sus propios intereses.

Esteban uno de los hombres presentes en la sala se para enfrente de los demás —es verdad, hemos llevado muchos años sin un rey y si no fuera por Fire no estaríamos aquí como nación, conozco de cerca sus planes de acabar con el sistema que tiene actualmente el resto de la humanidad, y esto incluye la expansión y dominio total, pero dime ¿acaso un miembro de la casa Equo puede asumir el reino y cambiar algo? —hizo un gesto de desprecio con la mirada puesta hacia Antxon, era notable, el murmullo se hizo a gran voz.

El señor Stone en un tono de voz más fuerte y con más carácter —¡silencio! —hizo la solicitud al auditorio—. Aún no he terminado, la vacante de rey está activa, mientras los herederos no asuman el reino, Fire no ha podido tomar el trono, porque el padre de Antxon aún sigue con vida y es el siguiente en la línea de sucesión, tal como lo definieron los primeros Alquimistas en la fundación de nuestro reino, por lo tanto, Fire no puede ser rey hasta que no haya matado a Antxon y a su padre.

Esteban aún en el centro de la sala donde el sol pegaba a su cabeza mira fijamente al señor Stone y le pregunta —¿has visto lo que somos? —una breve pausa sin pronunciar palabras—. Sí me lo imaginé… somos unos simples asistentes, no tenemos nada, ni poder, ni habilidades… nada… —parloteaba con sus manos—. ¿Cómo vamos a ayudar? Hasta el momento tú eres jefe de nuestra dignidad —hablando del señor Stone—. Nos tienes expuestos al traer a este muchacho aquí con nosotros, llévalo a tu señor, y que Fire de una vez sea rey.

Los demás en la sala, respondían dando voces entre ellos mismos —sí llévenlo y que Fire sea rey—. Aprobando lo que decía Esteban, otros en cambio tenían una posición neutra—. El niño no hará nada.

Las puertas empezaron a abrirse y todos en la sala callaron, asustados miraron quién estaba abriéndola, asomaron sus rostros para ver y no encontraron a nadie, de repente y en la mitad de la sala, estaba Vladímir, tomándolos por sorpresa, su costumbre de aparecer sin avisar.

—Disculpé señores —aclaraba su voz para subir el volumen—. Y damas aquí presentes, no fui invitado a esta fiesta, pero me temo que soy de importante relevancia.

Esteban se burlaba de lo que ocurría con una sonrisa pícara —¡qué bien! El viejo loco hace presencia, las cosas no estarían mejor sin él.

El señor Stone pregunta a Vladímir —no deberías estar aquí tú vendiste al muchacho diciéndole a Fire el lugar en donde estaba.

—Eso no fue así —Vladímir se contuvo de reaccionar con ira—. Cuando Antxon salió de su visita a mi biblioteca cuando recién llegaba al reino —luego se detuvo en el muchacho—. Fire llegó nuevamente a amenazarme que lo coronara rey y así fuera reconocido por todos, pero sobre mi mesa estaba la historia de los Puffet y no pude evitarlo, él leyó el último tramo que estaba escrito y se enteró de donde estaba el muchacho y todo lo que había pasado—. Miró a Antxon agachando su cabeza buscando aprobación, como cachorro regañado —lo lamento joven, fallé.

Antxon buscando su mirada —puede estar tranquilo señor Vladímir, no hizo nada que no estuviera al su alcance, además por lo que veo el señor Fire tiene un gran poder de persuasión con todos aquí presentes.

Amy interviene —y ese fue su problema ¡NO HIZO NADA!

La señora Rosalía acomodaba su blusa y les recalca a todos —yo creo que el señor Vladímir es de gran utilidad ¿cuéntanos como nos vas a ayudar? —sosteniendo su mirada en el viejo Turam.

Vladímir asentando la cabeza contesta —Mi señora Rosalía un gusto conocer tan noble gesto y más si proviene de una mujer de su clase.

Dinis y el señor Stone miran desconcertantemente a Rosalía mientras ella sonríe.

El Gran Turam continúa hablando mientras los demás presentes lo miraban con desprecio —verán, jóvenes aquí reunidos, tan apreciados, como si fuera la primera vez que los fundadores en uno solo sentir consolidaron esta gran nación… ahora bien recuerdan la casa Caeli una dinastía que llevó la corona durante tantos años, llena de buenos reyes hasta MacGregor II quien dividió su misma casa en dos, una división trágica donde los miembros de la casa Fire hicieron parte secretamente para despedazar a todo grito y tomar el control del reino, y con toda la vergüenza del mundo los Turam hicieron su aporte a tal sacrificio.

Roise un joven asistente de unos dieciséis, alza su mano —puede continuar sin tanta alegoría, me enferma y da sueño —en la etapa de la adolescencia se es así, intrépido y con el sentimiento de que todo vaya a la ligera.

—Está bien… —hace una pausa para un suspiro mientras logra recostarse sobre el mostrador—. La sutileza es importante en malas y buenas noticias, pero ustedes los jóvenes se apresuran a todo; verán eh… los asistentes… que se dice ser sin casa ni historia, sí la tienen —todos cambiaron su estado de ánimo para prestarle atención a las palabras del viejo—. Los Caeli se dividieron en dos, por culpa de MacGregor I y luego su hijo cumplió la orden, era impensable semejante calamidad, pero la competencia y la lucha de los dos hermanos terminaron poniendo a los descendientes de Maquiavelo como sirvientes y en su noble título de asistentes, así pues persuadidos por los hijos de Fire y los hijos de Turam, se logró cambiar los libros cambiaron de la historia reescribiendo los fundamentos del reino y hoy tenemos este caos y tan terrible situación de querer destronar a un rey, que jamás se ha coronado.

La señora Samy esposa de Esteban le dice —lo que usted nos dice es absurdo, nosotros hemos sido lo que siempre hemos sido, servimos a la casa real, así nos instruyeron, nunca hemos estado a la altura de los Caeli.

Los demás contestaban —sí... sí viejo loco, debería irse, nos confunde con tanta palabrería... entreguemos a Antxon para irnos a casa.

El señor Stone interviene y con sus manos en movimiento trata de bajar los ánimos —no estamos aquí para debatir si lo que dice Vladímir es verdad o mentira, estamos reunidos para saber qué hacer con este chico y su familia.

Esteban responde —es muy simple Stone, entrega al niño y que el señor Turam corone a Fire, fin de la historia.

La señora Rosalía responde mirando a todos con desilusión —Le pregunto ¿juraron lealtad a la corona? —nadie respondió, ella continuó—. Sí... sí la juraron, pues el niño es la corona —termina tomando a Antxon por los hombros con gesto de cariño.

Samy preguntando lo que Rosalía estaba inquiriendo —acaso preguntaste ¿juraron? Querrás decir, juramos a la corona.

Rosalía mira para abajo sintiendo vergüenza, Vladímir se avanza sobre Rosalía

—Eras muy pequeña Rosa cuando estuviste en mi biblioteca ¿lo recuerdas? —Rosalía preferiría que la tierra la tragara en ese momento—. Me pediste que, si te podía cambiar de casa, recuerdo perfectamente aquel momento, te contesté que eso nunca sería posible, pero tu corazón estaría dispuesto a dejar lo que fuera por seguir con el amor de tu vida y así lo hiciste.

El señor Stone pregunta —¿qué quieres decir con eso de cambiar de casa?

Rosalía armada de valor contestó —soy una Fire, siempre lo he sido, llegué a casa de tus padres, diciendo que era huérfana y esas cosas, para estar más cerca de ti, siempre me gustaste desde que te vi y luego era imposible acercarme por nuestras condiciones, solo era una adolescente enamorada. —tragó saliva y lo miró pidiendo perdón.

Amy dice en voz baja —por eso Dinis puede controlar el fuego y viajar rápido.

Todos se quedan mirando a Amy, y Roise pregunta —y la pequeña de ¿dónde salió?

Antxon responde: —es mi amiga, vino a acompañarme.

Estaban se ríe diciendo: —sí, hace parte del circo.

Rosalía se pone en la mitad de la sala para llamar la atención y que todos puedan escuchar lo que tenía por decir —piensen en algo, si lo que dice Vladímir es verdad, ustedes pueden dominar los aires como la casa Caeli y entonces el señor Fire Bering no tendría el poder que desea, y los Puffet serían coronados, así cada uno regresaría a casa como lo que es.

Samy con voz prepotente y mirada sesgada dice: —y cómo vamos a creerle a una señora que miente para pertenecer a otra casa y si es una infiltrada de Fire para luego matarnos a todos —las miradas se cruzaron, una despreciando a la otra.

El señor Stone toma la vocería para barajar la situación —mi esposa y yo llevamos muchos años conociéndonos, desde que mis padres decidieron dejarla en casa, la conozco muy bien, no forma parte de nada con el señor Fire.

—Eso es verdad —interrumpió Vladímir.

En la sala se encontraba un señor llamado Antony Strange, de apariencia adulta, ojos color marrón vestido como inglés de gala, hace su interrupción, cada vez que él hablaba los demás reverenciaban sus palabras, pues este había sido el jefe máximo de los asistentes antes del señor Stone —¿cuál es su propuesta Stone? —decidió escuchar las palabras para tomar una decisión.

—Que salvemos al muchacho y su familia, como es nuestro deber, nosotros conocemos cada paso que dan los Fire, yo creo que podemos derrotarlos.

Roise interviene —se dan cuenta de que nosotros solo somos aproximadamente cinco mil asistentes y ellos son más de quince mil, sin contar que ellos tienen el poder del fuego bajo sus manos y que por ende son como un ejército de llamas ambulante.

El señor Stone insistentemente continuaba —podemos hablar con los Logy, y con nuestra ayuda, y las pocas mujeres Equo que aún quedan…

Esteban no tan tranquilo interviene —en caso de que quisiéramos apoyarte en toda esta locura de «destronar» a un gran duque con toda su fuerza, los Logy ni siquiera atenderían a nuestro llamado, y las ¿Equo? Estás demente, son mujeres no saben ni dónde están paradas.

Samy a disgusto de lo que decía Esteban le reprocha —pues las mujeres podemos mucho, y a pesar de no estar de acuerdo con Stone, no coincido contigo con respecto a las Equo, ellas son sabias con su tema de dominar el agua.

Vladímir alza su voz para que le presten atención —justamente por eso el agua y el aire podrán apagar el fuego, si tan solo se unen—. Todos empezaron a jadear ante las palabras del Turam.

Antony llama a la calma y rápidamente logra el control de la sala —cuando era real asistente, el mismo cargo de nuestro querido Stone, el rey Clámides IV me llamó a sus aposentos, ya era un hombre viejo, amargado y con poca memoria, me decía en el lecho de su cama las siguientes palabras: Debo liberar a los tuyos, mis predecesores hicieron cosas infames contra tu gente, contra mi gente, ve con el Gran Turam y has que esto cambie. No pude entender lo que me decía en ese momento, y a los segundos murió.

—Ahora entienden lo que les he dicho, ustedes son descendientes de los Caeli por parte del hermano del rey, esta pelea de hermanos debió acabar hace mucho tiempo, pero no, nos trajo la desgracia y ustedes tienen la posibilidad de remediar lo que queda.

El Turam toma un libro de su maletín un libro viejo forrado en cuero de vaca, con unas letras de descripción bordadas en oro que decía «*Sermonum dierum regum*» (Libro de las crónicas de los reyes) y mientras miraba a todos, puso el libro sobre una mesa que estaba al lado de la sala, lo abrió cerca de las últimas páginas para escribir con su pluma de ganso. —Reescribiré la historia en nombre del rey Clámides IV por mandato y no por orden mía, porque esta fue su última voluntad de reescribir una vez más la historia dejando aún lado el rencor y el odio en contra de su propia familia.

En una página en blanco situada al final de las escrituras, escribió:

Hoy los asistentes retoman su posesión como los legítimos descendientes de los Caeli, dejarán a un lado sus reales deberes como secretarios, asistentes y sirvientes de la casa real, para tomar su lugar en nuestra historia, sus derechos como amos y señores del aire son devueltos en toda potestad, ya no serán más reconocidos como la tribu que se perdió, sino como la hermana, amiga y familiar del Reino

Alquemy de Sansinof.

Hoy se restaura una casa, los Caeli vuelven a ser libres, para circular por los cielos. Su historia continuará en el libro *Caelium Data.*

Después de escribir esta nota, cerró el libro, lo guardó en su maletín y sacó otro de color azul entregándoselo a Antony diciendo —creo que esto es de ustedes, úsenlo con responsabilidad.

El libro era pesado un tanto antiguo de pasta acartonada el título decía «*Hispanica ad — artes Dominum Nostrum*» el título significaba «las habilidades correspondientes a los Caeli», su contenido era una serie de oraciones/frases prácticas para el control de aire, algo de historia y muchas cosas importantes para el dominio de los aires en todo el planeta, editado por los Logy en el año 500 D. C.

Ya para terminar esta ceremonia de restauración el Gran Turam se puso en medio de todos, sonrió diciendo: —espero haber hecho el bien a todos, sírvanse de sus libertades, y a partir de este momento ya no son asistentes, son Caeli de la segunda restauración, las notas a sus respectivos amos estarán llegando en unos momentos, toda la biblioteca está trabajando—. Desapareció en ese instante.

Esteban incrédulo aún de lo que sucedía, pues nunca ha visto operar a los Turam, siempre parecieron místicos —¿qué quiere decir este hombre loco?

Cartas empiezan a llegar del cielo introduciéndose en aquella estación, pequeños rollos de papel color *beige*, entregados directamente en el pecho de cada uno de los que estaban en la sala y que fuera miembro de los Caeli.

La descripción de la carta decía:

Transnistria
Reino Alquemy de Sansinof.
Estimado:
Miembro de la Casa Imperial
Caeli de la Segunda Restauración.

Esperando que usted tenga un buen día, quisiéramos expresarle nuestro grato saludo, como amos del aire tendrán la noble tarea de servir a la corona, defenderla, y apoyar sus gestos de unidad.
Recuerde que la corona no es una persona, es una institución que nos mantiene protegidos, y nuestra alianza forjada con sangre de los primeros Alquimistas nos tiene con vida.

Cordialmente,
Registro de Alta Alquimia.
Biblioteca Turam

Todos se quedaron asustados por lo que estaban leyendo, y no eran los únicos, pues salieron a mirar los cielos a fuera de la casa, y había miles de cartas volando, parecía una manada de pájaros que cambiaban de estación, el comienzo de una nueva era se observaba delante de sus ojos.

—Y ¿ahora qué? —se preguntaban entre los presentes.

Antony desde la puerta los llama y les dice: —pues tengo el libro que deberán aprender en menos de una hora, Fire debe estar furioso y empezará a buscarnos.

El señor Stone en un tono feliz contesta: —observan, esta es nuestra oportunidad, serviremos a la corona como debe ser.

REINO ALQUEMY DE SANSINOF

Esteban no muy contento mira a Antxon diciendo —espero que todo esto valga la pena, está bien el poder, y aprender todo esto de volar y esas cosas, pero nos enfrentaremos a algo muy grande, joven Puffet.

Rosalía se agacha a la altura de Antxon para indicarle —escucha cariño sé que esto es nuevo para todos, y nos asusta, pero no tengas miedo, estaremos contigo, vamos a pelear, está en nuestra sangre.

Amy anonada y casi silenciosa de todo lo que ocurría dijo —¡Muy Bien! Y yo ¿qué haré?

Dinis como su nueva mejor amiga se le acerca tomándola del brazo para ingresar a la estación —tranquila, estás conmigo, te cuento un secreto, creo que pertenezco a las dos casas, no sé eso como se llamará.

Antony interviene sorpresivamente —divergente Dinis... Divergente, tienes mucho poder en tu camino, ahora adentro hay cosas que aprender en menos de una hora.

Todos a la expectativa de lo que pudiera pasar empezaron a mirar el libro y a entrar nuevamente en la casa, que pasaba de mano en mano y sin que nadie les enseñara, no estaban seguros de lo que hacían, así que Rosalía toma la vocería con voz fuerte —creo que puedo ayudar.

Samy responde —¿cómo sabemos que no es nada extraño, señorita hija de los Fire?

—Tengo uno de esos en casa, pero de las habilidades del fuego, mi madre, bueno mi verdadera madre, me lo dio cuando salí de casa, me dijo que sería muy útil y que quizás lo puede utilizar —tocaba sus manos con un poco de nerviosismo.

Antony le contesta —si bien tuviste algo de educación sabrás que las casas son diferentes, el fuego y el aire son cosas distintas ¿Cómo pues nos ayudarás?

Rosalía toma el libro y les muestra abriéndolo en la

164

página correcta —es muy fácil, cada libro tiene las mismas composiciones, pero el verdadero uso de la habilidad o el poder depende de la creatividad de nosotros mismos, tal vez como vamos para la guerra, sea necesario primero aprender artes de defensa, en el capítulo IV de este libro, sí, mira, página 256 en adelante las habilidades correspondientes a los Caeli —con su sonrisa pícara devolvió el libro a Antony.

—Muy bien —contestó Antony—. Pues a trabajar que la mujer nos tiene algo que enseñar.

Mientras los demás aprendían nuevas habilidades y destrezas leyendo el manual que tenían en su mano, los tres viejos amigos se encontraron en sus miradas y decidieron salir de la casa para calmar sus ánimos y refrescar todo lo sucedido, adentro ocurrían cosas, se podía sentir el sonido del viento, sillas planeando, risas, y mucha falta de práctica, los dibujos en el libro eran muy útiles y la posición de las manos debían ser exactas para un buen dominio del aire, no era necesario mover todo el cuerpo solo una chispa de creatividad como lo dijo Rosalía.

Ya estando los tres afuera y mirando como salían cosas por el techo de la casa, rieron un poco, se sentaron en la escalera a pensar.

Amy dijo —tal vez hiciste algo positivo hoy Antxon, acabas de hacer pelear un mundo desconocido, iniciaste una guerra interna de todo un país que por lo que veo es el más antiguo del mundo, y yo… bueno estoy aquí contigo para darte ánimo.

Dinis en contraparte —gracias a Amy tenemos una negativa en el grupo, esto no es tu culpa Antxon es algo que se veía venir, recuerda que el último rey deseó que se restaura la casa, hubiera sucedido antes o después, pero cualquier día es perfecto para suceder.

Antxon mira hacia el cielo y pregunta —pero aún nadie me ha dicho como rescataré a mis padres, ellos están encerrados, tal vez debí haber hecho lo que tu padre dijo que todos los demás hacían. —se levantó y salió caminando por el sendero junto a las antiguas vías del tren.

Amy a gran voz intenta detener a Antxon —pero Antxon, ¿qué fue lo que dijo el señor Stone?

Dinis le contesta cerca del oído —que todos a los que Fire había condenado con su fuego encontraban un familiar y luego olvidaban lo que les ocurrió.

Amy corre adentro de la casa buscando al señor Stone para decirle que Antxon había salido muy triste a caminar y que era peligroso porque lo pueden ver. Stone deja su lugar y sale en busca del muchacho por las vías del viejo tren, que ya la naturaleza estaba a punto de cubrir.

—¿Por dónde se fue? —preguntó el señor Stone.

—Por ahí papá —Dinis le mostró el lugar por donde marchaba Antxon—. No quería que lo acompañara, se enojó mucho.

—Quédense las dos aquí yo iré por él.

El estado de ánimo de Antxon no era el mejor, su cara cabizbaja deambulaba en uno de los rieles haciendo malabares para el equilibrio, cayéndose de vez en cuando al tropezar con los pies y tal vez deslizarse con algunas plantas que ya estaban sobre la vía.

—Joven… Joven Antxon… espéreme —daba grandes voces el señor Sam, hasta que logra alcanzarlo—. Lamento que hayas tenido esa reacción tal vez mis palabras nunca hayan dado lugar a cosas positivas en tu vida.

Para ese momento Antxon ya tenía agotamiento mental, sus ojos estaban muy tristes que, no se podía ocultar, el desespero por encontrar a su familia a pesar de que era evidente que contaba con el apoyo de muchas personas a su alrededor parecer que el dolor no era entendible.

—Es simple —respondió Antxon—. Ustedes discuten, pero tienen una familia cerca, a quien abrazar, yo a cambio parezco estar condenado a morir.

Stone buscando las palabras de su corazón, logra detenerlo un momento —¿por qué dices eso? Tus padres están en el castillo, haremos un plan, e iremos por ellos, tú estarás bien —afirmó con certeza el señor Stone.

—No es eso —contestó Antxon mientras se sentaba en uno de los rieles de la vía—. Es mi familia, yo nunca he tenido todo esto que ustedes tienen; sabes… —dio un suspiro largo—. Unidad, abrazos, cosas buenas, a cambio una madre que poco me mira, y un padre que lo único que sabe hacer es hablar de su trabajo y lo cansado que está, me conoce mejor mi cuidadora la señora Crisse, a ella la extraño, a mis papás no, siento que todo esto es una mentira que me dije a mí mismo, tal vez usted tenga razón en que deba olvidarme de todo e irme a Roma para vivir con mi tía Clara.

El señor Stone toma un lugar cerca de Antxon para sentarse, le pareció sucio porque tenía plantas y tierra, pero era más importante los sentimientos del muchacho que un pantalón sucio.

—Escucha, sé que esto puede ser difícil, cuando me encontraba de tu edad, el reino pasaba por un mal momento, el rey moría lentamente y la casa de los Fire tomaban posesión de todo, se nombró como el Gran Duque y gobernador de todo el reino hasta que se hiciera la coronación legítima, eso hizo que las cosas cambiaran entre ellas la relación con mis papás; él fue muy devoto a la corona, y su servicio se me fue inculcado aunque siempre quise hacer otras cosas, soñaba con algún día salir de este reino y quizás ser un piloto de avión, abogado, que sé yo, algo que, sea normal en el mundo de los *sapiens*, no aquí, ocultos a los ojos de los demás; pero esa contrariedad hacía que mi discusión con mis padres fuera más de lo normal, el día que fallecieron en el accidente, no lloré, estaba robusto, dije que no los necesitaría, pero ya luego fui llamado a ser asistente del señor Fire, y acepté, no tenía más para donde ir, desde entonces hago las cosas como se me ordenan, no conozco otro camino, estoy haciendo lo que mi padre hizo y, ¿qué crees? Dinis opina lo mismo de mí, exactamente me he convertido en lo que más odié, hoy extraño mucho a mi padre, quizás debí perdonarlo por sumergirse en el trabajo y abandonarme en casa, así hoy sabría qué hacer con mi hija adolescente ¿sabes por qué decidí armar todo esto que ves aquí en esta vieja estación abandonada?

Antxon mirándolo con asombro, su historia era similar —no señor, no lo sé, ¿quizás por ayudarme?

—Tienes razón en una parte, la otra es que yo anhelaba un momento como este, para por fin demostrar mi rebelión, no quiero seguir teniendo esta vida, los demás que viste en esa sala, son líderes de cada zona de este territorio, y todos tienen sueños, ganas de hacer grandes cosas, pero estar amarrados a la dinastía Fire, ellos nos tiene acorralados, allí vea a esos nuevos Caeli, los ves con temperamento fuerte, talvez con un ego grande, pero en el fondo son niños como tú, que desean sentir que son buenos para algo. Tú deberías darnos una lección de valentía, el venir hasta aquí, tan pequeño y siendo una gran influencia en más personas hará de ti un gran líder, eso es lo que hacen los reyes, Antxon mi querido amigo, todos contaran tu historia y serás conocido en el mundo entero.

Antxon se pone en pie y le dice al señor Stone recobrando el ánimo, con disposición, esas palabras de aliento reconfortaron su espíritu —¡Hagámoslo! Señor Stone, creo que es hora de cambiar algunos asuntos de este reino, recuperar a mis padres, y pedirles perdón, mi comportamiento también influye en su deseo de no querer estar conmigo. Quiero un padre señor Stone, vamos por él.

Capítulo 5

Majestad

Juntos caminaron hasta la casa que servía como antigua estación del tren, a su llegada, varios hombres ya dominaban mucho de las habilidades del aire, pueden mover cosas, se sentían varias corrientes de aire, sus movimientos suaves con la mano de derecha a izquierda creaban remolinos de viento, otros pueden hacer bolas de viento que sostenían en sus manos y eran lanzadas al aire rompiendo todo lo que tocaban. Aquel lugar se había convertido en un centro de adiestramiento. Pero aún no estaban completos ni totalmente educados en las bellas artes del control del aire, pero el espíritu que flota sobre las aguas sin alas estaba con ellos.

Esteban en un movimiento con su mano pide que todos hagan silencio —creo que hemos llegado a un punto muy importante, no somos muy hábiles, nos faltan tiempo de entrenamiento, cordura, y otras cosas más, necesitamos replicar todo esto lo más pronto posible, la casa Fire debe estar en la búsqueda de cada uno de nuestros amigos y familiares, tenga la bondad nuevos miembros de la casa Caeli de la segunda restauración, es necesario que actuemos lo más pronto posible, se avecina una tormenta de fuego, y el aire puede apagarlo o ser su propagador.

Todos lo miraron con asombro, pues antes no estaba de acuerdo con lo todo lo que ocurría, pero ahora, al ver todos estos poderes y habilidades, creyó en sí mismo y en los demás para tomar armas hacia su libertad, esto es el reino Alquemy una nación donde el juego con la naturaleza y sus espíritus hacen que la materia se trasforme y marche a favor de quien tenga la capacidad de controlarla.

Antony sorprendido por lo que ocurría da una voz de aliento esperanzador —vayan con cautela, repliquen lo que más puedan, busquen hombres y mujeres valientes, que se atrevan a contrarrestar el fuego con sus poderosos aires, señores Esteban, Stone, Rosalía, Dinis, Antxon, la niña extraña y yo, tenemos que hacer una visita al señor Fire justo ahora.

Amy toca en el hombro a Antxon diciendo —puedes decirle a ese señor —refiriéndose a Antony—. Que yo tengo nombre, gracias.

Antxon se ríe brevemente, mientras aquellos líderes de zona salen rumbo a cada uno de sus grupos, estrenando sus poderes se observa como alzan vuelo únicamente observándose como una ráfaga que se borra rápidamente, los corazones latían fuertemente. En ese momento de partida llega un carruaje antiguo, su caballo era peculiar un frondoso color azul, Antxon y Amy se quedan mirándose el uno al otro, nunca habían visto semejante particularidad en los equinos, Dinis al notar su extrañeza les dice: —es muy importante que sepan, que van a encontrar animales y vegetación muy variada que en su mundo no existe, ya que los hemos rescatado, para que ustedes los *sapiens* no los destruyan como lo han hecho con los demás, ese ha sido nuestra promesa con la madre tierra.

El caballo relinchaba y hace una venía inclinándose y metiendo su cabeza entre las patas, pronto se percatan que aquel equino hacía reverencia a la presencia de Antxon, la naturaleza misma empezaba a reconocer la soberanía de los Puffet, misma que añoraba tener el señor Fire Bering para sus planes oscuros de esclavizar la humanidad con el pretexto de que estaban acabando con la esperanza del planeta. Se subieron al carruaje en un notable silencio.

El cochero un hombre con un sombrero grande y bien vestido, también miembro de los Caeli, se sentía orgulloso de trasportar a un miembro de la casa real, su historia con la familia se remonta desde el día en que llevaron al señor Sam a la presentación pues fue él quien los llevó en los elefantes de ese entonces, reconoció el rostro de Antxon enseguida que lo vio subir, se le hizo familiar, pues sus ojos y entrecejo eran idénticos a su querido abuelo, un hombre de fiar y sabio.

Al interior todos ubicados un poco estrechos pues la carroza no eran de gran tamaño para tantos pasajeros —¿qué vamos a hacer? —preguntó Esteban mientras trataba de acomodarse cerca de la ventana de lo estrecho que estaba.

—Entregaremos al muchacho al señor Fire —contesta Antony.

Rosalía interviene totalmente opuesta a esa respuesta de Antony —pero ¿cómo vamos a hacer eso? Matará a Antxon inmediatamente lo vea al igual que a su padre… lo siento hijo —miraba a Antxon tras decir sus palabras—. Entiendo que puede ser difícil hablar de la muerte. —el muchacho se limitaba a mirarla con aprobación, confiaba en los adultos de aquel carruaje.

Antony tranquiliza los ánimos diciendo: —entiendo… permítanme exponer mis pretextos, necesitamos calmar al señor Fire, el aún no sabe que nosotros hemos recuperado los poderes que nos fue negado.

—Quizás haya leído nuestras cartas, vimos miles

volando por todas partes—. Dijo Dinis mientras continuaba mirando en la ventanilla de la parte de atrás del coche vigilando que no viniera nadie siguiéndolos.

El señor Stone muy pensativo dice: —yo creo que necesitamos un plan, ya estamos cerca de finalizar el día y nuestras casas deben tener presencia de los hombres de Fire, propongo reunirnos esta noche, daremos un golpe de estado.

Rosalía anonadada contesta —¿pero a dónde iremos?

—Recuerdas el túnel mamá este nos llevará a dónde necesitemos estar. Así fue como llegué a la habitación de Antxon —intervino Dinis.

El señor Stone mira con asombro a Dinis y le reclama —¿llegaste a la habitación de Antxon? ¿Cómo se te ocurre? es un niño, las niñas no hacen eso, jovencita —le reclamaba a su hija.

—¡Ay! ¡Papá! ¡Cálmate! —miró a su padre con desprecio.

—Tranquilo señor Stone, no hicimos nada malo, por lo contrario, su valiosa ayuda nos tiene aquí, tiene su inteligencia—. Anotó Antxon a la quisquillosa conversación de padre e hija.

—Supongo que a lo mejor será ir a mi casa por mi mujer y desde allí planear algo más concreto, me gusta la idea de atacar, pero no tenemos un ejército aún, necesitamos darle tiempo a los demás para que se preparen en los pocos trucos que aprendimos hoy de control del aire —Antony como siempre sus buenos razonamientos eran acatados como un hombre muy dado a la sabiduría y el buen actuar.

—Argemiro —gritó Esteban al cochero, ese era su nombre—. Por favor, llévenos a la casa de Antony, lo más pronto posible.

—Con todo gusto señor—. Argemiro a pesar de ser un hombre Caeli y ahora libre de sus amos, continuaba siendo un ilustre caballero servidor de la corona, así fue instruido desde pequeño y este trabajo lo disfrutaba.

Aquel camino lleno de piedras y baches hacía que el carruaje saltara con todos adentro, y la incomodidad era previa más ahora que iban a toda velocidad, pasados algunos minutos y a una esquina de llegar a la gran casa que tenía Antony porque a pesar de ser un asistente toda la vida, el anterior rey le había regalado una lujosa casa-quinta hermosísima, pero a su llegada dos guardias del palacio los esperaban en la puerta de entrada, el carruaje se detiene bajo su orden, enviados por el señor Fire, tenían dos bolas de fuego del tamaño de una sandía en cada mano, la puerta se abre para ver qué pasa y uno de ellos consulta por Antony.

—*Sir.* Antony, se encuentra usted detenido de orden del Gran Duque del reino Alquemy, por alterar el orden y las buenas costumbres de este reino, baje inmediatamente será custodiado hasta el castillo.

En el momento Esteban recuerda un capítulo del libro, lo revisa nuevamente, ya que estaba en sus manos e intentaba aprenderse nuevos textos que le pudieran funcionar, así que, sin más, con un movimiento suave de su mano derecha recitó —*plagis Caeli*—. Y un fuerte viento tumbó el primer soldado fue a dar a la reja que rodea la casa casi destruyéndola por completo, aquel hombre cayó inconsciente del golpe, el otro soldado al ver la situación se propuso en posición de defensa un pie atrás otro adelante y en sus manos sostenían pequeñas bolas de fuego de color azul, parecía una batalla campal no apta para nuestro tiempo.

Todos empiezan a salir del carruaje rápidamente, el señor Stone le dice a Amy, Dinis y a Antxon que se ubiquen detrás del carruaje para que no les hicieran daño, teníamos a cuatro valientes enfrente con posición de batalla, pero sin ninguna idea de que tenían que hacer, así que le preguntaron a Antony —y ¿ahora qué hacemos?—. Susurró Rosalía con el temor entre sus labios.

Contesta Antony —muy buena pregunta Rosa, pero en el momento no sabría contestarte, tal vez sea bueno que tú, que eres fuego, nos des una mano.

Rosalía una mujer un tanto robusta, con apariencia dulce, recuerda una enseñanza de su primera madre antes de huir de casa le instruía sobre algunas cosas de control del fuego, le decía que es importante que siempre sepa defenderse incluso del bello control de la energía más sublime del universo porque en su familia se encontraban serios hombres con sed de poder y dispuestos a hacer lo que sea por alcanzar su poder. Rosalía valientemente asume su papel poniéndose enfrente ante el soldado que los amenazaba con incinerarlo si Antony no iba con él ante el señor Fire, cruza sus manos sobre el pecho sosteniéndolas con fuerza cierra los ojos meditando para después extenderlos con profunda decisión diciendo —*ignis currere meum*—. Repite varias veces la oración, aquel soldado se tranquilizó al ver que nada sucedía y luego se rio con burla mientras decía —entonces ¿tú los vas a defender? Por favor, no me hagas reír.

—Veo que ustedes tienen al muchacho que el señor Fire busca, recuerda Stone que el verdadero rey está esperándote para que lleves a tu hija con él —señaló a Antxon mientras Rosalía seguía repitiendo su oración.

Unos breves segundos después, Rosalía ya tenía creada una bola gigantesca que se desprendía de sus manos al tamaño que ella quería de un fuego color verde, la cual fue lanzada con toda ira mientras decía —a mi hija no se la lleva nadie, y defenderemos al muchacho que es el verdadero heredero—. Sin más aquel soldado ni tiempo poseyó para divisar lo que ocurrió pues fue absorbido por esta bola de fuego que se extinguió, y solo quedó una pieza de carbón en forma de hombre de color negro, que se fue desapareciendo a medida que el viento lo tomaba llevándosela por los aires.

Todos se quedaron mirando incluso aquel soldado que estaba en suelo pues había recobrado la conciencia tambaleando decidió salir corriendo.

Rosalía le gritó ¡Corran y díganle a ese tal Fire que estamos preparados! ¡Corra! —termina diciendo mientras acomoda su blusa— nadie se mete con mi familia.

—Vaya mamá eso no lo conocía de ti —dijo Amy sonriendo.

—Y otras cosas que verás en el camino cariño —terminó Rosalía.

El señor Stone sin salir de su asombro pregunta —¿cómo para cuando sabré yo, que tú… eres capaz de hacer todo esto?

Antony moviendo su cabeza y manos en tono negativo de la situación repunta antes de que cualquiera de los dos hablara diciendo —No… quietos todos, tranquilicémonos aquí, no es momento de discutir asuntos de pareja, demos gracias a que tenemos a esta maestra aquí con nosotros y que está para apoyarnos, entremos a la casa —mueve sus manos con dirección hacia la puerta dando a entender que todos los presentes pueden entrar para iniciar un plan.

La casa de Antony era rústica, espaciosa y de tres pisos, con buenos antejardines rodeados de flores moradas y azules, tenía bellas enredaderas de color lila sobre los muros de su casa que surcaban las ventanas, la puerta era de roble con doble apertura, ruidosa al abrirse, en su interior se observa lo común este tipo de casas, un candelabro que iluminaba la primera sala de estar, seguido por unos muebles y poltronas color verde, un recibidor con perchero para sombreros y abrigos, al fondo cerca de la chimenea un piano negro que se expandía cerca de la ventana, con un jarrón azul y un girasol esplendido.

El señor Stone admirando la casa, que por primera vez visitaba, lanza una pregunta a Antony —no está demás preguntarte Antony ¿por qué vives mejor que cualquiera de los que alguna vez fuimos asistentes?

Antony con una mirada de amabilidad, se sonroja haciendo una señal con su mano para que continúen hasta la sala de estar —no te olvides que serví al último gran rey que ha tenido este reino.

Esteban se molestó por ello —no es tan buen rey que digamos, toda una vida sabiendo que sus súbditos tenían un poder que no se les había permitido tener por una rencilla de sus antepasados eso es algo tonto y desleal con los suyos, no merece mis respetos, ni si quiera para decir que fue un gran rey.

—Recuerda que él en su lecho de muerte me ordenó que esto fuera remediado —puntualizó Antony—. Tal vez el mismo miedo que sentí yo, él también lo sintió y por eso no dijo nada, y todo quedo en silencio, afortunadamente este Turam parece servir para algo después de todo.

—Es un desquiciado cobarde, junto contigo —le reprocho Esteban a Antony—. Ahora tenemos un problema mayor de lo que podemos tener.

Rosalía intenta calmar los ánimos —silencio los dos, ya estamos aquí, luego discutiremos lo que es historia, ya veremos quién tiene la razón. —ajustó su blusa.

Amy se le escapan unas palabras —yo tengo hambre.

Todos la miran sin esperar una respuesta a esa situación, Antony llama a su esposa que se encontraba en la habitación de estudio del segundo piso. —Georgina baja por favor, tenemos invitados, —continuó—. Escucha niña la señora que bajará ahora, te hará algo de comer, o mejor todos comeremos algo, el tiempo se nos acorta.

Georgina era una señora arrugada, ya entrada en años, vestía una bata de color purpura, ese era su color favorito, tenía unas gafas pequeñas y su pelo recogido singularmente de color café, sin mucha gracia saluda —buenas tardes, veo que trajiste amigos del trabajo Antony, iré por una merienda.

Amy le pregunta — ¿puedo ir con usted señora? Aquí tienen una conversación de la cual es evidente que estoy estorbando, además tampoco entiendo ni una sola palabra.

—Es normal pequeña, las niñas a tu edad no entienden nada, y las de mi edad tampoco, así que haremos un gran equipo, ven a trabajar conmigo a la cocina.

Salieron las dos por detrás de las escaleras, parecía que se estaban empezando a llevar bien.

El señor Stone preocupado manifiesta —aún no tenemos nada en concreto qué hacer, en breve tendremos soldados rodeando la casa.

Esteban inquietado tiene una idea —yo creo que estaría bien si volvemos a llamar a los nuestros, a cada líder otra vez y establecer un plan de batalla, los citaremos nuevamente a la estación del tren, creo que es prudente ese lugar y además está lejos de imaginarse Fire que allí estaremos escondidos.

Antony sin más, asienta con la cabeza y dice: —está bien, pues hagámoslo, iremos en este momento después de comer algo.

—Eso no será problema, aquí tengo algunos panes, jugo, y algo más para ustedes, espero que la travesura que planean hacer les resulte —sonaba la voz detrás de la charola, era la señora Georgina y Amy metiéndose a la boca todo tipo de cosas que había encontrado en la cocina diciendo con la boca llena —es que todo esto me da hambre… lo siento.

—Creo que sería bueno que llamaras a las damas Equo, serán de ayuda en este momento—. Dijo en alta voz Antony.

Estaban responde —no sé quiénes son, ahora cómo hago para llamarlas Antony, estás demente.

—No hablo contigo —contestó Antony—. Hablo con ella.

—¿Con quién? ¿Conmigo? —se preguntó Rosalía.

—Para mí no es, no tengo idea de que habla —dijo Dinis.

—Él habla conmigo —contestó Georgina mientras terminaba de repartir los bocados de comida—. Siempre has pensado que somos unas ancianas viejas, que no dimos nada más que hacer, que ni hijos tenemos, para salvaguardar nuestra casa y, ¿ahora crees que serán de utilidad para lo que sea que estés pensado hacer?

—¡Oh, vamos! —gimió Antony—. Ustedes nos serán de gran ayuda, además el muchacho, el que ves aquí de los rubios incontrolables, es el heredero al trono y además es un Equo. Miró fijamente Antony a Georgina mientras le hablaba.

—¡No puede ser! ¡Santo Cielo! Majestad —Georgina se inclina y hace una reverencia hacia Antxon—. Es la primera vez que un Equo asumiría el trono, por lo regular no tenemos mucho que ofrecer, hemos sido una casa al que poco valoran las otras tribus, en especial esos Caeli y los Fire, se han presumido de ser los dueños del universo y no está demás los Logy encerrados en sus postillas de ego fastidiados por la sociedad.

—Tu manera impulsiva y negativa no nos servirá para mucha doña Georgina —dijo Esteban—. Además, ahora su querido esposo y los demás que antes éramos conocidos como asistentes ahora somos Caeli de la segunda restauración—, levantó su mirada con orgullo.

—Esa historia me la contó mi madre, nos hacía dormir con ella Esteban —rio un poco Georgina y continuó diciendo—. Que los asistentes son Caeli, que siempre lo han sido, pero no lo saben, palabras y más palabras.

Antony mira a Esteban y le dice —demuéstraselo.

En el momento Esteban junta sus manos en posición horizontal y las expande lentamente hacia arriba y abajo, apartando una de la otra, y en medio aparece un torbellino pequeño, que crece a medida que él expande sus manos. El señor Stone dice en alta vos —espero que sea suficiente, porque además no has visto otras cosas que ya pasaron.

Georgina mira a Esteban a los ojos entre asustada y con buena manera —te creo muchacho… tienes un poder, no lo desperdicies, y en cuanto a llamar a las damas Equo —se lo pensó un momento—. Lo haré… pero a todas estas, para qué las quieren ¿qué están tramando ustedes?

Antxon viendo tantas cosas que sucedía a su alrededor le dice a Georgina —es una larga historia señora Georgina, pero verá el señor Fire secuestró a mis padres y ahora quiere que este cajón que tengo en mi mochila le sea entregado para el coronarse rey, y los aquí presentes insisten en hacer un golpe de estado, salvar a mi familia y coronar a mi padre rey, que por lo que estimo, también es un Equo al igual que mi abuelo.

Esteban dice en tono bajo —no pudimos resumir la historia en menos tiempo y palabras.

Georgina muy tranquila y con gestos de querer ayudar se sienta en uno de los muebles ya que todos estaban de pie, en ese momento; parece que el estar discutiendo y organizando batallas, le agotaban los pies.

—Pues bien, señores sus ideas son realmente tontas, comparadas al número de la casa Fire, que obviamente no perderán el control del reino de un momento al otro. Pero necesitarán ayuda, todos hemos jurado lealtad al rey y mientras no haya alguno ocupando ese puesto las guerras continuaran, si Fire se quiere coronar, tendrá que matar al muchacho y a su padre, no puede haber más descendientes de la casa Equo que reclamen la corona para que sea puesta en la casa del Fuego —se levanta nuevamente diciendo—. Llamaré a las chicas.

Un momento de tensión se empieza a vivir, la hora cero se aproxima y el cielo comienza a nublarse, las montañas que antes se veían azules por su lejanía ahora se tornan negras y se mezclan con las nubes desapareciendo lentamente.

Esteban coge el teléfono y llama a todos los líderes de su nueva casa, serían convocados a las cinco de la tarde en la antigua estación, cabalgarían en un plan para asediar y derrocar las ideas de Fire y sus últimos intentos de obtener el poder. Una situación nada sencilla, ni fácil, pero con la ayuda de los Caeli y de las damas de Equo, tendrían el valor de defender lo que alguna vez fue, el buen llamado Reino Alquemy de Sansinof.

—¿Por qué vamos a volver? Si acabamos de llegar de allá —preguntó Amy.

—Bueno —le responde el señor Stone—. Si nos quedamos en la estación podían haber llegado por nosotros en cualquier momento, ahora que el ejército de Fire conoce que hemos aprendido a controlar el aire nos dará un poco más de tiempo para planear algo, él no es tan tonto.

—Y si llegan a la antigua estación ahora. —intervino Antxon.

—No lo harán, estoy seguro de que no —le respondió Antony—. Si Fire quiere hacer su coronación debe asegurarse de que la ceremonia se cumpla como está escrito, para eso debe tener la aprobación de todas las casas Alquemy voluntariamente, si nos persigue, perderá esa probabilidad.

—Y nos iremos ¿ahora? —preguntó Dinis.

—En un momento querida —Rosalía tomaba la vocería—. Aprovechemos que estamos en tu casa Antony, muéstranos los planos del castillo y el mapa del reino, debemos conocer por donde atacar y los lugares donde nos podamos refugiar, es una guerra que se gana con conocimiento.

—Es verdad, después de todo no perderemos el viaje hasta aquí —Esteban aceptó con amabilidad.

—No tengo nada que decir —dijo Samy—. Sigo lo que ustedes piensen, en esta locura.

—De todas maneras, recuerden algo importante —Antony se preparaba para dar un discurso sabio—. Cualquier día es bueno para morir y cualquier arma es buena para matarnos.

—Tomaremos eso como un cumplido —susurró Esteban mientras los demás reían.

Capítulo 6

La guerra de pensamiento

Fire Bering.
Jefe de la casa Fire.
Gran Duque de Sansinof.
General del ejército.

He estado esperando toda la mañana y esta es la hora en que no tengo una respuesta de ninguno, ahora tengo esta triste noticia que los asquerosos sirvientes recuperaron sus poderes ancestrales, sin ninguna autorización, ese viejo loco de Turam, he debido matarle cuando pude. —Daba voces sí mismo el señor Fire en su despacho, mientras recorría la sala del menester del rey.

Alguien toca la puerta: toc … toc

—Alteza real, señor Fire Bering traigo noticias —dijo la voz del otro lado de la puerta.

—¿Quién eres? —daba voces mientras daba pasos para abrir la puerta, en la sala de menester prefería estar solo por esa razón no tenía sirvientes para que le abrieran o le anunciaran quien lo esperaba.

—Soy Esteban señor —contestó la voz.

—Pasa mi querido Esteban —asentó Fire abriendo la puerta y con alegría recibiendo la visita.

185

La puerta se abre lentamente, se puede observar un salón grande, con una biblioteca de un tamaño gigantesco, rodeada por flores rojas, y blancas, un escritorio antiguo, tallado en roble, de color negro, y dos sillas en cuero, cómodas y con mucha elegancia, candelabros pegados de la pared, alumbraban majestuosamente aquel lugar, varios retratos de antiguos reyes todos hombres, pareciera como si en las mujeres no existiera línea de descendencia, esto se debía a que en los Caeli y los Turam tenían una política de que las mujeres no heredaban si hubiese un hombre en la familia, por lo tanto, todo el poder recaía sobre este varón, así que muchas guerras se libraron al interior del reino por este problema, uno de esos fue exactamente la causa de la división de los Caeli, afortunadamente los Equo piensan distinto y estaban allí desde hace muchos años para hacer varias reformas al interior de la gobernanza, las mujeres empezarían a tener mayor relevancia.

Esteban mientras se aclaraba la garganta, sus manos temblorosas siempre que se acercaba al señor Fire sentía temor de lo que pudiera pasarle —me imagino señor Fire que conoce las noticias que han corrido por todos los cielos de Alquemy.

Fire con una mirada penetrante le contesta —claro que sí, y ahora me imagino que tú también das vuelo, y haces todas esas cosas de tu gente.

Con la mirada arriba Esteban responde —sí señor, es correcto, aquí estamos con esto del dominio del aire, no es algo que me llena de orgullo, pero se me va bien.

Fire furioso golpea la mesa con su mano, sacudiéndola con fuerza, repudia las palabras de Esteban —y ¿a eso apareciste hasta aquí? Para restregarme cómo te haces grande en tus pañales ¿qué sabes tú de tener poder y cómo usarlo?

Esteban agacha la mirada, sitúa su cabeza cabizbaja, una

voz suave intenta contestar —señor… mi señor Fire… entiendo que puede no ser algo de mayor significado para usted… pero puede ser una amenaza.

—¿Amenaza? ¿Cómo amenaza? —rio con desprecio—. Ustedes no son nadie, nunca han usado ningún poder, se les quitó una vez, porque no eran dignos ¿ahora quieres venir a decirme que son una amenaza? Yo soy la amenaza —suelta sus puños sobre la mesa y se sienta en su silla confortable, alta, y detrás colgado en la pared una bandera con el símbolo de su familia y una corona tejida en oro en la parte superior del triángulo, dando a entender que esa era la casa reinante —se suponía que debes estar de mi lado, te he acogido como hijo, esperaba algo más de ti, que este insulto y desprecio.

—Entiendo señor, su malestar, pero estoy de su lado, tenemos a Antxon y están planeando un golpe de estado, o como ellos lo llaman una coronación legítima de su padre Sam.

Esteban levanta la mirada para ver el rostro de Fire, mientras lo prevé, él se estremecía por dentro, y susurraba entre los dientes, a causa de su propia ira —estos inútiles, les doy todo, les prometo que cambiarán de vida y me hacen esto—. Sacudió con fuerza los documentos que tenía sobre el escritorio y varias chispas salieron tras ellos, como si el carbón intentara encenderse.

Fire vuelve en sí y trata de mirar al pobre Esteban que yacía de susto por lo que había visto y sentido —has hecho un buen trabajo en decirme lo que tienen planeado, mis soldados han estado buscando al famoso Antxon, pero resulta que también son unos inútiles, que por cierto me han contado que tú peleaste en contra de ellos, y esa mujer de Stone hizo algo de fuego verde que nunca habían visto—. Fire se reclinó sobre su silla y miró con desaire a Esteban.

—Considero mir señor Fire que es bueno estar infiltrado en ellos, me han puesto como su líder, he estado enseñando cosas de ese libro, puedo informarle todo lo que piensan hacer como, por ejemplo, piensan reclutar a todos los asistentes que ahora se hacen llamar Caeli de la segunda restauración.

Fire hace gesto de fastidio y luego se burla diciendo —Caeli… —risas—. Segunda restauración… ¿qué es eso? ¿Alguna *pizzería* nueva que hicieron los *sapiens*? ¡Por favor! Esteban, esperaba más de ustedes—. Se puso en pie y comenzó a caminar y revisar los títulos de los libros en la biblioteca. —Escucha, es cierto que nuestras familias no han sido las mejores, hemos tenido momentos de tristeza y de alegría, de gloria y de derrota, doy gracias a tu interés por permanecer en la mía y no esa tribu de penas y dolor que solo pudo llevar la corona quince siglos, pero todo gracias a nosotros los Fire; este reino necesita un rey, y ese soy yo; pero el concilio firmado por los forjadores de este reino exige una ceremonia para yo sea reconocido voluntariamente por las casas y por los tontos libros y así el castillo responderá a mi nombre, para darme el poder absoluto sobre estas tierras y reinar más allá de los límites.

Esteban orgulloso mira a su prócer —Mi señor, quiero ver ese reino establecido por usted y si me lo permite traeré a Antxon para su servicio.

—No lo quiero a mi servicio, el chico sigue en la línea de sucesión; desde que el abuelo de Antxon heredó, ese torpe anciano, trayendo a su hijo a la presentación ante el consejo, murió de golpe —rio secretamente—. Pero alcanzó a sacar a su único hijo del lugar, pensábamos que no sería un estorbo, en todo caso, este castillo, las demás tribus aún no nos reconocen, el poder no es absoluto aún.

—¿Qué se necesita hacer señor?

—Lo primero es encontrar la caja del rey, que es ese cajón rojo del que fui a buscar la otra vez hasta la vieja España, espero que el niño la traiga en sus manos, lo segundo es quizás lo más cruel pero digno de admirar —Fire con una mirada refrescante, pone sus manos sobre los hombros de Esteban—. Hijo ellos deben dignamente morir, para que legalmente la corona suceda a los Fire como los siguientes consagrados, según la orden de sucesión del estamento de alta alquimia —señaló con su mano un libro antiguo elaborado con cuero de animal, que se encontraba sobre su escritorio, con el escudo del reino pintado en rojo, pintado con sangre de los fundadores de las cinco casas.

—Así que propongo, una muerte teatral y ligera… ellos entregarán su vida para salvar al reino —afirmó Fire.

Esteban anonado y sin entender mucho lo que decía el señor Fire, pregunta —pero ¿cómo se logrará señor, de qué manera hará que entreguen su vida?

—Los obligaremos; ten fe en mí, hijo solo trae al muchacho con toda su comarca, confío en ti—. Le dio una palmada de consuelo en el cuello a Esteban, conduciéndolo hasta la puerta —sigue de infiltrado y cuéntame todos los detalles de sus planes, tráelo en bandeja de plata para mí, y serás premiado como Alteza Real, haré que los soldados no busquen más al muchacho, permitiré que todo este reino vea como se cae a pedazos la casa Equo, así como los torpes de los Caeli.

—Si señor —hizo una reverencia Esteban con la cabeza y salió con toda prisa, asegurándose de que nadie viera su visita al castillo.

Samy.
Esposa de Esteban.
Anteriormente asistente real de la marquesa Odrina Viuda de Aranjuez.

—¡Hola! ¿Dónde estabas? —pregunta Samy a Esteban que llegaba acelerado—. Llegamos primero que tú.

—Olvidé algunas cosas en casa y regresé por ellas, además tengo que contarles algo —contestó Esteban.

De inmediato Esteban se puso en la mitad de aquella sala de espera de la antigua estación de tren abandonada diciendo a voz alta —¡Escuchen Todos! Acercándome a esta estación me encontré con unos guardias del castillo, de quienes me escondí… por su puesto… y los escuché decir que el señor Fire los mandó a llamar para custodiar fuertemente el castillo, parece que no vamos a tener ningún problema en reunirnos aquí y pasar la noche para idear un plan que nos permita vencer a Fire en su fortaleza.

Antony lo mira de lejos con el libro azul en la mano y le discute —¿qué te hace pensar que ellos no vendrán aquí para derrotarnos y acabar con todos?

—Tenemos esta oportunidad no la podemos perder, aquí están los más fuertes, líderes de cada zona; pronto llegarán las damas Equo, con suerte, el gran Turam se podrá aparecer, esta noche cada uno de nosotros, estará con su familia y practicará cada cosa que aquí se aprenda y lo multiplicarán con su vecindario, con sus amigos, con todos los que conozcan —afirmó el señor Stone.

—Es valiente mi amigo Stone —contesta alegremente Esteban.

—Sí… sí muy bien —aplaudía Rosie—. Quiero ver más viejo Antony, muéstranos cosas interesantes —de reojo miraba a Amy parece que intenta llamarle la atención, en busca de una conversación, pero ella se percata y lo ignora, se da vuelta para hablar con Antxon.

—¡Cállate! Roise —Samy corregía al muchacho.

—Pero qué te he hecho querida Samyston Bliss de Molinsky —continuó Roise burlándose de su hermana Samy.

—Sabes que no me gusta que me llamen por mi nombre completo.

—Ya déjame ver que hace el Antony con su librito azul.

—¡Dios! Me has premiado con la mejor familia —dejó entre palabras Samy mientras se dirigía a Esteban. Podemos hablar un momento por favor, Esteban, necesito contarte algo.

—Espero sea apropiado —refunfuñó Esteban.

—Lo será —aseguró Samy mientras lo tomaba de la mano para apartarlo a un lugar escondido cerca de la sala de embarque—. Tengo algo muy importante que debes tener en cuenta antes de seguir con toda esta locura.

—Amor mío —la tomó entre sus brazos y sonreía—. dime ya porque me estás matando de angustia, además perdemos tiempo para aprender tantas cosas.

—No es fácil —suspiró Samy—. *Ok,* está bien… te lo diré —Esteban la miraba esperando sus palabras con apuro—. Esteban Molinsky estoy… estoy… embarazada.

Esteban retrocede y la suelta de sus brazos, parece que la noticia no le cae de impresión bien, pensó en todas las cosas que estaban ocurriendo, él si quería una familia con hijos pero sentía que no era el momento, sin embargo, alcanza a reaccionar pronto al darse cuenta de la expresión de tensión que tenía su esposa —me tomas de sorpresa querida aún no es tiempo, pero tendremos ese pequeño libre de todo esto, Fire nos dará un lugar.

—¿De qué hablas? —preguntó Samy—. Pronto habrá una guerra interna ¿has hablado algo con el señor Fire que

191

yo no conozca?

—Debes estar tranquila, me confundí —Esteban estaba muy nervioso pues sabía que a pesar de que su esposa estuviera muy en contra de lo que estaban planeando también era cierto que detestaba a Fire, pues le daba golpes de culpa cuando supo que sus padres murieron incinerados dentro de su casa, ella siempre se ha convencido de que fue el señor Fire. —Además, mi amor, nuestro hijo nacerá libre y yo los protegeré.

Se abrazaron así Esteban pudo pasar ese despiste que tuvo, por poco y su mujer se entera que había visto a Fire.

En aquella casa vieja, abandonada y antigua que servía por estación de tren, se observaban más de una treintena de personas que aprendían del libro azul que poseía todas las bellas artes del control del aire que se les había quitado sin razón alguna de culpabilidad colectiva; aprendiendo sus poderes quebraban más vidrios de las pocas ventanas que quedaban en pie, y hubo uno de ellos, el líder de la zona sur-este que salió disparado del suelo hacia el cielo, al espíritu del viento gracias a que no estaba cubierto pensó Rosalía, y como pudo Antony lo recibió recitando oraciones aprendidas pudo organizar una colchoneta de aire y hojas para amortiguar la caída, Rosalía les recordó que ante todo la creatividad es la esencia para que la materia que manipulamos haga lo que queremos.

—No creo que sea buena idea que estés aquí, parece peligroso con tanto loco volando —Esteban sugería a su esposa que se marchara a su casa.

—Está bien, me iré luego aprenderé esas cosas, además estoy un poco mareada, ya sabes —puntualizó Samy.

—Ten preparada maletas y cosas que se necesiten, no sabemos en que irá a parar todo esto —Esteban besó en la frente a su esposa y continuó aprendiendo, mientras Samy salía con rumbo a su casa.

Antxon Puffet.
Heredero al trono de la casa Equo.
Estudiante de secundaria.

—Todo esto me ha traído grandes dolores de cabeza y aún no sé si en verdad quiera hacer esto, sabes, cuando estábamos en el tren pensaba que sería sencillo, tenía una sensación en la boca del estómago gratificante, pero ahora no lo sé, siento mucha presión con todo esto —dice Antxon a Amy mientras estaban los tres sentados en una de las bancas mirando ir y venir corrientes de aires con sus sonidos, algunos estruendosos y otros dolorosos.

La señora Rosalía llega donde están los tres sentados, los observa con agrado y le dice a Dinis —lleva a los chicos afuera, dales un paseo por el lugar cariño, tal vez necesiten distraerse un poco, yo seguiré entrenando con gente de aire.

—Sí mamá —contesta Dinis mientras se ponía en pie para tomar la mano de Antxon y sacarlo fuera de la estación, Amy observa detenidamente a Roise mientras practicaba un nuevo truco para sostener cosas en el aire y así dominarlas a su antojo, en un momento pensó que era atractivo, pero es un muchacho tres años mayor se dijo para sí y luego marchó tras Dinis, aunque no se percató de Roise sintió su mirada.

Al estar afuera paseando por los linderos, se puede ver como el atardecer empieza a descender y los colores del cielo hermoseaban el lugar, parecía algo infinito, lleno de aire, hermoso, árboles, aves del cielo nunca antes vista, tenía como una especie de paloma, pero era verde fluorescente, brillaba mucho, y varios animales tan distintos, incluso una araña gigante del tamaño de un perro que andaba cerca del lugar y se quedó mirando Antxon y todos notaron que con sus patas hizo una reverencia y se marchó.

Amy nota la expresión de la araña, paralizada por el susto, pues le aterraban esos bichos —¿esa cosa asquerosa se inclinó?

—No es asquerosa, es una protoaraña gigante, y es claro… —voltea a ver a Antxon—. Este lugar te reconoce en la línea de sucesión ¿qué opinas de todo esto?

Antxon guardó silencio y prefirió seguir caminando, por uno de los caminos ubicados en la parte de atrás de la antigua estación, lleno de completa naturaleza boscosa, se notaba que poco se transitaba o tal vez desde hace muchos años nunca nadie caminaba por aquel lugar, al final se podía divisar el cruce de uno de los tres ríos que atraviesa el reino, este se llama Turunchuk, de gran caudal por su majestuosidad Antxon sintió que debía ir a verlo.

Dinis se lanza sobre él diciendo —está bien que no hables, y que no quieres hablar sobre este tema, es algo de lo que no puedes escapar, hemos llegado hasta aquí en tan poco tiempo y ocasionado todo esto cuanto lo siento, desearía que fuera diferente este momento —inclinó su cabeza con tristeza al abrazar a Antxon.

Con un tono más recuperado de energía Antxon busca la mirada de las dos —solo caminemos… sin hablar mucho, la verdad me cuesta trabajo asimilar todo esto que está ocurriendo, y pensar ¿por qué simplemente no soy normal?, se supone que hoy debería estar en mi cama acostado todo el rato, esperando un regaño de mamá por no bañarme, y aquí voy con mis dos amigas para lo desconocido.

Amy le responde —eres muy maduro para tu edad.

Los tres caminaron en silencio durante unos diez minutos, juntos sin mirarse, solo observaban con admiración la naturaleza que los rodeaba, árboles como salidos de cuentos para niños pequeños pues eran de varios colores, por extraño que parezca muchos tenían hojas anaranjadas, violetas, grises y negras, y las lisonjas eran verdes, la clorofila en aquel lugar era diferente a lo que suele ser en el resto del planeta, nuevamente el ruido de las lianas con los nombres de los tres empezaban a sonar, y es que estas habitan cerca de los ríos de aquel reino, muy inteligentes que identifican los nombres de los que pasan por allí.

Al llegar se sentaron en una piedra junto al rio, estaba cristalino esta vez, pero no tenían amenaza de lluvia, era amplio y se veían algunos peces con colores variados, saltando del agua, mientras la corriente los seguía levemente.

Amy inquieta por lo que sucedía sin bajar la guardia se sienta al lado de Antxon siente simpatía por él —sé que no vamos a hablar mucho, pero estar aquí detrás de todo esto, técnicamente soy inservible, todos tienen un poder, fuego, aire, agua y, bueno… siento que estorbo.

Dinis le toca el hombro a Amy para tomar su lugar en la roca —no digas nada de eso, sé que en algunas cosas somos diferentes, pero eres una valiente, es uno de los valores que el mismo reino reconoce como la habilidad y el poder más significativo que cada uno de nosotros debe poseer.

Antxon mira sonriendo y abraza a Amy diciéndole —gracias, serás condecorada como heroína en todas partes y sobre todo ya tienes un espacio en mi corazón para quererte mucho por lo que haces, prometo que una vez que salgamos de aquí, yo recibiré el castigo de tus padres por ti, lavaré, plancharé, seré esclavo toda la eternidad.

Amy le contradice —No seas exagerado Antxon—. Volteó a mirar un delfín que daba piruetas en el agua, es que era notorio que los animales reaccionaron al ver la llegada de Antxon, intentaban saludarle y hacer una venia, pero ninguno notaba ese cambio.

—Tú eres la que dices todo eso —reprocha Antxon—. Es más, en una piedra como esta hace dos días cuando llegamos aquí, lo escuché por segunda vez —Antxon movió los hombros en señal de sin importancia. Y continúo diciendo —de mis papás esperaba un poco más saben—. Bajó su ánimo.

—¿Qué quieres decir con eso? —dijeron Amy y Dinis ambas al mismo tiempo como un coro de iglesia.

—He notado que en varias ocasiones como un desprecio hacia mí, ahora que me lo pienso detenidamente la soledad me atormenta cada noche, yo solo llegaba del colegio y ellos estaban ahí sentados, sentía como la alegría se esfumaba en tanto que entraba, trataba de sonreír pero no era feliz, a cambio recibía una queja, y una orden —su cara palidece, sus ojos nuevamente están tristes, pero su nariz se mueve con rabia, en sus labios refleja coraje, pero solo era un corazón roto, se sentía engañado por la única persona en el mundo que no puede engañar; su padre lo había traicionado—. Quise venir hasta aquí para intentar rescatarlos, pero encuentro que lo que realmente necesito es que alguien me rescate.

Las lágrimas no pudieron contenerse era una carga emocional elevada que nadie le ha enseñado qué hacer con ella, así que sus ojos respondían con llanto, no quería que Amy y Dinis se dieran cuenta por lo que tapa su cara con las rodillas.

—¿Por qué piensas todo esto? Amas a tus padres y por eso estás aquí, ni si quiera por la dichosa corona de la que todos hablan —puso Amy su mano sobre el hombro de Antxon.

—Les digo, yo varias veces, encerrado en mi cuarto, he pedido tantas veces que la muerte me acoja, quiero escapar de esta realidad, no saben, cuando las discusiones aumentan... el ruido en mis oídos, me deja sordo... quiero gritar, morirme, eso quiero, y eso siento justo ahora —subió las rodillas hasta su cara y allí se refugió.

Dinis mira a Amy, pero ninguna sabe qué hacer, deciden abrazar a Antxon en un momento de unidad como amigos; las dos también se conmueven y el futuro no es nada prometedor. Y es que la conversación con el señor Stone fue motivante pero no lo suficiente para verdaderamente encontrar el problema, muy en el fondo estar cerca del río y ver el agua podía ingresar hasta las zonas más oscuras de su corazón y fue en ese momento en que se entregó a sí mismo, hallando la respuesta, buscaba a su padre para obtener su aprobación y a su vez sentía que este no le amaba por no ser como él.

Antxon se levanta limpia sus ojos con las muñecas de las manos, les da las gracias —mis amigas... gracias... —se funden en un abrazo sublime, como si esa fuera la respuesta a todos los males, pero en realidad es el primer paso— tan diferente una de la otra, las quiero, no debí meterlas en esto, es más a nadie, quizás sea bueno solo ir y entregar el cajón y ya finalizar.

Dinis armada de valor —¿cómo piensas así? Mira toda esta gente, todo un pueblo se está movilizando a tu favor, aún estás pequeño ante los ojos de muchos, pero ellos han puesto su mirada en ti como su salvación del aterrador de Fire.

Amy se devuelve su mirada hacia el camino y afirma —es hora de volver, la realidad nos espera—. Se apreciaba una feroz tormenta nuevamente, cubriendo el cielo, estas nubes iban y volvían en cuestión de minutos, un clima que cada vez se volvía más y más loco.

Los tres se levantan, se mira el uno al otro buscando

aceptación, Dinis seca las lágrimas de Antxon con la manga de su blusa y se marchan. Cada una tomada del brazo de Antxon en cada lado, la escena de los tres caminantes, pequeños en estatura, grandes de espíritu; con un mundo sobre de sus hombros, nada fácil de transitar.

Amy Amorín.
Amiga de Antxon.
Estudiante de Secundaria.

En el trascurso del camino el silencio nuevamente los invade, pateando piedras y pisando hojas del camino, sin nada más que mirar como inicia el anochecer de aquel lugar tan maravilloso, simple, lleno de colores extremos, un verde boreal dando sus ondas por el espacio, sí extraño pero atractivo, la naturaleza cobrando la vida que el espíritu del bosque le daba, sin embargo, Antxon poseía una estaca en el corazón que quería salir por la garganta desesperadamente.

Durante ese transitar Amy pensaba y se tomaba su tiempo para hacer intento de memoria que la llevara a esos días antes de conocer a Antxon y luego ver el cambio de vida que ahora tenía, arrastrando sus pies y de gancho con el heredero. En su mente dialogaba para sí misma.

Nunca llegué a imaginar que estaría en una situación como esta, es algo incómodo, desde que salí de casa solo pensaba en que era una travesura, nada raro, después de todo era la más inteligente de mi casa, y siempre mi familia esperaba cosas buenas de mí y ahora creo que los estoy defraudando —rio en su mente—. ¡Eso Me Alegra! Tienen que darse cuenta de que no soy una niñita buena siempre, y que además tengo mis gustos y mis cosas personales, que tengo capacidades, quieren decir… estoy al otro lado del universo, en este pueblo, que no existe en el mapa, al lado de dos amigos, todo esto me hace pensar que estoy haciendo cosas por mí misma y creo tener capacidad para mucho más.

Un breve tropezón con el pie por no mirar por donde anda y continúa pensando: ¡Auch! ¡Eso me dolió! Pero bueno, Dinis es una chica que me cae en gracia, a veces sale con sus tonterías basura, pero es fuerte, ya quisiera yo tener esa fuerza y vitalidad, además de sus padres, personas importantes y de grandes habilidades, a diferencia de los míos que solo ocupan su tiempo en sus trabajos nada emocionantes, porque ¿Qué tiene de emocionante un banco? ¡Por favor! En cambio, estos señores Stone parecen residir en buen aspecto, y Rosalía me recuerda a mi mamá, creo que la extraño mucho, no sé si estará preocupada, creo que tengo a todo el mundo buscándome en este momento, vamos que ya tengo una semana de estar aquí, y no sé nada de ellos, creo que no merecen que los trate así, tal vez deba comunicarme, o esperar a que todo esto acabe. No sé qué hacer. Voy a necesitar ayuda.

Antxon al observar que Amy miraba profundamente el camino pregunta — ¿en qué piensas?

Amy contesta — en que necesito Antxon de verdad y esto es serio, comunicarme de algún modo con mis padres, y decirles que estoy bien, que no tardaré o algo, porque deben estar sumamente preocupados, toda una semana sin saber de mí.

Dinis le dice — tranquila conozco el medio para enviarles una carta, ya que como verás los teléfonos de aquí solo funcionan con nuestra tecnología que hace codificaciones — se refería a los loros parlantes que servían como teléfonos, ya que ellos procuraban no dañar la naturaleza con tecnología *sapiens* lo más que se estimara posible—. Y además no es compatible con la de su mundo, pero aún tenemos el correo, no tardará mucho en llegar.

Amy mueve la cabeza en señal de gracias, y continúan el camino.

Dinis Stone.
Amiga de Antxon.
Miembro de la casa Caeli.

—Claro, siempre estaré para ayudar a una amiga cuando se requiera. —Dinis le lanza una sonrisa a Amy.

Dinis tenía una mente desconcertada, arraigada por lo que sucedía, por fuera una valiente niña, pero por dentro tenía aún las dudas a pesar de destacarse entre todos. «No estoy segura de lo que estoy haciendo, apoyo a este chico, que la curiosidad me llevó hasta él, aunque desde un principio, pensaba en no tomar este trabajo de ser asistente, es muy agotador, no nací para hacer eso, pero ahora entiendo a mi papá, es una tarea importante, valiosa, ayudo a otra persona a ser alguien y de paso soy alguien, no está nada mal ya no ser una asistente, saber que puedo volar, aunque no he practicado mucho, eso del aire no va conmigo, no me sale nada de lo que está en ese libro, tal vez deba seguir intentando con el libro de mamá, ese naranjado particular me llama mucho la atención, en cuanto a Amy, me gusta su forma de ser, es tal cual lo que siempre había querido ser, alguien normal, con una vida de *sapiens* lejos de estar escondida, pero nada, aquí estoy en este mundo en el cual crecí y ahora se ha convertido en un peligro para todos, ya vivir aquí se ha vuelto imposible, que será de los demás, no quisiera estar en sus zapatos, pobre de Antxon, tan fuerte que es, pero no lo sabe.

Poco a poco se fueron acercando a la vieja estación, todos preparados, el plan ya estaba trazado, entrarían al amanecer del día siguiente, toda la casa Caeli, tomarían los lugares de la fortaleza del castillo, derribarían a la guardia y el ejército que actualmente es gobernado por la casa Fier, y así coronarían Sam Puffet como rey.

—Antxon quiero decirte algo importante antes de continuar adentro. —Dinis se detiene unos metros antes de continuar para ingresar a la estación.

—Sí dime —contestó Antxon, esperando a recibir sus palabras.

—Pase lo que pase… yo te quiero, entiendo que es muy poco tiempo para decir esto, pero es la verdad, nunca había estado tan cerca de vivir y de fallecer al mismo tiempo.

—Yo también te quiero Dinis, sin tu ayuda estaría lejos de aquí y sin saber qué hacer.

—Bueno, ya está bien así —interrumpió Amy—. Parece como si nos estuviéramos despidiendo, por cosas que aún no suceden.

—Sí es verdad, también te quiero Amy —la miró con gracia.

En el pensamiento de Dinis estaban muchas situaciones que ella había visto, conocía la capacidad del señor Fire y hasta donde podían llegar sus poderes, además del control del fuego, una poderosa herramienta que puede acabar con todo, según la historia de esa casa cuando los primeros humanos iniciaron con las fogatas vieron en los centelleos un futuro lleno de poder y autoridad, pero no lo pueden lograr solos entre tanto no tengan a su favor los demás elementos de la tierra.

Rosalía de Stone.
Esposa del señor Stone.
Fue asistente de la real casa de los Fire sirviendo a Steven J.

—Hola, cariño, ¿qué tal tu caminata con tus amigos? —saludó en las escaleras la señora Rosalía a los tres muchachos.

Dinis responde —muy bien mamá, pero necesitamos tu ayuda, Amy necesita enviar una carta a sus padres, para decirles que todo está en orden y que no deben preocuparse, ya la deben estar buscando toda la policía en su país —sonrió un poco mientras tocaba la espalda de Amy.

—Amor, sígueme vamos a enviar un detalle a tus padres —le respondió Rosalía tomando de la mano a Amy mientras Antxon y Dinis ingresaban a la estación para continuar viendo los planes de los Caeli —han de estar muy preocupados —continuó—. Acompáñame haremos un servicio postal.

Tomaron un cuaderno viejo con una cubierta de cuero negro y un lápiz azul, Rosalía le dice —vamos… escribe lo que necesitas decirles, ten presente, que ellos no saben dónde queda este reino así que, asegúrate de que ellos queden tranquilos.

De inmediato Amy se pone a escribir, mientras Rosalía sentada en las escaleras, miraba al cielo y sus pensamientos la inundaban con vehemencia «Toda esta locura es emocionante, por fin tengo algo por qué luchar, siempre he esperado un momento como este para demostrar quién soy, además de cubrir a estos tres chicos que son una dulzura, pero mi felicidad no está completa, aún extraño a mi esposo, está aquí, está ahí, está solo, y yo también. No creo que sea suficiente con que nos reunamos las noches, y pasemos horas sentados; el abrazo de los dos, su nariz con la mía, tantos recuerdos, que se fueron olvidando, y ahora solo paso por desapercibida ante su mirada que se perdió junto con su amor, estoy triste, ya ni sé que pensar de la vida, de mí, de las cosas que uno quiere —varias lágrimas salen de su rostro— ¡Te Extraño! —suspiró.

Amy termina su carta no notó que la señora Rosalía se limpiaba rápidamente su rostro —creo que ya está, les dije todo estaba bien, que me fui de vacaciones para la casa de una amiga, y los teléfonos no funcionaban, les pedí perdón; quedaré a la espera de que crean lo que les dije.

—Está bien cariño— dijo con un tono de voz que trataba de ahogarse por el sentimiento. Arrancó la hoja y dóblala en forma de pergamino, luego recita la dirección de tu casa y repite de todo corazón deseo que esta carta llegue a mi familia. Y así fue, de inmediato la carta tomó aire y salió volando hacia los cielos, emprendiendo un viaje hacia la ruta que Amy le había dicho.

—Tal vez sea bueno Amy, que entres a la estación, toma instrucción de las cosas que se aprenden allá, quizás tengas guardado en tu corazón las habilidades que otros no tengan —Rosalía le sonrió, pero era notable la tristeza en sus ojos.

Continuó para sí, perdiéndose en un mar de recuerdos bonitos, de aquellos inolvidables, por los que pasó y de los motivos por los cuales había abandonado a los Fire para irse a la casa de los Stone y luego ser la señora de Stone. En el momento llega su esposo, la ve sentada allí, se preocupa, se sienta al lado y la ve con varias lágrimas en sus ojos y le pregunta —¿Por qué lloras? No me digas que también estás preocupada por lo de mañana, pero es normal, todos estamos asustados, es una guerra ya declarada en la que ambos bandos procuraran ganar y desde luego que tenemos una desventaja muy larga.

—Tantos años Claustrus Stone y no me conoces —Nunca Rosalía se refería a su esposo por el nombre, ya que preferían que fuera llamado por su apellido.

—Tan solo es una pregunta —le reprochó el señor Stone—, siempre tienes que responderme con tres piedras en la mano, por alguna vez podemos simplemente hablar.

Rosalía se pone en pie agitada, cuantas más lágrimas salían. —¿Simplemente hablar? ¿Recuerdas la última vez que nos sentamos a hablar?

Un silencio invade el momento, los ojos del señor Stone se paralizan, la temperatura sube, y los colores fallan en su rostro.

—Exacto Claustrus… —ante el silencio Rosalía se molestó mucho más—, nunca… me olvidaste, me tiraste a la basura, cual, si fuera algo desechable, no me tienes en cuenta para nada, se acabó el amor contigo, no sabes cuánto daño me has hecho—. Sus ojos aguados clamaban parar porque su garganta ya pronto estallaría de dolor, el maquillaje se corrió un poco, pero pareció no importar, Rosalía saca un pañuelo de su bolso.

—No entiendo de qué me hablas —el señor Stone no sabía manejar la situación, nunca se había enfrentado a los sentimientos—. Siempre hemos parecido ser felices ¿Qué no era así?

—No… pues no… no era así. No te diste cuenta, antes llegabas con felicidad a casa, contábamos nuestras historias, ahora te has ensimismado y no tienes cuidado de nosotras, tenía secretos que contarte, pero tus oídos no estaban disponibles para eso —sonó su nariz y miró con desprecio a Stone.

—Lo siento no sabía lo que ocurría —el señor Stone se sintió culpable.

—Nunca sabes nada Stone —continuó Rosalía

reprochando su abandono—. Llegas tarde a todo, yo he tomado una decisión para poner fin a todo esto —cruza sus brazos amenazando—. Solicité el divorcio ante el Gran Turam, y me contestó que debo decirte para llegar a conciliación y así poder dejarlo por escrito.

Stone se coloca rápidamente en pie, asustado, anonadado y con premura le dice —¿Qué estás diciéndome? Tú no te puedes separar de mí, somos una familia, juramos permanecer juntos toda la vida —tocaba su pecho, parece que esa noticia le desgarraba el alma—. Yo te amo Ross, eres mi vida —puntualizó el señor Stone.

—No, no es verdad, he visto cosas en ti, que me agobian, te has concentrado tanto en tu trabajo, solo piensas en ello, el tiempo para mí, para tu hija ya no está, nos descuidaste, no conoces nada de nosotras, ya es tiempo de ponerle fin a esto, yo quiero que alguien me quiera —llora nuevamente, mira el cielo para tratar de contenerse—. Pero que me quiera de verdad, no a tercias, y no porque lo diga un papel para impresionar a lo demás.

—No trato de impresionar a nadie, —Stone no sabía cómo salir de aquella situación que lo puso contra la pared casi hasta el punto de perder el horizonte de la guerra que tenían al día siguiente—. Hemos estado juntos desde que éramos casi adolescentes, no sé vivir otra vida sin ti, me acostumbre a ti.

—Y la costumbre te mató, nos mató, ya no me buscas, la triste realidad es que yo ya no te quiero, voy a salir de esta tierra una vez terminemos con todo esto, tú servirás a quien quieras servir y yo estaré lejos con mi hija —Rosalía se seca las lágrimas, su nariz y decide entrar a la estación.

—Espera, no he terminado de hablar, no te vas a separar de mí, no puedes hacerme esto —toma del brazo el señor Stone a Rosalía y la apretuja fuerte.

—Debes soltarme, sí puedo hacer esto, tú ya lo hiciste hace muchos años, y me cansé de esperarte —arrebata su brazo, forcejea con Stone y se voltea dándole la espalda para entrar a la estación.

Sam Puffet.
Profesor Universitario.
Heredero al trono de Alquemy.
Casa Equo.

—¿Cómo estás? —pregunta Sam a su esposa.
—¿Qué crees Sam? —contestó Nainay.
Cada uno estaba en una esquina diferente del lugar tipo cárcel en el que estaban, parecía un patio, a cielo abierto, pero con rejas, era un lugar grande espacioso, los pisos marcaban un tablero de ajedrez, pero solo se podía ver las sombras de algunos guardias del palacio que deambulaban por el lugar, en el centro una fuente que estaba abandonada, tenía la forma de un ángel tocando la trompeta, pero como ya estaba decaída se perdía en medio de las plantas que surgían por todas partes.

Nainay se encontraba en una de las esquinas que daba al pasillo, con sus manos se sujetaba de las rejas y con las rodillas puestas en el piso, parecía que estuviera pidiendo perdón, su cara de disgusto era gigantesca, no podía con ella, además de estar rodeada por los platos de comida que le daban, y en todo ese tiempo no había comido nada. Sam en la otra esquina en cambio, se había comido todo lo que le ponían, también sentado en el suelo esperando a que algo sucediera o al menos una explicación. Estaban separados por Nainay le daba golpes de culpabilidad, poco entendía lo que estaba ocurriendo, y no aceptaba explicaciones de

Sam, antes al intentar oírlo se tapaba sus orejas y renegaba con sus dichos, haciendo imposible que pudieran conversar después de tantos días, a eso se le sumaban los guardias que se burlaban y siempre andaban callándolos cada vez que Nainay pedía por auxilio o Sam intentaba decir algo.

Nainay teme que no pueda salir y cede a hablar con Sam —sabes una de las cosas que esperaba de ti era que te fueras con otra mujer y tal vez nos abandonaras a la ligera, pero esto que estamos viviendo nunca me lo imaginé, ha de ser porque todo es un secreto contigo, pero está bien, hay algo que me preocupa, llevamos varios días aquí metidos y no has preguntado por Antxon, ni siquiera para balbucear su nombre.

Sam le contesta con risa burlona —sabes perfectamente que eras tú la que quería tener un bebé, yo no.

Ante esa respuesta Nainay se pone en pie y le dice: —pero ¿qué es lo que te sucede? He visto que le demuestras cariño a nuestro hijo y además eres responsable ¿cómo dices que solo yo quería tenerlo?

Sam responde —sí, solo tú querías tenerlo, con el tiempo he llegado a quererlo, pero a veces me parece que es un estorbo ese niño, otras veces me recuerda a mí y tal vez sea por eso por lo que… no le he demostrado nada más a él, sabes, a veces solo quisiera estar solo, y no pensar en nada —mira hacia el suelo con reparo de algunas grietas que tenían los azulejos.

Nainay se pone la mano en la cabeza y muy desconcertada por lo que oía —yo no puedo creer lo que está sucediendo, ES TU HIJO y, ¿me lo vienes a decir ahora? ¿No te preocupa nada de lo que pueda estarle pasando allá solo?

—No, desde luego que no, él estará bien, alguien lo recogerá y se lo llevará a su casa, bien le irá con el programa de menores que tiene España, mientras nosotros salimos de aquí, luego pasaremos por él.

Nainay ya en tono de enfado y con desprecio mira a Sam diciendo —no, ellos te quieren a ti —se refería al señor Fire y sus soldados—. Yo iré por mi hijo, tú mirarás que haces con tu vida —volteó su rostro para la pared, estaba sumamente indignada.

Sam se pone en pie y le reclama —te la vas a dar de gran madre, y de buena señora, cuando tu maternidad es cuestionable… no eres la mejor mamá del mundo —su tono ridículo entrañaba más el deseo de Nainay por despreciarlo.

En ese momento se acerca Nainay y pone una cachetada en su rostro —¿cómo te atreves? Yo si quise tener a Antxon, lo amamanté, lo crie, le doy todo, y estos últimos días he estado con poco tiempo para él, por tus ridículos asuntos de la sociedad universitaria… esas fiestas de gala… que risa me dan… de lo cual me arrepiento, por estar metida contigo en otros asuntos, he dejado a mi bebé deambulando solo —en su rostro se observan varias lágrimas — debe estar extrañándome, buscando un abrazo de mamá, y yo estoy aquí como siempre lejos de él —mira con desagrado a Sam—. Con su torpe padre.

En ese momento llega el señor Fire Bering con dos guardias del palacio diciendo: —abran la puerta, quiero entrar un momento.

Las puertas de abren y el señor Fire ingresa —¿interrumpo alguna reunión familiar? No. Creo que no, me da igual, ahora bien, mi estimado Sam, como sabrás eres el heredero al trono en este reino, pero quiero hacerte una propuesta, decente, amigable y segura.

—No soy heredero a nada aquí —arrugó con fuerza su frente Sam.

—Claro que sí… lo eres, tu tonto padre que por poco fue rey, pero se murió en el último momento, quedando un único heredero, que eres tú —miró a Sam con desprecio por su vida—. Pensé durante un tiempo que no serías un estorbo, pero ahora requiero todo el poder que este castillo pueda entregarme, para ello, requiero de tu honorable palabra como buen hombre y hagamos un trato.

—¿Qué quieres? —contesta Sam mirándolo fijamente.

—Que me entregues el reino en una apacible ceremonia, que se llevará a cabo en compañía de tu adorable hijo.

Nainay interviene asustada —¿dónde está mi hijo?

—Está aquí, el buen hijo de su padre trajo lo que le pedí y al parecer quiere reclamar el trono con sus amigos, pero pueden estar tranquilos, sí llegamos a un trato, ustedes quedarán libres para hacer de sus vidas, como lo venían haciendo, ¿qué les parece?

—Mi hijo —pensaba Sam extrañado — no creo que haya tenido esa capacidad de venir hasta acá no sabe, ni siquiera que este reino existe, ni mucho menos sabe cómo llegar.

—Quita la palabra «mi hijo» de tu vocabulario Sam —responde Nainay con gravedad.

—¡Oh! Problemas familiares, tranquilos, puedo proponer algo para que solucionemos esto, mañana en la mañana iniciará la ceremonia, mi querido amigo Sam verás a tu hijo, leerás unas palabras que he escrito para ti, yo seré rey, y ustedes se irán.

—Trato hecho mi hijo —intervino Nainay.

Fire ríe por un momento y dice —¡Qué Bien! Que tu esposa tenga los pantalones del hogar, me temo que los negocios serán con ella. Muy bien Señora de Puffet, mañana al amanecer usted tendrá a su hijo, su esposo o lo que haya de su familia —miraba desinteresadamente a Sam— lo obligará a leer algunas palabras que escrito delante de todo el reino y daremos fin a todo este trágico accidente.

En ese momento Fire voltea a mirar el panteón

Azcárraga que antes era un salón de baile al aire libre, pero por la falta de cuidado y a merced de él se había convertido en una cárcel, reconoce que está muy frio e incómodo, sin camas, y ellos sin bañarse, ni cambiarse de ropa. —Veo que este lugar necesita un descanso, hemos llegado a un acuerdo y propongo algo de ropa, un baño y una cama en este lugar, para que puedan descansar, tómenlo como una hospitalidad de mi parte.

Nainay responde —¿cómo voy a tener un buen descanso si mi hijo está perdido? Además, no creo que él se presente mañana por aquí, está solo en algún lugar de España sufriendo.

—Siempre me gusta ser portador de buenas noticias, su hijo está aquí con los Stone, una buena casa la cual le ha estado brindando una caritativa acogida, puede estar tranquila, el muchacho estará con nosotros mañana, por favor, acepten mi calurosa bienvenida —se dispone a salir de la celda, en su interior se sentía satisfecho pues sus planes para acceder al trono pronto darían luces.

—¿Aproximadamente una semana después, es tu bienvenida Fire? —Pregunta Sam mientras lo ve caminar por el pasillo tras cerrar la puerta.

—Lamento que haya tardado tanto —no paraba de caminar mientras hablaba—. Estaba solucionando otros asuntos, buena noche.

—Con que rey, que bien —dijo Nainay mientras volvía a su esquina, esta vez le apeteció comer algo, ya tenía un parte de tranquilidad al conocer el paradero de su hijo.

—Sí, soy el heredero al trono de todo esto, nunca lo quise, mi padre también fue un tipo despreciable; como yo tal vez; mañana haré lo que ese loco dijo, y nos iremos de aquí —se sentó en su esquina Sam.

—Espero por tu bien, que mi hijo esté cómodo Sam,

porque de lo contrario, sales tú en un féretro y yo viva con mi hijo de este lugar.

Aquellos sentimientos de dolor se percibían por el lugar, al momento llegaron varios sirvientes del castillo con toallas, una tina ambulante, comedor, camas, todo preparado para instalar en aquel lugar, según la orden de Fire, para reconfortar la estadía de los Puffet, Nainay se cohibió por un momento luego accedió al ver que era confiable.

Capítulo 7

Camino a la coronación

Antony y cada uno de los lideres estaban preparados, porque esa noche a la madrugada regresarían a sus hogares con las instrucciones claras de lo que cada uno debe hacer y decir, para el gran enfrentamiento con la casa Fire, no sería nada fácil, pero en ellos se encontraba un fuerte deseo de quitarle la corona a Fire, y entregarla a quien corresponde, guardaban la esperanza de que fuera una oportunidad de volver a vivir tranquilamente, sin más humillaciones a las que se habían sometido durante tantos años.

Los Fire entre tanto, quienes son los encargados de la custodia del castillo y también los miembros únicos del ejército real, fortalecían sus muros, sacando todo tipo de armamento antiguo que poseían, cañones de guerra, armamento, incluso hasta aguijadas desde sus alrededores, había varias columnas de fuego que sobre volaban, fortaleciendo así desde el cielo hasta sus cimientos la fortaleza del castillo, parece que nada puede ser impenetrable en aquel lugar.

Una visita inesperada llega a la casa de los Caeli en la antigua estación del tren justo antes de salir Antony y su familia, pues era el doctor Hatawey, el ilustre de la casa Logy, quien se acercaba en su vehículo futurista impulsado

213

con energía eólica nunca antes vista, un carro lujoso con dos puertas que se abren hacia la izquierda, de color azul claro, sus llantas eran poco notorias, parecía que volaba, y él se baja del vehículo en compañía de su hijo Chen Hatawey de doce años, estatura promedio, delgado, color de pelo castaño, rizado, poco sonriente y amable; el doctor se veía corpulento, con su atuendo de bata blanca, bien presentado, no tenían ninguna intención de estar ahí, pero la reunión que se llevaba a cabo era de prestar atención.

Al subir las escaleras, observa que todos en el interior están inquiriendo en las artes del control del aire, muchos practicando las palabras alquimistas que leían el libro; varios estaban de salida a sus casas y saludaban al doctor diciendo:

—Doctor —una reverencia—. Buenas noches.

—Joven Hatawey. Con su permiso. —Y hacían una venía con su cabeza, eran dignos de respeto.

A su llegada al interior de la estación tras subir las escaleras con esa majestuosidad casi imponente, Antony el mayor de los Caeli sale a recibirlos —¿Qué hace el doctor locuras aquí? ¿Tan rápido, penetraron las historias a su cárcel al que llaman edificio Logy? —sonrió levemente, dando a interpretar que no tenía ningún gusto de tenerlo enfrente.

El doctor contesta —patrañas Antony, recuerda que soy líder de los Logy, me debes respeto —aseguró seriamente.

—Ya no soy un asistente Hatawey, no puedes seguir humillando a los demás desde tu casa, y si vienes por problemas, lo mejor es que te vayas de aquí ahora mismo, estamos ocupados —miró con desprecio Antony al doctor.

En ese momento, quedaban muy pocos, se podía ver como Antxon, Dinis, Amy, los Stone empezaban a acercarse a la reunión que tenía Antony con Hatawey.

El doctor continúa diciendo mientras observaba a los

demás reunirse frente a él —no vine a eso… —dio un paso al costado—. Vladímir estuvo en mi despacho, y me contó lo que ustedes intentar hacer, y lo demás que por lo que veo ocurrió aquí, quiero felicitarlos por haber recobrado sus habilidades.

El señor Stone responde —tu nunca te enteras de nada, ¿cómo ahora vienes a felicitarnos? Además, estamos bien aquí mañana daremos pie de lucha.

—Muy bien —se quitó el sombrero—. No quiero incomodar, vine porque Vladímir me lo pidió. Es muy sencillo, para la coronación el padre de Antxon es necesario que todas las casas lo reconozcan como tal, y quisiera conocer a esos tales Puffet, herederos al trono—. El doctor miraba cual de todos puede ser el chico, hasta que se topó con Antxon inmediatamente lo reconoció como una de esas corazonadas que todos sentían —este es el muchacho idolatrado por Vladímir, no es muy guapo, pero servirá para derrocar a ese inepto de Fire.

Rosalía interviene anonada por lo que estaba sucediendo —¿por qué tanto interés, y que te hace estar de acuerdo con todo esto?

El doctor contesta —muy sencillo, que casa no ha estado en desacuerdo con las tonterías de Fire. Ellos nunca deberán tocar jamás la corona, desde la última vez, casi acaban con el reino, tras su ego, que durante los últimos siglos no ha cambiado. Y para nadie es un secreto que manipulaban al anterior rey de los Caeli, ellos hicieron que se cortara raíz de ustedes los asistentes.

Antxon inquietado percibió que el doctor Hatawey tenía información valiosa —señor doctor disculpe —se aclaró la voz—. ¿Qué más sabe usted?

—Verás niño, los Logy nos hemos caracterizado por ser personas alejadas de todos, no somos muchos, pero

215

estamos por todas partes haciendo ciencia, pero verdadera ciencia, con capacidades exorbitantes, convirtiendo cosas, y haciendo alquimia, por esa razón es que estamos aquí, fuimos los forjadores de estas tierras y del castillo, ayudamos a los escritores en sus primeros inicios, para formar esa gran biblioteca, dimos sabiduría a las demás dinastías para manejar el fuego, el aire y el agua—. Tocó el hombro de Antxon y preguntó —me imagino que tú eres Equo, ¿verdad?

—Así es señor, soy Equo, pero déjeme decirle que puede ahogarme en un vaso con agua —todos se rieron ante el comentario de Antxon.

—Ya tendremos para ti hijo, algo que te enseñe cómo se hace para no ahogarte en un vaso con agua —respondió Antony.

El señor Stone insistentemente pregunta —pero aún no has dicho por qué nos apoyas, sé honesto Hatawey.

—Fire vino a mi oficina también mucho antes de Vladímir —miró algunas de las sillas metálicas disponibles cerca de una ventana rota—. ¿podemos sentarnos estar de pie hace que me agote por momentos?

Todos fueron a sentarse, mirando atentamente al doctor Hatawey dando sus explicaciones.

—Como les decía, Fire vino a mi oficina, y me informó que él pronto sería proclamado rey y que como miembro de la casa Logy y líder de la misma debería reconocerlo como tal —descansó—, pero yo refuté eso diciéndole, que aún los Equo tenían una oportunidad de ser los herederos al trono según la línea de sucesión tal como los primeros alquimistas lo dejaron pactado por sangre; él insistió, pero no entró en detalles sobre cómo lo lograría, pero solo me dejó una amenaza diciendo: o estás conmigo, o te acabaré, una vez que tenga el control del castillo, podré reescribir la historia de los Logy, tú decides

Antony con los brazos cruzados le pregunta —y ¿qué decidiste?

—Después llegó Vladímir y me afirmó lo que intentan hacer, no quiero servir a Fire, es un loco, ni tampoco podemos permitir que se apodere totalmente del castillo, con la corona puesta en su cabeza, nos acabará. Su demencia para controlar a los *sapiens* no tiene sentido, hemos permanecido ocultos al mundo por una razón lógica, y es de conservar las realidades ajenas al deseo de poder innato de los otros humanos.

Rosalía interrumpe el argumento de Hatawey —nos ayudarás, solo por tu beneficio, es típico de tu gente — afirmó.

—No creo Rosa que estas sean horas para andar con conjeturas, necesitan mi apoyo para lo que sea que estén haciendo, además la coronación de Fire es mañana, y no entiendo que planes traen entre manos —aseguró el doctor.

Antony no muy confiado de la situación se pone en pie y mira fijamente a regañadientes al doctor —¿cómo sabemos que no irás y le contarás nuestros planes a Fire? Siempre has sido un vendido a la corona.

Esteban quien estaba presente notó la conversación que estaban teniendo, pero necesitaba irse con urgencia para el castillo, por lo que sin interrupciones se despidió a voz baja aprovechando que estaban descuidados.

El doctor le responde seriamente —¡me necesitas Antony! Y yo a ti —le lanzó una mirada suplicando confianza—. Es todo lo que sabemos, si estamos juntos podemos derrotar a Fire, no hay otra forma, ahora lo que me inquieta es el respaldo de los Equo, pues técnicamente está desaparecida, solo nos queda la familia de Antxon.

De repente aparece en la puerta de la antigua estación, cuatro de las chicas Equo más famosas y señoras vigorosas que se hayan visto, las sorpresas no paraban ahí pues el grupo estaba compuesto por la señora Crisse la niñera de Antxon, Estrella la mujer corpulenta del aeropuerto, la señorita Adriana quien es la profesora directora del grupo de la escuela de Antxon y Amy, por último, Madame Annette la más vieja de todas, oriunda de Francia, con sus ojos fuertes azules y su cabello blanco como la luna, le dolía una rodilla por eso andaba con un bastón, detrás venía la quinta Equo, la esposa de Antony.

El señor Stone pregunta —¿estas son las chicas de las que hablabas? —miró con tono de sorpresa a Georgina.

Ella responde con amabilidad —sabes Stone, tus comentarios son tan pertinentes —lo despreció con la mirada mientras él se burlaba apagando su sonrisa—. Pero en esta oportunidad quiero presentarte a las chicas, nos ves viejas y escuálidas, pero tenemos más habilidades con el agua que tú con el aire, así que no es momento de reparos.

Antxon, Amy y Dinis no salían del asombro, se miraban entre los tres, preguntándose que estaba ocurriendo en ese momento, parecía mágico pero aterrador, muchas cosas tenían ahora sentido.

—Hola, Antxon y Amy —saluda la profesora Adriana.

— Hola, jovencito Antxon —resucitaba alegremente la señorita Crisse.

—Nos volvemos a encontrar, son muy inteligentes —Estrella resoplaba de orgullo.

Antony anonadado de lo que sucedía en ese momento, pregunta —¿cómo conocen a este muchacho? O mejor ¿cómo conocen a los tres? —se quedó preguntándose muchas más cosas para sí y termina diciendo— esto está cada vez más loco e interesante.

La señorita Crisse aún con sus abrigos para el frio, y mientras se los quitaba para dejarlos en el mostrador dice

—yo soy su niñera, siempre he sabido que él es heredero al trono junto con su padre el futuro rey Sam, por eso ingresé a su casa, a cuidarlo, es una vergüenza Antxon que no pude estar en el momento de la visita de Fire, pero lograste llegar hasta aquí, te felicito, siempre lo supe, por eso te di aquella bolsa en el tren.

—Yo soy su maestra de historia —replicó Adriana—. Es un buen chico, pero no sabía que hasta este momento que el niño era un Equo, pensaba que solo yo era la más joven y tenían toda la esperanza de que tuviera hijos para preservar la casa —volteó a mirar a Amy—. ¡Ah! Y Amy... tus papás están llorando.

El doctor se hace aún lado y dice —las solteronas Equo, pensando que su casa se acabaría por no tener descendencia —rio ligeramente—. Yo me retiro Antony, cuenta conmigo, te necesito, nos necesitamos. Señores buena noche, hijo, vamos a casa —los dos salieron en su vehículo, mientras eran mirados por el grupo élite del lugar que ahora se engrosaba de personas más y más.

—Sabes Hatawey —decía a gran voz Antony—. Espero que seas valioso mañana, lleva a tu hijo, lo necesitaremos.

—No dejarás de ser el viejo gruñón de la escuela —el doctor Hatawey se despedía mientras se montaba en vehículo—. Cuenta conmigo.

—Bueno yo, casi los deporto a su llegada a Rusia metidos en las maletas del avión —Estrella continuaba hablando—. no es normal que esto ocurra, casi muere el heredero al trono. Que desperdicio.

El señor Stone mira a Dinis furioso por lo que oía —¿viajaste en un avión, metida en una maleta? ¿Te has vuelto loca Dinis?

Antony interviene diciendo —bueno no es momento de reclamos, ya estamos aquí y es hora de actuar, mañana es el gran día y si ustedes son de apoyo, pues está mucho mejor, ahora contamos con todas las casas menos con una... los Fire.

Rosalía quien estaba de cerca escuchando dice —yo— balbuceaba algunos sonidos que no se entendía. —tengo algo que decir —mira hacia el suelo con temor—. Por naturaleza de nacimiento, soy miembro del concejo de la casa Fire —levanta su mirada buscando apoyo—. puedo ser de ayuda, mi voto es importante.

Stone la mira con gran asombro, y le reclama —¡De verdad! Dice ser mi esposa cuando realmente no sé nada de ti.

Rosalía se pone enfrente furiosa, pero con dolor —¡cállate! No es el momento de reclamos, no sabes nada, ni sabrás, concéntrate en esto ¿quieres? Además, una vez se acabe esto, volveremos a nuestro tema principal—. Sam se queda en silencio recordando la conversación que había tenido con su esposa y le recordó el oscuro mundo si Rosalía se separa de él.

El asombro de todos al ver la discusión se tomó el momento, pero Madame la mujer más adulta de todas de unos setenta años, toma la vocería con su tono de voz delgada y temblorosa —muchacho Antxon, ven necesitamos enseñarte algunas cosas que son propias de nosotros los Equo, es hora de que entres a tu casa la cual siempre te ha estado acompañando.

Amy interviene como si reconociera a Madame —¿es usted la señora que vende dulces a fuera de la escuela? Te vi el primer día de clases, y bueno ya no hubo más clases porque llevo varios días viajando —se sonrió.

—Es correcto, siempre he visto al muchacho... siempre en la escuela mientras se baja de autobús o a veces lo lleva su madre —contestó Madame, mientras tomaba a Antxon por los brazos y lo llevaba afuera de la vieja estación con dirección a enseñarle algunos sortilegios prácticos del dominio del agua antes de batallar al día siguiente, con este fin marchan rumbo al río donde habían estado los tres con anterioridad, como estaba entrada la noche la luna alumbraba el camino, aquellas nubes negras que a veces vacilaban, se habían desaparecido para dejar un cielo totalmente despejado.

Los demás se quedaron en la estación, preparando detalles. Amy le pregunta a su maestra —profesora ¿mis papás están mal?

Ella le responde —tranquila, corazón mío—. Rozaba con su mano el cabello de Amy. —Vieron tu carta, lo sé porque fui a buscarte al día siguiente que no volviste a la escuela, pensé que quizás no querías volver, luego me apercibí que lloraban inconsolablemente, entonces vi que sostenían tu carta, y de inmediato supe que debería venir, ellos te continúan buscado junto con la policía… todo el mundo te busca, pero yo los tranquilicé diciendo que, saldría de la ciudad, y que si te encontraba, haría lo que fuera para mandarte de regreso a casa; ellos me miraron como si quisieran escapar de sus cuerpos, te aman mucho Amy, de eso estoy segura.

—Gracias profesora —a Amy se le salen algunas lágrimas y abraza a la maestra.

Adriana para dar mayor consuelo le dice a Amy —vas a estar bien, ellos están angustiados eso es todo, y tú eres muy valiente al tomar este camino, saldremos con la frente en alto, estoy segura.

Antony les dice señalando el mapa del castillo —tomemos acciones señoras, ¿cómo nos van a apoyar? Este es nuestro plan —empezó a contarles toda la estrategia que habían elaborado junto con los demás líderes.

En el camino del río, una mujer anciana de edad y un joven candidato a rey, caminan, tomados de la mano, hacia el agua que los llamaba a grandes voces con sus habilidades, mentes y corazón, dos generaciones, dos futuros diferentes, uno más corto que el otro, dos miradas distintas, pero unidas por el mismo sentimiento.

—Cuéntame más de usted señora Madame – pregunta Antxon.

—Bueno, querido Antxon, verás... yo... —Tosió un poco—, tu abuelo y yo fuimos los últimos concejeros miembros de la casa Equo; tras el fallecimiento del último rey, no tenía quien sucediera el trono, pues los que ahora son Caeli no pueden aspirar a este puesto ya que lo perdieron a causa de la enemistad de dos hermanos, pero eso es una historia larga —sonrió—. Nosotros somos pocos, siempre lo hemos sido, ya que, no tenemos muchos hijos, por lo regular una familia, siempre tiene un solo hijo, así que ahora quedamos las cinco chicas más tus padres, y tras el fallecimiento de tu abuelo corrimos despavoridas; Crisse y yo vivimos juntas, a tu maestra le hemos dicho que nos dé nietos —se burlaba de los recuerdos que se le venían a la memoria—. Pero se rehúsa, no se siente cómoda con su cuerpo, le falta ánimo a esa mujer, para sentirse viva, aunque un hijo no le dará la fuerza que necesita, pero sí le servirá para quererse más; son otros asuntos Antxon. Yo he sabido que eres el heredero, pero durante todo este tiempo te hemos cuidado al máximo, es por eso, por lo que evitamos que estuvieras en casa para la tragedia de la llegada de Fire, soy una anciana y no puedo defenderme sola —miró hacia la luna, ya a punto de llegar al río, se detiene—. Escucha, sé que esto es difícil para todos, tu padre no es el más amoroso contigo, pero ahí tienes a tu madre tan dulce, tan atenta, eres muy valiente al venir a rescatarlos—. Continuaron caminando.

—No estoy seguro de hacer esto señora Madame, la verdad me he sentido solo desde hace un buen tiempo, quise venir hasta aquí para demostrarle a mis padres que soy capaz de hacer algo por mí mismo; y esto ya todos lo saben; los demás me dan ánimo, por momentos me siento bien, luego veo lo que está sucediendo, me da miedo, mucho miedo, quiero estar con mis papás ahora.

—Eso ya lo veremos muchacho —Madame insistía en asegurarse que Antxon tuviera una confianza plena en sí mismo—. Has llegado hasta aquí después de ese viaje, yo fui la que se encargó de que Crisse llegara a la estación del tren, veríamos hasta donde tu corazón era capaz de llegar, si de verdad vale la pena que seas heredero al trono de esta gran nación, y al verte aquí tan cerca de estas aguas, estoy segura de que sí.

Llegaron junto al río. Madame hace una demostración silenciosa con el agua, mueve sus manos expandiéndolas sobre el agua, y hace que cambie de color, ahora es un verde pálido brillante como si tuviera miles de bolitas que resplandecían dentro, continúa moviendo sus manos y el río toma forma, parece que hace exactamente lo que ella quiere que haga, pues al ponerse en pie se observa un torbellino que sobresale del agua, con sus manos podía dirigir el rumbo de aquello desorbito, dándole forma, Antxon miraba asombrado de lo que estaba sucediendo, nunca se había imaginado que todo eso era posible, el torbellino desaparece de un sacudón que cae de regreso al caudal del río, luego Madame logra partir en dos el río levantando una cascada muy alta que se podía ver desde la vieja estación y luego lo más sorprendente tras volver al rio, del agua emerge una forma de caballo relinchando que cabalgaba a ritmo de las manos de Madame, al final de la vista desapareció.

—¿Cómo hizo eso? —preguntó Antxon incapaz de comprender con lógica lo que sucedía.

Madame se sonríe —el agua, es un fluido que recorre todos los lugares del mundo se deja llevar por donde la guíes, y tú debes enseñarle el camino. Ella ha existido desde el principio de todas las cosas, pues el gran espíritu del aire se movía a través de ellas, mientras daba órdenes con su palabra para que todo lo que ves ahora existiera—. A Antxon le parecía que sus palabras eran sabias, ella continuó —verás mi niño, las demás casas que conforman el reino recitan algunas palabras, hacen uno o dos movimientos con sus manos para que la materia tome la forma deseada, pero nuestro arte es tan diferente como el de ellos, nosotros debemos enseñarle al agua.

Antxon dijo preguntándose en voz alta —¿Cómo es enseñar?

—Sí… enseñar —aquella anciana parecía perdida en su mirar a la luna— decirle al agua lo que debe hacer, pero también que aprenda, ella no es como el aire, ni como el fuego, ¿sabes por qué?

—No, no lo sé señora Madame.

—Porque ella es vida, tiene savia propia, de ella emana todo lo que ves; por eso no puedes obligarla, solo debes enseñarle, ser su amigo, y ella te apoyará en todo.

—No entiendo ¿cómo voy a hacer eso?

—No tienes que entender, simplemente has que funcione, conócela como a ti te gustaría que te conocieran, consiéntela como a ti te gustaría que a ti te consintieran y sobre todo lo demás ámala como a ti te gustaría que te amaran.

Madame para dar otra demostración del poder que se puede tener sobre el agua empieza a caminar sobre el río que radiaba de brillo, parece increíble, luego extiende su mano y forma una escalera, sobre la cual empieza a subir por ella y ríe como si estuviera jugando con ello, estando arriba hace que el agua desaparezca y ella cae al río en picada y se sumerge hasta el fondo, Antxon se encontraba aun en la ladera del río, asustado grita —¡SEÑORA MADAME, ESTÁ BIEN! —ella sale del agua dentro de una burbuja moviéndose y destilando agua se pone al lado de Antxon y desde adentro le dice moviendo la cabeza en señal de que entre con ella a la burbuja, él asustado asiente con la cabeza y decide entrar aun guardando temor de lo que ocurría, pensaba que no aguantaría la respiración dentro del agua. Ya estando dentro pudo abrir sus ojos gracias a que Madame frotó para que los abriera, pudo observar que es como entrar a un mundo diferente, siente como el agua surca todo su cuerpo, está empapado, madame toma sus manos para tranquilizarlo, no puede respirar pide auxilio, ella le dice al oído, vamos, suéltate y mientras le hablaba salían de su boca varios globitos de aire, le dijo —puedes respirar sin problemas—. Antxon abre aún más sus ojos, tenía la boca llena de aire y la suelta, se hacen muchas burbujas de aire al interior, luego intenta respirar con los nervios más grandes de morir ahogado en ese momento, y siente como puede respirar bajo el agua, y no solo eso, sino que también puede mirar, puede oír, y hablar; parecía que volaban dentro de esa gran gota, hasta que Madame pone fin y entonces desaparece regresando al río, los dos quedan muy mojados sonriendo, una diversión como nunca antes, mejor que el parque acuático de la ciudad.

—¡Vaya! señora Madame, eso fue asombroso —dice Antxon mientras se sacude como un perrito.

—Déjame ayudarte —Madame mueve su mano en círculo y luego dirige cada gota de humedad en la ropa y cuerpo de Antxon al río, así como si se estuviera aspirando

Antxon queda seco, ni una gota de agua en su cuerpo y en su ropa.

—¿Cómo pasa todo esto? ¿Yo puedo hacerlo también?

—Recuerda lo que te dije, ella es tu amiga, es un fluido, tiene vida, ensáñale a ser como tú —después Madame se sacude como un cachorro cuando se seca el agua que trae consigo después de un baño—. Vamos a practicar un poco.

Antxon sigue los pasos de Madame; son unos movimientos de mano, aprendió cada cosa que vio hacer a la señora Equo, fue una de las mejores clases que ha recibido en toda su vida, es más, es la única clase que le ha gustado en toda la historia, pero a él no le funcionaba nada de lo que practicaba, simplemente el agua no confluía a su enseñanza.

Madame lo mira y le pregunta —¿en qué estás pensando muchacho? Una mente turbada no puede hacer mucho… necesitas ser claro, deja que el agua llegue a ti, nuestra habilidad es pensamiento, creatividad, dile lo que debe hacer, vamos una vez más—. Lo observaba con sigilo.

Antxon nuevamente lo intenta mueve sus manos en círculos, una sobre la otra, mira el agua cuidadosamente y puede observar cómo se va formando un pequeño remolino, luego extiende sus manos para hacer que suba como lo hizo Madame al principio

—parece que ya te ha aprobado como su amiga, ahora ofrécele creatividad ¡vamos! —sorprendida Madame por lo que veía en aquel momento.

Antxon coloca sus manos sobre el pecho, luego cierra los ojos, y del agua empieza a formarse un cuerpo humano, que intenta parecerse a su padre, este lo mira, pero hay desprecio, el color del agua deja de ser brillante, y ahora está oscura se volvió color café, la figura crece cada vez se hace más y más grande, está enfurecida y decide lanzarse hacia Antxon; entonces Madame interviene poniéndose enfrente y tirando para atrás a Antxon, a modo que el inmenso muñeco no le hiciera daño, dice a gran vos: —¡*Princeps Iungendorum*!—. Enfocando su mirada y su mano hacía ese monstruo de agua que se había creado, haciendo que este se devuelva al río gritando de ira, se podía escuchar como si un monstruo estruendoso estuviera encerrado en el fondo.

Antxon cae al suelo como si fuera un desmayo, ella lo recoge sosteniendo su cabeza en las manos —pero muchacho, que hay en tu corazón tan grave, que no puedes tener una mente tranquila, vamos a descansar.

Madame lo besa en su frente tratando de despertarlo, se ponen en pie, y juntos abrazados regresan a la estación; parecía que al pequeño hombre esa experiencia le resultaba difícil, le dolía su cabeza y andaba con tropezones.

Al llegar a la estación salió Rosalía con un susto en su boca, diciendo —pero ¿qué le ha sucedido? ¿Qué es lo que le enseñas? —recibió a Antxon en sus brazos, mientras él mostraba señal de trauma en su rostro, lo llevó a dentro para que descansara.

Madame responde —está muy mal, pero no es por su desmayo, es por su corazón, su alma, está lleno de dolor, mientras esté así no podrá dominar el agua, por ahora, lo mejor, es que nos hagamos cargo de todo, y el pequeño sea protegido a como dé lugar, en manos de Fire sería destruido a la menor brevedad.

Todos decidieron que era mejor que Antxon descansara un momento; sin embargo, la hora de la mañana se acercaba, la madrugada estaba a punto de finalizar, el siguiente día sería un caos más, pero la batalla apenas comienza.

Capítulo 8

El triunfo de Fire Bering

Quedaban algunas horas para el amanecer, decidieron esperar en aquella vieja estación del tren, un solsticio de noche eterna, pocos pudieron dormir sentados, otros recostados sobre las sillas del lugar. El sol se mostraba naciente de majestuoso resplandor, los bostezos por todo el lugar se esparcían mientras se daban cuenta de la realidad en la que se despertaban, Rosalía había aprovechado aquel momento para ir hasta su casa y traer algunos panecillos para el desayuno, un festín muy rápido, pues el gran momento se acercaba y con las frentes en alto corazón gallardo, muestran señal de que todo está preparado, en unos minutos, comenzaran su marcha hacia el castillo del reino y la usurpación ilegitima del trono acabaría. Las esperanzas se notaban en su expresión, más allá de sentir frío, Amy sentía un tabú en su garganta de lo que puede suceder, no solo porque se acabaría la historia de un dictador que ha buscado de cualquier manera eliminar todas las casas alquimistas, era porque quería participar de un hecho que trastornaría al mundo entero. Aunque para aquella soledad que se oía como un zumbido sordo de los pájaros que por ese día estaban más contentos que siempre.

—Vamos, es hora —dice Antony mientras daba señales a todos para que se acercaran.

—Las chicas irán delante de nosotros, justo de debajo del camino se encuentra al antiguo acueducto aún transita agua por ahí, tendrán todo lo que necesitan a su alrededor, por favor inicien defensa si es necesario —señaló el señor Stone.

Todos salieron y el mítico elefante rosado de dos trompas que llevó a los Puffet la primera vez para presentar a Sam ante el consejo, estaba afuera de la estación esperando muy puntual para su salida, como si supiera todos los planes que tenían presente.

—Muy interesante —Vladímir se asomaba justo detrás del elefante, ya los demás se estaban acostumbrando a su presencia tan repentina que de vez en cuando hacía.

—¿Qué acaso es un elefante? —preguntó Amy con susto, luego de su espanto y sintió inquietud por tocarlo.

Dinis le responde: —tócalo, es inofensivo, él llegó aquí por sí mismo.

Antony mirándolo y observando sus dos trompas dice —es verdad, ellos son solitarios, pero sirven a la realeza, tienen un cerebro muy inteligente, más grande que el de nosotros. Antxon, viajarás con él, aquí estarás seguro.

—La inteligencia está presente en todos los animales, desde una gallina hasta una gran ballena jorobada sabe reconocer cuando un humano es bueno y cuando no, por esa razón a Fire le molesta verlos merodear el lugar, dice que se siente amenazado, incluso ha intentado matarlos, pero ellos son como el viento, no se sabe de dónde viene ni para donde va.

Ante la mirada de todos, el elefante se prepara para recibir a Antxon, alza sus dos trompas al aire emitiendo un sonido trompetero fuerte y se inclina un poco hacia enfrente en forma de reverencia, y luego con la frente en alto espera a ser montado, entre tanto el segundo heredero al trono se sube —quiero ir con Amy y Dinis aquí arriba—. Era ayudado por el señor Stone, su primera vez le resultaba difícil ensillarse.

Dinis responde —tus deseos son ordenes, alteza—. Se sonrió por un momento, mientras subía, siempre le había sido fascinante montar estos exóticos elefantes que rara vez se encontraba con ellos mientras recorría a escondidas el reino.

Amy se notó muy nerviosa, capaz de que casi no se monta, pero lo logró, titubeo, y tambaleo mucho.

—¡Oh, vamos! Sube ya —gritó Estrella, que aún estaba cerca mirando el acontecimiento, impacientemente se aseguró de darle un empujón a Amy para que se terminara de subir.

Inicia la caminata hacia la entrada del castillo.

Eso fue asombroso, los árboles empiezan a arrojar sus flores a medida que pasaba la caravana con el pequeño al lomo de elefante, era como esa demostración de afecto de la naturaleza, el momento más hermoso fue cuando faltaba algunos metros para traspasar los muros del castillo, un árbol gigante llamado lluvia de oro, empieza a sacudirse, y sus hojas de color amarillo caen por montones, soltando un olor dulce, suave, inmediatamente las puertas del muro se abren, y son rodeados por los miembros de la casa Caeli, con manos preparadas para sucumbir los aires del cielo.

—No teman, ganaremos esta batalla, hemos recobrado nuestra libertad, y lucharemos por ella, no dejaremos que nadie nos la quite nunca más; lo que hace varios siglos atrás nos fue negado, esta es nuestra oportunidad, y así será escrito en los libros de Turam; como héroes de nuestras casas, el reino Alquemy será conocido por un antes y un después de este noble día—. Dijo Antony a gran voz mientras todos escuchaban su voz atentamente.

Un gran clamor humano suena con aliento, con apoyo del gran espíritu del aire capaz de hacer y deshacer tras la voluntad de su palabra, a tal punto que las paredes temblaban y un viento recio crecía sobre sus pies, se escuchaba golpes sobre tierra, era la humanidad, eran los Caeli.

En ese momento se abren las puertas del castillo, una puerta muy alta, de madera fina, surcada por naturaleza, con un broche de hierro, suena al abrirse, al interior, un patio con una fuente, sin agua, consumada, deteriorada, parecía que el castillo estaba vacío, así que en masa deciden entrar, y poco a poco se fue llenando aquel lugar; se observaba en su inmensidad, cinco torres, y luego un salón inmenso, parecido al relato de Sam, pero abandonado, ¿qué habría ocurrido en aquel lugar?

En ese momento Fire hace su aparición en toda la entrada de aquel salón parecía que les daba la bienvenida, estaba tranquilo y confiado.

—Bienvenidos a mi castillo —extendía sus brazos con una sonrisa perturbadora—. Han llegado en el momento justo para mi coronación y desde luego para su eliminación total.

De repente se encendieron las flamas de las lámparas dentro del salón como un gran espectáculo de inicio, una a una todas las demás antorchas que estaban en los muros también empezaron a dar calor a pesar de estar a plena luz del día, como en un abrir y cerrar de ojos se observaban miles de guardias rodeando el lugar. Era una emboscada. Pues el ejército de Fire sabía perfectamente qué lugares atacarían los Caeli, en ese momento cinco mil hombres y mujeres controlaban el aire y cerca de diez mil el fuego, una batalla sin precedentes estaba por librarse.

Detrás de Fire, se observaba a Esteban con un atuendo

escarlata largo, con bordes en oro, que sostenía una bandera con el símbolo de la casa Fire dibujado con una corona tejida en oro puro, Esteban jugaba el papel de maestro de ceremonias; mucho más atrás en el salón, los Puffet, estaban sentados en dos sillas, con vestidos de color blanco, muy pálidos, se veían asustados, tal vez, mostrándose avergonzados, tímidos, por lo que estaba sucediendo, también amedrentados por dos guardias oficiales que estaban a los lados amenazándolos con una lanza que en su punta destilaba flamas de fuego azul.

Fire con su atuendo negro, con bordes también en oro, y bordados de flores blancas, esa capa que lucía con orgullo y aire de coronación, debajo de esta un atuendo clásico: saco, corbata y pantalón, con su mirada tenebrosa, y una sonrisa malévola inicia su exposición de plan de gobierno para el reino.

—Alquimistas —hace una pausa para apreciar a todos los presentes—. Es un honor que hayan venido, a esta su casa desde luego… observamos que los Caeli se han redimido de su oscuro pasado, y eso nos trae hasta aquí para pensar en que aún podemos ser más grandes que nuestra historia, hoy les propongo unión —empuñaba su mano mostrando una firme decisión—. O perdición, si están conmigo formaremos una línea que predique a todo el mundo y hasta los confines de esta tierra, que ya están aquí los Homonovus y dejar atrás esa vulgaridad de *sapiens* incompetentes que han acabado con lo que se les entregó, miren sus mares, sus ríos, valles y lagunas, todas han sido pervertidas por su intento y ceguedad de poder, pero hoy debemos declarar que ya no estamos para ocultarnos más en un pequeño trozo de tierra, y traer los animales místicos a nuestro lugar, por lo contrario devolverle la vida al *alma mater* de nuestra existencia misma—. Fue aplaudido por los miles

REINO ALQUEMY DE SANSINOF

❦ REINO ALQUEMY DE SANSINOF ❦

de soldados que escuchaban atentamente, y es que a pesar de la distancia se podía escuchar puesto que se había conjurado que todo el reino escuchara las palabras de Fire, unos cerca del río que transitaba al lado derecho del castillo, otros estaban en las laderas, en las montañas amenazando cada parte del plan de los Caeli, no tenían escapatoria, sus risas burlonas se incrementaban con el pasar de los minutos, se arrogaba el terrible deseo de sucumbir los aires con fuego.

Antony preocupado por lo que ocurría dice a gran voz —pelearemos Fire, nosotros estamos preparados, no seremos sometidos a tus ideas de querer eliminar a los *sapiens*, así como lo hicieron tus antepasados con las demás especies humanas, desde que el hombre domina el fuego, ha querido borrar cada raza que se rehúsa a seguirlos, ¿acabarás con los más fuertes? ¿Acaso no recuerdas que también eres un *sapiens*?

—No soy un *sapiens*, que no me escuchas torpe Antony —miró con furia al pobre Antony que estaba a tan solo unos metros de distancia, en su corazón pensaba acabarlo y convertirlo en cenizas, pero no podía, aún le faltaba su voluntad para aceptar su reinado — soy un Homonovus, subyugo el fuego y pronto este castillo me responderá y dominaré la tierra, tal como lo hemos hecho durante siglos, hasta que esa torpe idea de separarnos y traernos aquí para ocultarnos de los asquerosos *sapiens*, es hora de que, así como los neandertales desaparecieron lo hagan ellos también.

Vladímir se abre camino de entre la multitud para hacer presencia. Los otros lo miran llegar, pensaban que el antiguo Turam coronaría a Fire y condenaría a los Caeli tal como lo dijo Antony cuando aseguró que él estaba del lado de la casa Fire. El viejo cojea un poco, le duele su rodilla, ahora trae un bastón para apoyarse.

234

—Sabes perfectamente que fue lo que pasó con los neandertales, conozco esa historia como la palma de mi mano —señaló con dureza al corazón de Fire—. Tu familia los eliminó, se ganaron su confianza —empezaba a exaltarse con fuerza—. Ellos creyeron en ustedes, y fueron asesinados violentamente, sin ningún tipo de piedad a pesar de que no representaban ningún peligro para el naciente reino de Alquemy, pero no, su deseo por el poder, por ocupar su tierra los cegó y lo seguirá haciendo como hasta ahora, no confiaremos en ti, pues tu familia es capaz también de matarnos a nosotros, todos aquí somos Homonovus, pero debemos mantenernos en secreto, para que la humanidad pueda encontrar su camino, y rescatar a los valientes *sapiens* que deseen dar el paso al nuevo hombre.

Fire muy irritado por las palabras de Vladímir, da voz pidiendo que se callara —¡SILENCIO! Anciano torpe, desadaptado, a qué has venido, pronto será eliminada esa biblioteca que tanto dices amar, y si bien los Caeli no estarán a mi favor, entonces que sean destruidos ahora, y sea cortada una casa nuevamente del Reino Alquemy.

Los guardias del palacio y soldados de la casa Fire, se forman en posición de ataque, los Caeli se asustan un poco, pero están preparados para cualquier orden, las chicas Equo quienes estaban a un lado de Antxon lo rodearon para defenderlo, a toda costa lo que ocurriera, era un momento muy tenso, cualquier amenaza sería destruida en el momento; si alguno lanzaba cualquier sortilegio, ocasionaría la muerte repentina de muchos, sin importar su bando.

Antxon perdía su mirada hacia el suelo, las dos amigas lo abrazaban fuerte, para que no temiera, pero era imposible, aquel momento estaba por llegar a su fin.

—Son tan buenos amigos, que me han traído a Antxon, el hijo de los Puffet y favorito de esas Equo, pensé que se habían extinguido ahogándose en su imposibilidad de tener hijos, parece que las aguas del amor y la fertilidad son las únicas que no han podido manejar nunca.

—Estamos aquí para dar incluso la vida. Vivimos con los *sapiens*, es que verdad no son los mejores, pero si son muchos en los que podemos confiar —respondió Estrella mientras cubría con sus manos en defensa del elefante y sus tres jinetes.

—No estamos para bromas, quiero establecer con ustedes un convenio, estable, duradero —Fire baja el tono de su voz, recordaba la necesidad de la voluntad de los jefes de las casas que conformaban el reino—. No bajo las mentiras de Vladímir, recuerden él está loco. Ahora si me lo permiten, les pido tranquilidad y hagamos esto con calma

Esteban sale en busca de su esposa quien estaba de público en ese momento, logra tomarla del brazo y le dice —haz lo que él te dice, nos conviene a los dos.

Samy le contesta con dolor y espanto —Eres un… —enmudece dando un espacio para respirar—. ¡Cómo te Atreves! A decirme lo que me conviene —le propicia una bofetada a Esteban—. Traicionaste a tu casa y a mí que soy tu esposa, tú nos vendiste con él.

Fire Sabía perfectamente dónde y qué haríamos para destronar a la basura que intenta ser rey —ella se va de entre la multitud llorando, la tristeza la consumía.

Fire mira a Esteban ante el escándalo que se percibía de la joven pareja —todo aquel que pierda a su esposa por mí, lo tendrá todo, aún más de lo que prometí, hijo mío, sube acá —lo abraza levemente dándole su mayor ánimo.

El señor Stone da un paso al frente hacia Fire y le dice —No creo que seas lo suficientemente rey, además aquí están los herederos legítimos al trono ¿dónde los tienes?

—Tranquilo Stone ¿se te han subido los bigotes al

cerebro? Lleguemos a un acuerdo y no destruyamos vidas—. Le contesta Fire mirándolo fijamente.

—Yo digo que es hora de pelear contra ustedes —dijo en voz alta Rosalía.

En el momento las Equo inician a crear masas de agua en forma de círculo, el cielo se nubla, y el viento resopla, sucumbe el lugar, las paredes empiezan a sonar como si se estuvieran moviendo, es que las bases del castillo se estaban rompiendo, pues en el libro de la fundación que fue sellado por los cinco grandes jefes juraron nunca pelearse entre ellos y si fuera así, la nación caería inmediatamente. Empieza a sentirse la ira de los Caeli resoplando, algunos ya tenían remolinos gigantes que por su forma parecían dispuestos a destruir lo que se les atravesara, como aquellos ciclones que arrebatan lo que tocan, los soldados de Fire se preparan y ya tienen fuego en sus manos. La batalla comienza.

Los guardias del castillo lanzan bolas de fuego sobre el grupo que estaba dentro del castillo y alrededor, los Caeli se defendían creando escudos de protección con aire tal como lo aprendieron del libro, pero parece inútil, sus habilidades son pocas, y las bolas de fuego son cada vez más grandes de diferentes colores, unas azules, violetas y moradas, las más peligrosas eran las bolas de fuego verdes, pocos podían manejarlas, afortunadamente Rosalía contaba con esa habilidad. Antxon, Amy y Dinis se hacen debajo del elefante rosado, quien se eleva con sus dos trompas y patalea con sus dos patas delanteras, tratando de repelar el fuego que caía a su alrededor, las Equo con grandes olas de agua lograban tener ventaja sobre algunos soldados, que morían ahogándose, Fire se esconde en compañía de Esteban, quieren planear una estrategia para que el castillo pueda responderle y así vencer de una vez para siempre a los Caeli y Equo.

Antxon ve la oportunidad latente ante sus ojos, de ir y rescatar a sus padres que estaba al interior del gran salón, la puerta ya estaba en llamas, y ellos no podían moverse, él con sigilosa habilidad trató de salir corriendo tras sus papás, pero es detenido por Amy diciéndole —yo voy contigo—. Y luego Dinis dijo: —yo también—. Los tres corren mientras logran esquivar bolas de fuego, ráfagas de aire, incluso golpes con puños de algunos Caeli que aún no dominaban el aire y que por tal razón deciden utilizar lo que tuvieran a su mano, algunos con palos y otros más musculosos con su propia fuerza. Llegaron a la puerta, los soldados que custodiaban a los padres de Antxon salieron para poder enfrentar la situación y el rencuentro familiar, estaba hecho.

—¡Hola! —sintió Antxon un nudo en su garganta.

—Mi bebé —corrió su mamá Nainay hacia él y lo abrazó con fuerza.

—Hola, hijo —le dijo su padre preocupado por lo que estaba ocurriendo, en su mente le vinieron recuerdos de los momentos que pasó con Antxon, se arrepintió en lo más profundo de su corazón no haber estado con su hijo el tiempo que el muchacho le pedía a gritos.

—¿Cómo estás? ¿Te han hecho algo? Estos horribles hombres —al fondo se escuchaba el sonido de espadas, de flamas ardientes quemándose, de grandes olas de agua y aire resonando sobre techos, la destrucción, y la sombra de la muerte resonante deambulaba por aquel lugar, una hecatombe se libraba afuera de aquel salón—. He estado muy asustada, desesperada, ¡PERDÓNAME POR FAVOR! —Nainay no soltaba el fuerte abrazo que daba a Antxon.

Uno de los cristales pintado con figuras geométricas como los de una iglesia que cubría un ventanal se rompe a causa de la batalla exterior, lo que los obliga a cambiar de lugar y recostarse al lado de las columnas de la pared que eran grandes y redondas, así los vidrios cuando cayeran en mil pedazos nos los tocara.

Una discusión entre Sam y Antxon iniciaba, cual padre haciendo reclamos por una fechoría a su hijo.

Sam—. Era tu deber quedarte en casa, o bueno, con alguien en España, jamás debiste llegar hasta aquí, te pudieron haber matado —respiraba con esfuerzo, más el sentimiento de impotencia por no saber qué hacer.

Antxon—. Quise ayudarlos, vi la carta de Fire, aquí tengo el cajón que él busca, estaba en el armario de ustedes, y luego pasó a mis manos —más vidrios rotos y una ráfaga de aire que llevaba en su interior varios jarrones y lámparas.

Sam aprovecha y le da una bofetada a Antxon diciendo —¿qué has hecho? Por esta travesura de coger lo que no es tuyo nos encendieron la casa, eres un torpe, tienes la culpa de todo lo que está sucediendo —es que Sam no sabía cómo expresarse bien, se le subieron los colores a la cabeza y se encontraba muy enojado, además de toda la situación que estaban viviendo tan riesgosa para sus vidas.

Antxon se queda estupefacto, sus lágrimas corren, pero su rostro es inerte. Nainay estruja a Sam y lo hace caer al suelo. —le pones una mano más a mi hijo, y te verás conmigo.

Amy y Dinis toman distancia de la escena, pensaban que eran asuntos en los que debían entrometerse.

Nainay—. Eres valiente mi pequeño hijo, eres un gran hombre, a pesar de tu corta edad, no prestes atención a lo que tu padre te dice, es un tonto.

Sam levantándose del suelo mira a Antxon entendiendo que esa no es la forma de actuar, se sintió ofendido y ahora aún más arrepentido de lo que había hecho —dame ese cajón y solucionemos esto de una vez para siempre.

Sam con sigilo agachándose para que nada le ocasionara daño sobre su cabeza sale del salón de recibimiento y poniéndose en la puerta dice a gran voz —¡DETENGAN TODO, PAREN YA DE PELEAR! —de inmediato se hace un silencio sepulcral casi al instante de él haber pronunciado esas palabras, el legítimo rey estaba hablando, aún el mismo castillo dejó de tronar, todos incluidos los árboles y cada especie de animal, parecía querer oír lo que Sam estaba a punto de decir.

Se escucha un corrillo era el señor Stone y Antony hablando —hemos perdido muchos ya… no vamos a poder vencerlo, mucha sangre de nuestras familias derramándose, varios están llorando y se darán por vencidos. —Lo mejor será renunciar a toda esto se saldrá de control.

Sam continúa diciendo a las puertas ya tomando una posición más firme —yo soy el heredero legítimo a la corona de este reino, y aquí está el cajón que me acredita como tal, pero no lo deseo, nunca he pertenecido a este lugar, con concuerdo con Fire, haré que él sea rey, ese es su máximo sueño… de este asqueroso lugar me iré con mi familia.

El castillo cambia de color, pasaba de un gris aburrido a un amarillo que intenta nacer, la fuente intentaba botar agua como si reviviera, pero solo se mueve, pasa desapercibida.

Fire Bering al mirar lo que sucedía escondido dentro de una de las mazmorras sale a recibir las buenas noticias —en realidad el castillo responde al legítimo, yo debo tener esa corona.

Corre donde está Sam y le quita el cajón de sus manos, con alegría observa como todos se quedan anonadados y tristes, varias muertes en vano, una guerra tonta que no debió nunca ser.

Fire entono alegre dice —y ahora la coronación final —abre el cajón y toma las pertenencias que están dentro, se acerca a Esteban y las entrega para que sean fundidas en el fuego del caldero que estaba junto a la fuente de agua, Fire enciende el caldero con su mirada.

—Es hora mi querido Sam, de entregues lo que me pertenece, por favor arrodíllate con tu familia—. Los soldados traen a Antxon y Nainay a la fuerza y son tirados al lado de Sam, los tres arrodillados miran a Fire con frialdad.

Para que esto sea real y verdadero, deben renunciar a la corona como su legítimo derecho. Todos estaban a la expectativa de lo que estaba ocurriendo, Fire llama a Vladímir diciendo —¡Oh! Noble Turam, por favor tome nota de lo que aquí ocurre para que lo lleves por escrito a tus aburridos libros.

Vladímir sube hasta la segunda grada, estaba sucio dibujando de golpes con ceniza, había sido envestido por una de las bolas de fuego de los guardias, pero Estrella detuvo el ataque.

—Sam, entiendo que no quiere esto, pero sabes lo que ocurrirá —habló Vladímir.

—Sí, tengo la seguridad de lo que hago, ahora escriba lo que este loco quiere y me iré, o que diga, nos iremos de aquí ahora mismo.

—Pues bien, entonces que así se escriba—. Dijo Vladímir con tristeza en su corazón, debía obedecer, el rey arrodillado lo dictaba.

Fire mira con benevolencia a Vladímir y le dice —de todas formas, eres y siempre serás un buen hombre.

—Sabes lo que debes hacer Fire, y hazlo pronto, no estaré aquí para siempre—. contestó Vladímir.

Nainay responde —pero ¿qué es lo que hará?

Vladímir con voz entrecortada le responde —él debe

REINO ALQUEMY DE SANSINOF

matarlos y reclamar la corona, como el legítimo heredero se ha rehusado a batallar, entonces, no habrá duelo, así que, lo siento. —unas breves lágrimas podían verse al deslizarse por el delicado rostro de aquel anciano—, ¿Antxon puedes perdonarme algún día por favor? —Tapa su rostro para no ver lo que ocurrirá.

Sam con los ojos muy abiertos dice —¿matarnos? Eso no es lo que habías dicho—. Fire armaba una bola de fuego en su mano, mientras todos los presentes miraban abatidos de los que estaba a punto de suceder, con furor y mucha fuerza aquella burbuja gigante calurosa empieza a absorber a Sam, metiéndolo lentamente en ella. —Eres un tonto igual que tu padre, vas a morir igual que él en mis manos.

—¡No por favor! —gritó Antxon mientras era sujetado por su madre al echarse para atrás en un intento por escapar de aquel amenazante fuego de color anaranjado destellante de las manos de Fire.

Aquellos presentes entre soldados y asistentes aterrorizados viendo cómo se llevaba a cabo esta gran penuria, pues los miembros de la casa Fire empezaban a sentir una punzada de remordimiento en sus corazones por lo que habían hecho, no se habían dado cuenta de que estaban matándose a sí mismos pues son hermanos que coexisten el mismo lugar sagrado durante miles de años. Ese conjuro que los fortalecía al permanecer unidos por una misma nación, estaba atormentándoles.

Por un momento Sam ante la inminente propiciación de su partida voltea a ver a su familia se le escapan algunas palabras —No fui el mejor papá porque tuve miedo, nadie me enseñó cómo hacerlo, no me guardes rencor, tú eres lo que yo nunca pude ser. Como una estatua de sal el cuerpo de Sam queda carbonizado, no se distinguían sus ojos, ni su boca, toda una montaña de carbón en forma de humano, que con sus manos intentaba abrazar al pequeño. El viento suave, que susurraba al oído con las palabras que traía desde el otro lado del océano, hace presencia para llevarse a Sam entre sus brazos, viéndolo desaparecer en migajas, y subiendo como un remolino al cielo. Nainay abraza a su hijo, asustada con un ataque de llanto. Tenía una impresión emocional.

—No nos mates por favor, tenga piedad—. Dijo Nainay mientras se acongojaba con Antxon, este último parecía estar tan anonadado por lo que había visto que ninguna expresión salió de su rostro, palideció por un momento, es que la vida se le fue, su empeño no sirvió, la bofetada que le propinó su padre fue la última caricia que recibió.

Fire Bering alza sus manos en señal de victoria, ha ganado la batalla —de haber sabido mis queridos súbditos de que la batalla por este castillo se ganaba matando al torpe, evitaríamos esta desagradable molestia de matarnos los unos a los otros, contemplen a su rey.

Ni un murmullo se oía, ninguna ovación salió, pues ni su misma casa parecía estar de acuerdo, el pacto se había roto en aquel instante, ya no había reino, otra vez el color gris vuelve al castillo, y una nube cada vez más oscura se aparece para lanzar pequeños cubos de hielo, que por la vista parecía no doler a su caída en las cabezas de todos, porque el corazón ya estaba muy dolido, esa sensación de extrañeza nostálgica de haber roto lo más sagrado. Para Fire todo esto era parte de su plan que estaba dando voces de aliento. Todos se quedaron esperando mientras se humedecían con algunas gotas de lluvias que caían junto con el granizo.

—Esteban hijo mío, reúne los utensilios nuevamente hazme una corona —resonaba Fire con voz elocuente, y una mirada usurpadora.

—Si majestad. —corrió Esteban a la fuente donde se

encontraba un caldero que era dedicado a las ceremonias de coronación, en ella se deben colocar las cosas del anterior rey ser fundidas en fuego y utilizando la alquimia convertirlas en oro para dar forma a una corona brillante. Una sombra nacía cerca de aquel candelabro, dos ojos saltones marrones se escurrían como gato en busca de su presa, era Samy empapada de agua, con la furia entre sus dientes mientras observa como Esteban depositaba las reliquias.

—Cuando acabes con esto, no me busques, para mí estás muerto —Samy le reprochaba a Esteban.

—Es por nuestro bien —contestó— pero necesito que confíes en mí, nos marcharemos de aquí pronto.

—No viste lo que le hizo a Sam, es un traidor con todos los que se le acercan.

—Esteban ¡muévete! —gritó el señor Fire.

—Ya verás cariño mío seremos solos tú, yo y nuestro bebé —miraba a su mujer buscando aceptación.

—Te odio Esteban —Samy desaparece entre la gente.

Desde la mirada de Fire logra encender las viejas cosas del antiguo rey y ahora el cajón rojo cambia de nombre.

Proprium Regi F. Bering.

El calor del caldero no se apagaba a pesar de la lluvia, el reloj de cronos, la flecha desgastada, la daga en forma de luna, la vieja caja musical del abuelo de Antxon, todo aquello ardía intensamente. Esteban hace el conjuro e introduce sus manos en el fuego, siente como se queman sus dedos al pasar por ella, pero al ver que cuando está dentro no siente nada prosigue conjurando, y adentro aquel líquido de oro en el que se habían convertido las cosas del viejo rey, se va formando una corona a ritmo que eran tocados, en cuestión de minutos Esteban ya tenía en sus manos la corona.

—Por fin —dijo Fire mientras se alegraba al ver a Esteban cargar la corona en sus manos—. Ha llegado el momento de asumir el control total —respiro con profundidad para decir a gran voz—, reciban con orgullo a su nuevo rey.

—Yo Esteban de Sansinof miembro de la casa Caeli —Alzaba la tiara sobre la cabeza de Fire— te corono como rey…

En ese preciso momento Antxon logra establecer con Vladímir una mirada, parecía que estaba saliendo de su trance. Vladímir se acerca y entre labios le dice cosas, pero no se entiende, ante la situación, Antxon cierra sus ojos, y los vuelve a abrir y ahora entiende con claridad lo que Vladímir intenta decir.

—Reclama la corona —con voz muy tenue, el espíritu del aire le ayudó a trasportar aquellas palabras hasta el oído de Antxon. Ponte de pie, y proclámate rey, ¡AHORA!

Antxon es surcado con ellas palabras entre que Esteban decía: —rey Alquemy… Y sobre su cabeza acomodaba la corona, entonces el valor interrumpe aquella ocasión, no había lugar a quedarse callado, no, si la muerte de varios miembros Caeli yacía en vano, no, si la muerte de su padre era ridícula, un gran rugido de león sale de su pecho —reclamo lo que por derecho me pertenece, soy el rey legítimo de esta nación, exijo mi mandato.

Ante esas palabras el señor Fire a media corona logra ponérsela y estruja a Esteban para que cayera hasta el piso —¿qué has dicho? Niño insolente, morirás igual que tu padre.

El castillo cambia de color a verde pues era el tono de la bandera de los Equo, la fuente de agua salta con gran fuerza y parece que quisiera explotar, la llama del caldero se apaga. En la biblioteca los dos tigres que custodian la entrada lanzan un rugido que se oyó por todo el valle, el salón se ilumina, y la casa Logy hace presencia con la llegada de su líder, el doctor Hatawey.

Fire sentía que el poder nunca pasó a sus manos, era evidente que el niño se había autoproclamado, su principal error siempre fue matar a la primera línea de sucesión, pero su ceguedad no le permitió ver que Antxon seguía vivo entonces el castillo aún respondía a los Equo, sin saber qué hacer se nota anonadado metido en un embrollo del que nadie quería rescatarlo, nuevamente hace una bola de fuego más poderosa e intenta matar a Antxon, pero recibe un puñetazo muy fuerte, nadie vio que Rosalía lanzó aquel golpe, solo se miró como caía cerca de la fuente de agua y la corona rueda por el lugar perdiéndose en la multitud.

Antxon pudo levantarse con su madre, ni tiempo tenía para sentir dolor por la desaparición de su padre, Vladímir se acerca junto con el señor Stone y les pregunta —¿están bien?

Antxon responde —sí estamos bien, gracias, ¿cómo sabías que yo podía hacer todo esto? —el cielo empieza a descubrirse para dar camino al sol, ya no llueve granizo, se siente un aire tranquilo, es el espíritu del aire que reconfortaba y aprobaba a Antxon como rey.

Vladímir contesta —el castillo responde al rey, por eso Fire lo necesitaba, para lograr sus oscuros planes de acabar con los *sapiens* tal como lo hizo su familia con los neandertales… pero cuando tú lo reclamaste, este castillo te defendió, vi al espíritu del aire merodear por aquí, también recibiste su ayuda y estará para ti cuando lo necesites. Este castillo necesitará remodelaciones, es necesario presentarte entonces a los Logy, arquitectos de todo esto que vez aquí.

El señor Stone con voz fuerte dice —hemos aquí al rey de nuestro reino Alquemy de Sansinof, heredero legítimo, joven aún, pero un valiente que nos salvó a todos.

Vladímir con su libro en mano dice —es momento de hacer el reconocimiento, miren todo el castillo, ha cambiado su color, la fuente ha renacido, los aires están cálidos, las nubes negras se han ido, como miembro único de la casa Turam, reconozco a su alteza real el rey Antxon Primero de Alquemy de Sansinof y Puffet como señor, soberano y legislador absoluto de estas tierras. Y hago la pregunta a las demás casas ¿lo reconocen como rey o daremos lugar a un nuevo duelo?

Fire Bering se levanta con agresividad para abalanzarse contra el muchacho, pero es retenido por las Equo en una especie de camisa de fuerza hecha de agua, imposibilitando que pueda hacer algo.

El doctor Hatawey en compañía de algunos de su casa contesta —la casa Logy de Alquemy de Sansinof, reconoce a Antxon Primero Puffet como legítimo rey—. Hace una leve reverencia, seguido de sus acompañantes miembros del consejo, nunca se meterían en una guerra sus ocupaciones en la química los mantenía ocupados, pero siempre sabían llegar en el momento justo.

—Yo Antony miembro y líder de la casa Caeli, someto a los miembros de mi casa, que se pronuncien y eleven su voz si están de acuerdo en reconocer a este pequeño como rey—. Todos los Caeli presentes alzaron un grito muy fuerte, y resonante, diciendo varias veces ¡Antxon! ¡Antxon! Antony hace una reverencia diciendo —Su alteza real el rey Antxon Primero.

Georgina sube al lado de Antxon —sabes que eres miembro de nuestra casa y es un honor que la corona ahora esté de nuestro lado, bienvenido nuevamente su alteza joven Antxon.

Pero faltaba una casa, los Fire, que eran los soldados que parecían perdidos sin saber qué lugar ocupar y qué pasaría con ellos. Entonces se levanta Rosalía diciendo —escuchen todos miembros de la casa Fire, por orden de nacimiento soy miembro del consejo superior del que Bering destruyó poco a poco, sin saber que aún quedaba alguien en medio —el cabello de Rosalía se teñía de color rojo escarlata a medida que pasaban los segundos, pues en aquella casa las mujeres cuando asumían la jefatura sus largos cabellos la diferenciaban de las demás, de esta manera, los soldados reconocieron la veracidad de las palabras de Rosalía—. Así que asumo el liderazgo de nuestra casa, destituyo a Fire Bering del consejo, y reconozco a Antxon como legítimo rey de este reino. Ninguno de los soldados se opuso, agacharon su cabeza noblemente, aceptando los nuevos cambios, se les había instruido desde siempre que su deber para con el reino es protegerlo, y así lo sentían como una fuerte punzada en el corazón. Rosalía toma nuevamente la vocería al ponerse enfrente de todos y al lado derecho de Antxon utilizando el conjuro para que todo el reino la escuchara hablar —¡presenten armas! —los miles de soldados estruendosamente se escucharon en posición firme, y cada uno con su arma la ondeaban al aire con fuerza, los maestros que dominaban excelentemente el fuego lanzaban pequeñas figuras ardientes al aura en formas de escudo que se desvanecían, y un grito secuenciado: —SOMOS EL EJÉRCITO DE SU MAJESTAD EL REY—. Retumbaban en el castillo.

El señor Fire se enoja con fuerza y logra soltarse de las hermanas Equo Estrella y Adriana, que eran las que con valor lo sostenían, y dice a gran voz —esto no termina aquí, esa corona es mía, y ustedes no saben el camino que se debe seguir, yo seré su pastor para guiarlos por la senda de la esperanza para ser una raza fuerte y firme, el que esté conmigo, diga: *Ego autem abscondam* dio un aplauso y desapareció surcando el cielo, enseguida algunos de sus seguidores hicieron lo mismo, desapareciendo así de varios lugares, entre ellos Esteban el traidor.

Vladímir le dice a Rosalía —tienes un problema mayor aún, fuera de asumir el gobierno de tu casa, tienes una división que combatir.

—¿Cómo resuelvo esto? —contestó inquietada.

—Tranquila, encontraremos la solución —Vladímir le dio un abrazo.

El aplauso sonó entre los Caeli y Antxon fue levantado como un héroe delante de todos, Amy y Dinis estaban atrás mirando asombradas de todo lo que estaba sucediendo

Amy—. Creo que mi mejor amigo es un rey lindo.

Dinis—. ¿Te gusta Antxon?

Amy—. Cállate —juntas se rieron y continuaron aplaudiendo.

Fue un momento de descanso, de alivio, pero la continuidad de este gran reino estaba por verse, las grietas sin curarse, es verdad que necesitaba un rey, pero Antxon desconoce ese mundo, él no sabe gobernar y más ahora que no ha vivido su etapa de duelo al tener un padre que acababa de borrarse en cenizas. Un corazón roto.

Capítulo 9

La Reconciliación

Entró la tarde después de una mañana completa de batallar internamente por la coronación real, los miembros de la casa Caeli y los Fire empezaron a dialogar, ya no serían más amo-asistente por lo contrario ahora son amigos, vecinos, y familiares, ese era el destino preparado, pero faltaban algunos detalles que implica gobernar. No todos los miembros de la casa Fire eran soldados, algunos representaban la nobleza, como marqueses, duques y condes separados de todas las travesuras de Fire Bering, pero otros seguían sus ideales de poder, aunque ellos no pelearían bajo ningún bando, su poder e influencia eran significativos al ser la mayoría poblacional del reino. A Rosalía que ahora debía cambiarse el nombre a Fire Rossalia jefe de Fuego y Stone el mundo del confinamiento que vivía en su casa le daba un giro al tener que reunir toda una dinastía que se encontraba en división.

Antxon y su madre se encontraban a las afueras del castillo observando lo que sucedía, ver varias personas heridas y otras ser levantadas por los camilleros, afortunadamente los Logy hicieron presencia, pues ellos tienen las habilidades curativas y estaban allí para prestar el servicio médico y hospitalario, pronto se vieron rodeados de muchos vestidos de bata blanca, socorriendo a todo tipo de persona sin importar a que casa pertenecía, todos eran uno y el mismo.

Vladímir se acerca a Antxon cojeando, su dolor en la rodilla era intenso —entiendo lo que vivieron hoy con su padre —se acercó lo suficiente para susurrar al oído—. Lo sucedido aquí fue algo inesperado, quizás deje un trauma en el joven, tendrán mucho tiempo para definir varias cosas, pero por ahora sugiero nombrar un regente, sé que estás cansado, pero lo que hiciste de reclamar un reino tiene responsabilidades muy altas y significativas, más de veinte mil personas dependen de ti justo ahora, por eso es bueno un regente, estás pequeño, puedes nombrarlo para que te ayude con las tareas mientras te recuperas de todo esto y aprendes la noble tarea de gobernar.

Antxon responde —¿puedo elegirlo a usted señor?

—Me alagas joven Antxon —responde Vladímir contento— pero estoy viejo, no puedo —voltea a mirar al señor Stone— tu ya sabes quién puede serlo.

De momento y sin parpadear desaparece, y en el camino Stone se acerca diciendo: —disculpe Alteza —se notó que vaciló un poco para decir Alteza—. Existen varias cosas que debe solucionar, entiendo que lo que sucedió su padre y bueno, no sé cómo decirlo, tenemos muchas preguntas y lo están esperando.

Antxon mira a su madre y asienten la cabeza mutuamente. —Creo mamá que encontramos al regente.

—Desde que lo vi parece muy seguro de sí; ya lo conoces, y confías en él, puedes hacerlo —contestó Nainay.

Stone desconcertado dice —¿de qué hablan?

—Vamos, señor Stone, lléveme con ellos, con los que me están esperando por favor.

Los tres fueron hasta donde estaban los cuatro

principales de las casas, y lo miraron con asombro, con benevolencia, y gratitud; Antxon les dice —entiendo que hay muchas preguntas y cuestiones que siguen, y no las voy a entender, es por eso, que he tomado la decisión de nombrar un regente.

Todos miran anonadados por las declaraciones de Antxon y en el momento llega Amy para saludarlo y dar un abrazo.

Antxon aprovecha para preguntarle —Amy en un reino ¿cómo se titula la persona que es regente?

Amy contesta —bueno, pues existen varios nombres, depende de la tradición del país.

El doctor Hatawey aclara su voz para intervenir —nunca hemos tenido un regente.

Antxon contesta —nunca han tenido un rey joven como yo

Fire Rosalía—. Es verdad, necesitamos conocimiento para dar respuesta rápida a lo que nos sucede aquí, son muchos asuntos que resolver y no podemos quedar a la deriva ahora que… bueno ya tenemos un rey, esperaba que fuera Sam.

Georgina—. Adelante muchacho, dinos quien será el regente.

Amy—. Deberás entonces llamarlo: Regente Provisional del Reino Alquemy, aunque tendrán cosas y situaciones que, deberán tomar la decisión mutuamente, pues tú sigues siendo el rey.

Antxon con firme decisión dice —pues es simple, ordeno al señor Stone como mi regente provisional, a él se puede consultar, y pedir toma de decisiones sobre este reino, entre tanto voy conociendo lo que se debe saber, ni siquiera entiendo aún el agua, ahora para ver todo esto—. Toma el brazo de Stone y continúa diciendo —te necesito señor

Stone eres quien mejor conoce este lugar.

Stone—. Esto me parece de otro mundo, no sé qué decir.

Antony—. pues vamos, que ya te hemos recibido como rey y esa es tu orden, así será, su alteza —hace una reverencia.

En el momento Antxon se sonríe, y los deja para estar a solas en la conversación sobre los temas que deben tratar para reconstruir el reino y lo que aún queda de casa. Ahora el señor Stone tiene la libertad de tomar decisiones importantes, y se convertirá en el mayor aliado del reinado de Antxon.

Dinis se acerca a Amy y a Antxon diciendo —y bueno, ¿ahora qué?

Antxon—. Es hora de entregar a Amy a sus padres, me temo que sigue otra batalla campal, casi peor como la de hoy —rieron los tres, tenían mucho que no lo hacían, se miraban el uno al otro, eran grandes amigos, con un lazo que los unió para siempre.

Nainay interviene en ese momento diciendo —y ahora ¿en dónde viviéremos? Nuestra casa está quemada, y tu padre ya no está.

Dinis le responde —señora Puffet o que diga, su majestad ¿observa usted ese castillo, de aquí al lado de nosotros?

Nainay—. Sí... y me gusta eso de majestad —se sonroja.

Dinis—. Es de ustedes.

Nainay con asombro dice —y ¿cómo mantendremos limpio ese lugar? Es muy grande, mira nada más el desastre que hay aquí.

Antxon—. ¡Mamá! Por favor, luego veremos esa parte.

Dinis—. Tranquila señora, mi padre solucionará esto, hay personas que quieren seguir trabajado aquí, sienten que esta es su casa.

Nainay—. Pues que bueno, pero necesitamos darles agua

a esas plantas de allá, y ese árbol hay que podarlo, las ventanas se deben limpiar, la puerta necesita pintura.

Antxon—. Madre, tenemos que llevar a Amy a casa, y salvarla de sus padres, también explicarle todo lo que sucedió, no sea que la condenen a cien años de perpetuo lavado de ollas.

Se rieron todos al mismo tiempo, y se propusieron salir del reino, el elefante, estaba de nuevo esperándolos, parece que siempre sabe en qué momento llegar.

Nainay se asombra— y ¿este elefante?

Dinis le responde: —Es una vieja amiga.

Antony aparece para despedirlos —entiendo que ahora deben marcharse, es importante Antxon, o que digo, Alteza Real, que, por favor, regrese lo más pronto posible, este elefante los llevará a una estación de buses, cuando estén allí deben recitar Get ibi y de inmediato serán llevados a la terminal de trasportes de trenes en Madrid, creo que es muy cerca de sus casas, fueron muy valientes todos, y cada uno.

Antxon responde —gracias, Antony eres muy importante aquí, volveremos pronto...

Se subieron al elefante, Amy, Nainay y el nuevo rey, marcharon tras la vista de varias personas que aún quedaban en el castillo, no era una despedida para siempre, sino un hasta luego.

Al llegar a la estación de bus una antigua choza de paja, muy interesante pues no tenía carretera más bien parecía un pesebre, salvo por el letrero que decía: Estación de buses a Madrid. Para todos ver estas cosas ya no les parecía extraño pues empezaban a acostumbrarse de que todo en ese lugar era así, raro, meticuloso y con los tintes de magia soñado en todos los libros, pero esta vez por esta única vez, era real, sí existe al sur de Transnistria a las orillas del rio Dniéster. Los tres dijeron a una sola voz Get ibi y fueron

255

llevados como en un remolino que subía al cielo, las cosas daban vuelta alrededor y ninguno soltaron sus manos, en unos segundos estaban en Madrid, cerca del paradero de buses con dirección a la estación de trenes. La gente que pasaba por aquel lugar los miraba diciendo en sus pensamientos: que una señora esté loca, pero que lleve a sus hijos a sus locuras, es para llamar a la policía. En unos minutos, sus vestidos habían cambiado, ya que la anterior estaba sucia, una magia singular como si todo fuera posible, comprendieron que el mundo de dónde venían se practicaba la alquimia y que a través de esta se pudieran modificar todo lo que nos rodea.

Nainay les dice —vamos chicos, es hora de librar otra batalla —los coge de la mano, uno de cada lado, para subirse al autobús.

Amy tocándose gruñe — ¿podemos comer algo? Tengo hambre,

Antxon dice —Mamá recuerda que te dije que tenía una nueva amiga.

—No, no me dijiste nada.

—Pues que bueno, porque puede acabar con toda la alacena.

Rieron los tres planearon visitar un restaurante que quedaba en la estación, pues Nainay ya conocía todo el lugar, Madrid era su ciudad, vivía encantada con ella, por el trabajo de su esposo se había trasladado a Bilbao. Justo en el momento de la comida que estaban dándose, llega una carta volando, y se queda sujetada del pecho de Antxon, esta recitaba:

Su alteza real, lamentamos escribirle esta nota en su descanso, pero es solicitado en la menor brevedad posible, tenemos un problema, que necesita de su atención especial. Vladímir insiste en crear una escuela, Rosalía tiene reunión de unidad con su casa, y sus aportes son necesarios.

Atte.:
Sr. Stone
Regente Provisional
Reino Alquemy de Sansinof.

—Vamos a tu casa y luego hablaremos de esto —Nainay miraba a Amy, le parecía más urgente llevar a la niña a casa, porque sentía simpatía por los padres de Amy, al pensar lo doloroso que es tener un hijo perdido.

—Tenemos que pensar muy bien lo que vamos a decir —dijo Amy.

—Diremos la verdad… aunque pensándolo bien —Nainay sentía que era ridícula la idea de la versión verdadera de la historia porque nadie creería en el mundo que se oculta a los pies de la vieja Rusia—. Lo mejor será decirles a tus papás que te fuiste a Roma con Antxon y que mi hermana los cuidó.

—Será una buena historia —dijo para sí Antxon.

—Igual quedaré castigada —contestó Amy—, pero yo quiero volver al reino, ¿Antxon me llevarás de nuevo?

—Sin más ideas, tienen mucho que explicar cómo hicieron para llegar hasta allá.

—Sí mamá.

Así se subieron al tren, rumbo a casa de los Amorím, con miles de preguntas, por lo que estaba pronto a ocurrir, y con el corazón dolido por todo lo que había sucedido durante este viaje, tal vez sea bueno descansar ahora, y recuperar energías, pensaba Antxon, deben entregar a Amy a sus papás y luego ir a Alquemy, a hacer cosas de gobierno, y temas que solucionar, poco le quedaba lugar para pensar en su padre, se le veían venir algunas lágrimas al recostarse sobre la ventana del vagón.

El tren se detiene bruscamente, sus ruedas se congelaron sorpresivamente, hace mucho frío, la puerta del vagón se abre bruscamente, y una espesa neblina empieza a tomarse el lugar de entre ese asombro una persona que parecía un esquimal, con voz estruendosa dice —¿Dónde está el rey de Alquemy? —su mirada tan fría y desgarradora.

—So… soy… y… yo… señor —contestaba balbuceantemente Antxon ante la imponencia de aquel hombre.

—Necesitamos hablar de rey a rey —contestó el esquimal oriundo del lejano reino del polo norte, una antigua disputa sobre los controles de la frontera estaban pendientes por solucionarse una vez que Alquemy tuviera rey.

Continua la aventura en:

Animales Extintos

Antxon Puffet

Vol. 2

Agradecimientos

Solo Dios y mi madre saben las noches que pasé escribiendo estas letras, gracias por su paciencia y apoyo.

A mis amigos cercanos, por esas bellas partidas de UNO, por las feas y las malucas, por los paseos y las mojadas de chaparrones.

A mi Familia entera, hermanos, primos y primas —es que tengo una familia muy grande—. A los que están en Medellín, Santuario y en Belén.

A los que fueron.

A Adriana Guzmán que hablamos una vez por año.

A Deira Salas con la que aprendía a trabajar.

A la Dra. Mayra Castañeda por la oportunidad de aprender y enseñarme con paciencia el camino a la grandeza.

Aquí está la historia por fin terminada, nos vemos en el siguiente libro.

Gracias infinitas a todos los lectores.

Marlon García thott

Made in the USA
Columbia, SC
13 July 2020

13074955R00155